# 魔将閣下に
# とらわれまして

悠月彩香
AYAKA YUZUKI



NB
ノーチェ文庫

登場人物紹介
ルゥカ
魔界にさらわれてしまった人間の少女。
アークレヴィオンに命と引き換えに服従を誓わされた。
くよくよしない性格で、得意の料理を生かして前向きに過ごしている。
アークレヴィオン
魔王の側近。
ルゥカの始末を命じられたが、自分への服従を条件に、彼女を助けた。
クールで基本的に無表情。

レイガ
アークレヴィオンの
部下であり、よき理解者。
ヴァルシュ
魔王の側近。
非常にプライドが高く、
何かとアークレヴィオンに
突っかかっている。
ガラード
魔界の王。
ルゥカを連れ去った
首謀者。実は
子供っぽい一面も……？
リドー
アークレヴィオンに
仕える優秀な従僕。
ルゥカにも丁寧に
接してくれる。

目次

# 魔将閣下にとらわれまして

# 序章

「あれ、さっきもここ通った……」

腕にカゴを提《さ》げた赤毛の少女は、ぐるりと周囲を見回した。森に木の実を採りに来たはずが、気がつけば見慣れた風景が一変している。

森は村の近くにあり、少女が普段からよく遊んでいる場所だ。しかし、どこまでも広がる深い森は『魔界』に通じているという伝説があり、大の大人でも決して深入りしないように村で戒《いまし》められている。少女も気をつけていたはずが、八歳とまだ幼い彼女は夢中で木の実を探しているうちに、森の奥に足を踏み入れてしまったようだ。

人の手がほとんど入っていない原始の森は、道らしい道もない。

鬱蒼《うっそう》と生《お》い茂《しげ》った雑草は、降りはじめた雨を受けて、ぐんぐん成長していくかに思えた。まるで、少女を森の中に閉じ込めるための檻《おり》を作るように。

さまよい歩くうちにしっとりと身体が濡《ぬ》れ、不安に胸が押しつぶされそうになったとき、ガサッと何かが動く音が聞こえてきた。続いて、獣の低い唸《うな》り声。

その獣は彼女を標的《ひょうてき》として捉《とら》えたことを知らせるように、短く咆《ほ》えた。逃げてみろとでも言わんばかりだ。

小さく悲鳴《ひめい》を上げた少女は小走りでその場から離れようとしたが、木陰《こかげ》に黒い陰《かげ》を見つけて、立ち止まった。

「犬……？」

木々の合間からゆらりと現れたのは、犬というには桁外《けたはず》れの大きさの獣だった。体高《たいこう》は大人の身長をも凌《しの》ぐ。

『この森は、魔界に続いている』

それは、不用意に森の奥に入らないようにするための脅《おど》し文句だと思っていた。だが、目の前の獣を『野犬』という言葉で片づけるのは無理がある。いくら何でも、こんなに巨大な犬は人間界に存在しないだろう。

（魔界の――犬？）

世の中には『魔獣《まじゅう》』と呼ばれる、魔界からやってきた獣が存在するとも聞かされたことがある。魔獣《まじゅう》は人も家畜も見境《みさかい》なしに襲《おそ》い、その肉を喰らうのだ。

その淡い灰色の毛並みの獣――魔犬は鼻に皺《しわ》を寄せ、低く唸《うな》りながらゆっくりと少女に近づいてきた。獲物を恐怖ですくませるように身体を低くし、今にも襲《おそ》いかかってきそうだ。

淡青色《ペールブルー》の瞳を見開き、目の前に迫る魔犬を声もなく見つめた少女は、ごくんと息を呑《の》んだ。

やがて、太い前脚が雑草を踏みつけ、彼女に向かって飛びかかろうとした——そのときだ。

「なんてきれいなわんちゃん……」

魔犬が襲《おそ》いかかるよりも早く、少女は駆け寄っていた。そして、自分の頭よりはるかに高い位置にある顔を見上げ、遠慮《えんりょ》なくそのふさふさした毛並みに触《ふ》れる。

「とてもかっこいいのね、わんちゃん。こんなに凛々《りり》しい顔をした子を見るのははじめて。それに、毛並みもとってもきれいね。どうしたの？　人間界に迷い込んじゃったのかな？」

森に迷い込んだのは少女のほうなのだが、「いいこ、いいこ」と、牙《きば》を剥《む》き出しにしている魔犬を容赦《ようしゃ》なく撫《な》で回す。

魔犬のほうは意表を突かれたようで、硬直してされるがままになっていたが、少女を喰らう気が失せてしまったのか、くるりと向きを変えて彼女にしっぽを向けた。

「わあ、しっぽふさふさ！　やわらかーい！」

垂れ下がった長いしっぽに彼女が触《ふ》れたとき、魔犬はその場から駆け出した。

「あ、待って。おねがい、ひとりにしないで！」

少女は魔犬のあとを追って走り出していた。魔獣《まじゅう》は恐ろしい存在だが、理知的《りちてき》な目は少女の言葉を理解しているように見えたのだ。たとえ相手が魔獣《まじゅう》であっても、迷いの森の中にひとりきりでいるより、話の通じるかもしれない相手といるほうが心強かった。

そうして魔犬を追っていると、急に空気が重たくなった。ほんの一瞬だったが、水の中を歩いているみたいな抵抗感が全身を包む。

そんな違和感に気を取られたとき、突然、足元の地面が消失した。

枝葉《えだは》に隠れて見えなかったが、少女がいたのは切り立った崖のすぐ側だったのだ。地面が崩れて、少女の身体は真《ま》っ逆《さか》さまに落下していく。

「きゃ……！」

天地が逆さになった少女の目に飛び込んできたのは、どこまでも広がる樹海《じゅかい》にそびえる、一本の巨木だった。頂点が雲に隠れるほど高くて、まるでこの世界を支配する神のように見えた。

（こんな大きな樹があったなんて……）

そう思ったのを最後に、意識はぷつりと途切《とぎ》れた。

あたたかい毛布に包まれて目覚める幸せを感じて寝返りを打ったが、頬に当たった一粒の滴《しずく》が少女を現実に呼び覚ます。

目を開けたら、灰色っぽい毛並みがそこにあった。思わず手で撫《な》でると、とてもふわふわしていてやわらかく、心地いい。まるで、雨に濡《ぬ》れて冷えた身体をあたためてくれるようだ。

「きもちいい……」

あまりにその感触が手に馴染《なじ》むので、少女はすりすりと撫《な》で続けて顔を埋《うず》めた。

「グルル」

だが、機嫌《きげん》の悪そうな獣の唸《うな》り声を聞いて、少女は目をまん丸にして飛び起きる。目の前にあったのは、大きな鼻面《はなづら》だった。

「わんちゃん……？」

すぐ傍《そば》にいたのは、さっきの魔犬だったのだ。今まで彼女が眠っていたのは、この魔犬の腹の上だったらしい。

「……助けてくれたの？」

そう問いかけるも、魔犬は興味なさそうに丸くなる。おかげでふたたび腹の辺りに巻き込まれたが、その毛並みの感触についつい笑みをこぼしてしまった。

少女は、耳の付け根あたりのやわらかい毛をさすり、その頭を撫《な》でる。だが、魔犬は耳を寝かせたままで、ふさふさのしっぽを「うるさい」とでも言うように振った。

それでも、雨に濡《ぬ》れた少女をあたためてくれているのだから、やさしい犬なのだろう。

ふと周囲を見回すと、少女と巨大な魔犬は大樹の根元にいた。さっきまでは深い森の中にいたはずなのに、ここはずいぶん開《ひら》けた場所で、辺りには雨にしっとり濡《ぬ》れた花々が咲き乱れている。

幹の太さが尋常《じんじょう》ではない巨木は、どこまでも天高くそびえたち、終わりが見えない。

「ここ、どこなんだろう……」

いつの間にか、とてつもなく遠い場所に迷い込んでしまった。見たこともない光景に一瞬、鼻の奥がツンと痛んだが、泣き出すより先に、空腹のあまり腹の虫が鳴り出していた。

「そうだ、悲しいとか怖いとか、いやな気持ちになったときはまずお腹いっぱいにしろって、お母さんがよく言ってたんだ」

魔犬に話しかけながら、少女は崖《がけ》から落ちる時も手放さなかったカゴを開け、中からサンドイッチを取り出した。

「これ、私が作ったの。わんちゃんも食べる？　魔界にもサンドイッチってあるのかなあ」

魔犬は少女の差し出すものを警戒《けいかい》するように見つめていたが、彼女がおいしそうに食べて見せるので、興味を抱《いだ》いたらしい。鼻をひくひくさせて匂いを嗅《か》ぐと、その大きな口には小さすぎるサンドイッチにぱくつく。

「私ね、お料理が大好きなの。死んだお母さんが料理好きで、いろいろ教えてもらったんだ。いつかお母さんみたいにお店を持つのが夢なの。でも……ここから帰れるかわからないよね……」

少女の独《ひと》り言は次第に尻すぼみになっていった。魔界に続く森で迷子になったという事実がどういう意味を持つのか、八歳の少女にもいやというほどわかるからだ。

そうやって落ち込んでいる間にも、魔犬が少女の手元に視線を向けたので、サンドイッチをもうひとつ口元に差し出してやると、今度は味わうように何度も噛《か》みしめる。すると、寝たままだった耳がピンと立って、長いしっぽがゆさゆさと揺れはじめた。

「気に入ってくれた？　お母さんは、誰かが喜んで食べてくれるのがうれしいってよく言ってたけど、喜んでもらえるとほんとにうれしいね！」


少女の言葉を聞いているのかどうか、魔犬は立ち上がるとブルブルと身体を振り、雨の滴《しずく》を払い落とす。そして少女の足元にうずくまると、「乗れ」と目で指示した。

「乗ってもいいの？」

恐々《こわごわ》と背中によじのぼると、魔犬はその大きな身体からは想像もつかないほど身軽に走り出す。どんどん景色が流れていき、少女は振り落とされないようしがみつくのが精一杯だった。

ふと魔犬が立ち止まり、背中から降ろされると、そこには馴染《なじ》みの景色が広がっている。少女の住む村に続く、森の出口付近だったのだ。

「え、送ってくれたの……？」

森の景色から魔犬に視線を戻すと、その姿はもうどこにもない。

結局、お礼も言えずじまいだったが、少女――ルゥカにとって、この雨の日の出来事は、決して忘れることのないあたたかな記憶となった。

# 第一章　魔界のお食事事情

食事の時間が終わり、侍女《じじょ》たちが調理場へ引き揚げてくる。

「今日は陛下も殿下も、お肉の塩加減をお褒《ほ》めくださいましたわ」

給仕《きゅうじ》をしていた侍女《じじょ》がそう報告すると、調理場で働く人々の顔が晴れやかになった。

「そうか！　今朝はルゥカが塩抜きを担当してくれたんだったな。よくやったぞ」

「ありがとうございます、料理長。皆様に喜んでいただけてうれしいです」

だが、今日の成果を噛《か》みしめる暇《ひま》もなく、調理場はあわただしさを取り戻していく。

料理長は残された料理の味を再確認し、ああだこうだと独《ひと》りごち、次の料理の研究に余《よ》念《ねん》がない。

何しろこの国を治める王家に、料理を振る舞わなければならない——そう、ここはエヴァーロス王国の王宮調理場なのだ。

生真面目《きまじめ》な料理長のつぶやきに耳をそばだてながら、ルゥカはせっせと皿洗いに勤《いそ》しむ。料理人見習いの彼女は、毎日早朝から夜遅くまで忙しいが、料理は好きだし、俸給《ほうきゅう》はいい。ルゥカにとっては願ってもない職場なのだ。

「さあ、そろそろ休憩にしよう。今日のまかない当番はルゥカだったな」

料理長の言葉に、調理場の面々に喜色《きしょく》が広がった。

「ルゥカの作るまかない、本当においしくて大好き」

「陛下にお出ししてもいいいんじゃないかい？」

同僚たちに称賛《しょうさん》され、すでに仕込んであった鍋を火にかけながらルゥカは照れ笑いを浮かべる。

「ありがとうございます。でも、私の料理は田舎《いなか》料理ばかりですから……とても陛下にだなんて」

「いやいや、故郷《こきょう》の母の味を思い出すよ。この肉団子のシチューは料理長のお墨付《すみつ》きだ」

「そう言っていただけると、ほんとにうれしいです。このシチューは母の十八番《おはこ》だったんです。あ、それから料理長！　昨日、市場で珍しい香辛料を見つけたんです。独特でさわやかな香りがとっても良くて。試してみたら、お肉の臭みがとれて、すごくやわらかくなったんですよ。それから……」

ルゥカが料理のことを語りはじめると、誰にも止めることはできない。調理場の人々は顔を見合わせると、苦笑いを浮かべた。

「さあさあルゥカ、その話はあとでゆっくり聞くから、まずは食事の支度《したく》をすませてしまおうじゃないか」

「す、すみません。すぐに用意します！」

一仕事終えたあとの調理場に食欲をそそる香りがただよい、あわただしい空気を日常のゆったりした空間に戻していく。調理場の面々は席に着き、ルゥカが作ったシチューをおいしそうにほおばった。

「あ、ほんとだ。お肉がいつもよりやわらかいな」

「ですよね⁉　外国の隊商《たいしょう》から買ったんですけど、まだまだ知らない食材がたくさんあって、見てるだけでも楽しくなっちゃいます。他にもいろいろ買い込んできたんですよ、お魚のペーストの瓶詰《びんづめ》とか、野菜の酢漬けとか！　おいしく食べる方法を研究するので、味見してくださいね」

料理好きだった亡き母の影響もあり、ルゥカの料理への情熱は他の追随《ついずい》を許さない。そして、城の調理場という職場では、たくさんの助言や発想《はっそう》を得ることができる。毎日が楽しくて仕方なかった。

「へえ、これがルゥカのお母さんが遺《のこ》したレシピ集か。ずいぶんと細かく書いてあるなあ」

「いつも持ってるんだ？　まるで聖典《せいてん》だね」

ルゥカの宝物でもある母のレシピ集をポケットから取り出すと、料理長がめくり、同僚たちも興味津々《しんしん》でのぞき込んだ。几帳面《きちょうめん》な字がびっしりと書き込まれており、盛り付けの図解まである。

「この煮込み料理おいしそう！」

「こっちの豚肉のオーブン焼きも絶対おいしいって」

「へえ、ルゥカの故郷《こきょう》ではキノコをこんなふうに調理するんだ。今度試してみようかな」

そんな平和な日常に、ルゥカはしみじみと幸せを噛《か》みしめた。

「ごちそうさま、今日もおいしかった。そうだルゥカ、夕食の仕込み前に食糧庫《しょくりょうこ》に行って、足りない調味料を持ってきてくれるかい？」

「はい！」

補充もルゥカにとっては楽しみのひとつだ。食事を終えると、いそいそとカゴを持って裏庭に面した食糧庫《しょくりょうこ》へ赴《おもむ》いた。

「ええと、お砂糖が少なかったのよね――コショウとお塩、お酢、それから小麦粉……」

王宮の食糧庫《しょくりょうこ》らしく、棚にはありとあらゆるスパイスや調味料、貴重な砂糖や保存の利く食材などがぎっしりと備蓄《びちく》されていて、眺めているだけで心が躍《おど》る。故郷《こきょう》の寒村《かんそん》では見たこともなかった高級な食材は、手に取ると今でも緊張《きんちょう》するほどだ。

大きなカゴいっぱいにそれらを詰め込むと、調理場へ取って返す。近頃では、メインの料理を任されることもあり、自信がついてきた。ルゥカの生活は順風満帆《じゅんぷうまんぱん》そのものだ。

十年以上前に亡くなったルゥカの母は、故郷《こきょう》の村で唯一の食堂を営《いとな》んでいて、女手ひとつでルゥカを育ててくれた。

父親は、物心《ものごころ》がつく前に事故で亡くなっていたのであまり覚えていないが、母はルゥカにたくさんのものを遺《のこ》してくれた。その最たるものが、今日《こんにち》のルゥカの財産である料理だ。

母はもともと身体が弱く、自分亡きあとのルゥカの将来を心配していたのだろう。自分が持っているものを少しでも一人娘に遺《のこ》そうと、家庭料理や店で出していたメニューなど、たくさんのレシピを雑記帳に書き綴《かつづ》っていた。

そんな母もルゥカが八歳になったときにとうとう亡くなり、天涯孤独となった彼女は村長に引き取られた。その後《ご》、形見となったレシピ集を見ながら懐かしいあの味に近づけようと必死に料理を勉強していたら、いつしかすっかり料理好きになっていたのだ。

こうして成長したルゥカが王城の調理場で働くようになったのは、今からちょうど一年前のことだった。

生まれてはじめて村を出て、数日の宿泊予定で王都へ遊びに来たが、そこはルゥカが今まで見たこともない食材や調味料、たくさんの料理であふれている魅惑の街だったのだ。何日滞在しても飽きるどころか、ここに住みたいとさえ思ったほどだ。

すっかり王都に心酔《しんすい》していたとき、城の調理場で下働きを募集していると聞きつけたルゥカは、一も二もなく飛びつき、信じられないことにその場で採用されるという幸運に巡り合った。

育ての親たる村長に事情を伝えると「ルゥカの料理が食べられなくなるのは残念だよ」と惜しみながらも快《こころよ》く送り出してくれた。

それ以来、城の下働きとして皿洗いや野菜の皮むきといった地味な仕事を嬉々としてこなしてきた。そんなルゥカの、料理へのただならぬ情熱に感心した料理長が、少しずつ調理に携《たずさ》わらせてくれるようになったのだ。

いつかたくさんの料理を覚えて一人前になったら、どこかの街で料理屋を開くのが彼女の夢だ。そして、それはまだ十八歳のルゥカにとっては実現する見込みの高い、現実的な将来設計だった。

――しかし、そんなルゥカの行く手に、この日、暗雲《あんうん》が垂れ込めたのである。

カゴを持って食糧庫《しょくりょうこ》を出たとき、城のどこかから人々の混乱した悲鳴《ひめい》が上がる。驚いてそちらを見つめると、破壊音を轟《とどろ》かせて城の上階部分の壁を突き破り、城内から何かが外へ飛び出してきた。

呆然《ぼうぜん》とそれを見つめるルゥカの耳に届いたのは、「魔獣《まじゅう》が外へ逃げたぞ！」「下に人が！」という衛兵たちの怒声《どせい》だ。

「え……？」

戸惑うルゥカの前に、激しく風を巻き上げながらそれは降り立つ。

顔は人間によく似ていた。だが、眉《まゆ》はなく感情のない目、鼻には深い皺《しわ》が走り、歪《ゆが》んで横に広がった口からは長く巨大な牙《きば》がのぞく。身体を覆《おお》う毛は獅子《しし》に似て、不安を誘う黒ずんだ赤色だ。身体は四つ足で前脚は太く大きい。その鋭利《えいり》な爪で引き裂かれたら、人間など一撃で即死してしまうだろう。背中の醜《みにく》い瘤《こぶ》からは不気味な翼が生えている。

それは、ルゥカを威嚇《いかく》するように翼を大きく広げた。

「ひっ」

正視《せいし》すればするほど奇怪で、醜悪《しゅうあく》で、おぞましい魔獣《まじゅう》だ。尾はまるで巨大な蠍《さそり》だが、くねくねと蠢《うごめ》くそれは一本ではない。何本も絡み合いながら、ルゥカに禍々《まがまが》しい先端を向けてくる。

（殺されるの……？）

逃げ場などなかった。ルゥカはカゴを抱《だ》きしめたまま、へなへなとその場に崩れ落ちる。恐怖も、一定量を越えてしまうと、悲鳴《ひめい》すら出てこなくなるらしい。その上、蛇《へび》ににらまれたカエル同様、視線は醜悪《しゅうあく》な魔獣《まじゅう》に固定されてしまい、動かすこともできなかった。

地の底から湧き上がるような唸《うな》り声と共に、爪を出したままの前脚がルゥカに近づいてくる。衛兵が魔獣《まじゅう》に向けて矢を放ったようだが、たくさんの蠍《さそり》の尾があっさりとそれを払ってしまい、一本の矢すら魔獣《まじゅう》の身体には届かなかった。

魔獣《まじゅう》は一度だけ背後を振り返り、攻撃を仕掛けてくる人間たちを一喝《いっかつ》するように咆《ほ》え、彼らの戦意を一瞬で喪失《そうしつ》させると、あらためてルゥカに近づく。

まだ小さかった頃、ルゥカは故郷《こきょう》の村の森で魔獣《まじゅう》と出会ったことがあった。だが、あの灰色の魔犬はこんなに凶悪《きょうあく》な姿かたちはしていなかったし、結局彼女を襲《おそ》うことなく村へ送り届けてくれたのだ。

だが、今ルゥカの前に現れた魔獣《まじゅう》は、あの遠い記憶の中の魔犬とは似ても似つかない。理知的《りちてき》な様子などなく、本能のままに行動している。

大きく広げられた翼の影が彼女の上に落ち、視界が真っ暗になった。ルゥカは呼吸することも忘れて恐ろしい魔獣《まじゅう》を見上げ、首を左右に振るばかりだ。

大粒の涙がぽろりとこぼれるが、魔獣《まじゅう》に涙など通用するはずもない。

やがて、目の前で大きな口が開かれ、彼女の腕ほどもある太い牙《きば》が眼前《がんぜん》に迫る。この鋭い牙《きば》とノコギリのようなギザギザした歯に噛《か》み砕《くだ》かれ、無残《むざん》な屍《しかばね》を晒《さら》すことになるのだろうか。

「死にたく、ない……」

だが、ルゥカは恐怖のあまりこれ以上直視することができず、目を閉じた。

＊＊＊

(いったい何の間違い？　ううん、きっと夢、夢に違いない。そうだよ、そんなことがあるわけない)

冷たい床の上にぺたりと座らされ、後ろ手に縛《しば》られた自分の境遇《きょうぐう》を顧《かえり》みて、ルゥカはぶるぶると頭を振った。

あのあと、魔獣《まじゅう》はルゥカを引き裂いたり喰い殺したりはしなかったが、代わりに鋭い牙《きば》のある口に彼女の胴体《どうたい》を咥《くわ》え、ここへ連れてきたのである。

その間はずっと、ギザギザした歯にいつ噛《か》み潰されるのかという恐怖に震え上がっていた。そして気づいたときには、こんなことになっていたのだ。

「魔獣《まじゅう》に誘拐《ゆうかい》されたなんて、いやだ、なんて悪夢。早く朝にならないかな」

さっきから心臓がドキドキしていて、呼吸も乱れて落ち着かない。平常心《へいじょうしん》を保つために明るく言ってみたのだが、自分の上に降《ふ》りかかる冷たい視線に耐えきれず、とうとう口を噤《つぐ》んでうつむいた。

「顔を上げろ、人間」

「は、はいっ」

命令し慣れた威圧的《いあつてき》な声に、ルゥカは弾かれたように顔を上げた。

薄暗く、天井が高くて広い部屋には、立派な玉座。そこには長い足を組んだ青年が座《ざ》していて、ルゥカを金色の目で見下ろしている。震えがくるほどの冷たい視線と彼の異《い》様《よう》な外見に、寒くもないのに鳥肌が立ち、ルゥカは唇を噛《か》みしめた。

この青年、外見は人間そのものだが、明らかに人間ではない。

精悍《せいかん》とさえ言える凛々《りり》しい顔立ちと褐色《かっしょく》の肌には、白いブラウスがとてもよく似合っていて、こんな状況でなければ見とれていたかもしれない。

だが、長く波打つ黒髪の頭からは、ヒツジのような立派な角《つの》が生え、顔の横辺りでくるんと弧《こ》を描いているのである。

王冠《おうかん》がわりに角《つの》のかぶりものをしている……というわけではないだろう。この青年の放つ威圧感と表情から、そんなおちゃめな人物とはとても思えなかった。

（てことは、そう、きっとヒツジの王さま）

恐怖に打ち勝つために、ルゥカはあえて牧歌的《ぼっかてき》に考えることにした。

視線をずらすと、玉座の左右に、すらりと背の高い青年たちが控えるように立っている。

左側の青年は角《つの》もなく人間と変わらぬ容姿で、短い髪は黄金色だ。しなやかな肢体《したい》に濃紺《のうこん》の服をまとう姿は武官を思わせるが、剣は携《たずさ》えていない。狡猾《こうかつ》そうな琥珀《こはく》の瞳が、ルゥカを睥睨《へいげい》していた。

（何か、神経質そう……）

そして右側の青年は、室内を照らすランプの炎を受けてきらきらと輝く、長い銀色の髪の持ち主だ。こちらも角《つの》はなく、姿はいたって普通の人間である。瞳は金というよりも月の色に近く、獣の瞳を連想させた。

だが、いたってふつうというには、眉目《びもく》はあまりに秀麗《しゅうれい》で、引き締まった頬は凛々《りり》しさを際立たせている。無表情のままルゥカを見下ろしていて、まったく温度を感じさせない立ち姿にもかかわらず、ルゥカの視線は釘《くぎ》づけになってしまった。

（……ちょっと、ステキ）

完全に場違いだが、好《この》みの容姿だったのだ。

そんなルゥカの内心を一蹴《いっしゅう》するよう、玉座の青年が足を組み替えて言った。

「ベレゲボルブルップ」

（え？　何語？　言葉通じない!?）

ヒツジの王さまが何を言っているのか聞き取れず、ルゥカは見知らぬ土地で言葉もわからぬまま、無残に処刑《しょけい》されてしまうのかと絶望《ぜつぼう》した。何しろ彼女は、完全に囚人の扱いである。

（あれ、でもさっき、言葉通じてたような……？）

そのとき、ルゥカの背後で何かが動く気配がした。はっと振り向くと、ルゥカをここへさらってきたあの恐ろしい巨大な魔獣《まじゅう》が、ヒツジ王のもとへのそのそと歩いていく。

そして信じがたいことに、じゃれつくように彼の手に頭を擦《こす》りつけたのだ。

「……これがエヴァーロスの王女なのか？　エヴァーロスの王女は類稀《たぐいまれ》な美しさを持つ娘だと聞いていたが、こやつは貧相《ひんそう》な小娘ではないか。しょせん人間の審美眼《しんびがん》などアテになるものではない」

はっきりと言葉は通じた。ルゥカについて悪《あ》し様《ざま》に言われたが、事実なので反論の余地はない。エヴァーロスの王女は本当に美しい方で、自分など比較の対象にもならないことは百も承知だ。ルゥカは運よく城の仕事にありつけただけの、寒村《かんそん》出身の一般庶民である。いったいどこでどんな誤解《ごかい》が生《しょう》じたのやら、ルゥカは王女と間違えてさらわれてきたらしい。

「あの、私は……」

「陛下。恐れながら、この人間は王女ではありません」

人違いを訴《うった》えて、何とか帰してもらおうと考えたルゥカの言葉を遮《さえぎ》るように、銀髪の青年が指摘《してき》した。

「王女ではない？」

「この娘の粗末《そまつ》な服装といい、汚れた顔といい、せいぜい城で働いていた下女でしょう」

彼の言うとおり、ルゥカのお仕着せにも前掛けにも、ソースや油の飛び散りで染みができているし、頬には小麦粉がこびりついている。

それを聞いて、金髪の神経質そうな青年が嘲《あざけ》るように笑った。

「さすがアークレヴィオン卿《きょう》は、人間のことにお詳しい」

だが、アークレヴィオンと呼ばれた銀髪の青年は、彼の言葉には完全に無反応だった。無視された態《てい》の金髪の青年は、小さく舌打ちをする。どうやらこのふたりは仲が悪いようだ。

一方、陛下と呼ばれたヒツジの王さまは、左右に控える偉丈夫《いじょうふ》たちの静かなる争いなど意にも介さず、じろりとルゥカを一瞥《いちべつ》してから、手に噛《か》みついてじゃれつく魔獣《まじゅう》に視線を移した。

(手、ちぎれないのかしら……)

ルゥカの心配をよそに、王さまの手は無事なようだ。

「ベレゲボルブルップよ、我は人間の『王女』を連れてこいと言ったはずだ」

ヒツジ王の発した謎の言語は、この魔獣《まじゅう》の名前だったのだ。人違いを指摘《してき》されたベレゲなんたらは、しおらしく耳を下げ、「グルル……」と言い訳するように力なく唸《うな》った。

「何？　城にいて、手足が二本ずつで目もふたつ、長いスカートを穿《は》いていた？　そうだろう、そうだろうともベレゲボルブルップ。人間の女はたいていそういう姿をしている」

「がぅ……」

「そして、うまそうな匂いがした？　食い意地の張ったヤツめ。それに、確か王女は金髪と聞いていたが、この娘は赤毛だ」

それを聞いて、今度は金髪の青年のほうが首を横に振った。

「ガラード陛下。恐れながら、魔獣《まじゅう》は色を見分けることができません」

臣下から容赦《ようしゃ》ない指摘《してき》を受けたヒツジ王は不愉快《ふゆかい》そうに唇を引き結んだ。

「我ら魔族が人間と争いをはじめて幾星霜《いくせいそう》。彼奴《きゃつ》らめ、我ら魔界の者を悪と決めつけ、とくに『冒険者』などと名乗る無法者《むほうもの》どもは、魔獣《まじゅう》たちをやれ討伐《とうばつ》だ、やれ成敗《せいばい》だと容赦《ようしゃ》なくぶった斬ってくれた。我らの被害は甚大《じんだい》で、これ以上無視することはできん。人間の王女を人質《ひとじち》に取り、人間どもに無条件降伏を迫る作戦だったというのに、まさかの人違いとは！」

ルゥカは淡青色《ペールブルー》の瞳をまん丸に見開いて、男たちを見上げた。

エヴァーロス王国をはじめとする、人間たちの暮らす世界を『人間界』と呼び、魔人や魔獣《まじゅう》からなる魔族たちの住まう世界を『魔界』と呼んで区別している。

これまでに魔族に惨殺《ざんさつ》された人間は数知れず、人間たちは己の版図《はんと》を守るために『魔界』の住人と永遠とも思える戦いを繰り広げているのだ。

そしてこの場にいる彼らは、人間と敵対している『魔界を治める王とその配下』だった。どうやら、人間界と魔界の騒乱《そうらん》に、一庶民たるルゥカが不幸にも人違いで巻き込まれてしまったらしい。

今さらながらとんでもない大事件に巻き込まれたのだと痛感し、身体の震えを止めることができなかった。

「ヴァルシュ、再度人間界に魔獣《まじゅう》を派遣《はけん》するのだ。今度こそ王女をひっ捕《と》らえてこい！」

ヒツジ王は命令したが、ヴァルシュと呼ばれた金髪の青年は首を横に振った。

「お怒りはごもっともながら、魔界にいちばん近いエヴァーロスでは、城に魔獣《まじゅう》が現れたことにより王国の兵士たちはもちろん、冒険者たちや傭兵《ようへい》までかき集め、最大級の警《けい》戒網《かいもう》を敷《し》いております。魔獣《まじゅう》を一頭や二頭送り込んだところで、討伐《とうばつ》されるが関の山」

今度は追い打ちをかけるように、銀髪の青年がたたみかけた。

「今から魔獣《まじゅう》を送り込み、王女をさらうのであれば、魔界の全勢力を用《もち》いて掃討《そうとう》する覚悟が必要です。そして、それには大がかりな準備が必要かと。とくに魔獣《まじゅう》どもは人間と違い、結束することがありません。個々の能力は我らが上でも、全面戦争となれば、魔族も決して有利とは言えますまい」

仲の悪そうな金髪と銀髪の臣下たちだが、再派遣を反対する意見は一致していた。

魔族は何でも力でねじ伏せるものだと思っていたので、意外に理性的な彼らの会話を聞いていると、話せばわかってくれるかもしれないという、わずかな希望が湧いた。

「うぬぬ……仕切り直しだ。ほとぼりが冷めるまで人間界に手出しはするな」

「あ、あの、人違いだったようですので、私を……」

穏便に事をすませてもらうべく、ルゥカが控えめに申し出ると、ヒツジ王は金色の瞳で彼女を見下ろした。

「アークレヴィオン、この小娘の後始末をしておけ。まったく、とんだ時間の無駄《むだ》であったわ」

ルゥカの最後の望みをぶった切り、ヒッジ王は玉座から立ち上がってマントを翻《ひるがえ》すと、金髪の青年と、しゅんとうなだれる魔獣《まじゅう》を従えて広間から退出してしまった。

アークレヴィオンと呼ばれた銀髪の青年とルゥカだけが取り残された広間はシンとして、足元から冷たい空気に包まれていくようだ。

ルゥカは怖々と青年を見上げる。彼は相変わらず無表情のままだったが、ルゥカとはじめて目を合わせた。

「後始末。ベレゲボルブルップに喰わせてしまえば早かったようだが」

そんな彼の独白《どくはく》を耳にして、ルゥカは真っ青になった。ちょっとでも彼を「ステキ」だなんて思った自分はなんて愚《おろ》かなんだろう。いくら容姿がよくても、彼は人間の敵である魔族だ。この魔人は、ルゥカを殺すよう命じられたのだから。

魔人は強い魔力を秘めた者が多いと聞く。この無表情の彼も、その魔力でルゥカを一瞬で消すことができるに違いない。

銀髪の魔人が足音を立ててルゥカに近づいてくる。そして、彼女の腕を縛《しば》っている縄をつかんで強引に立ち上がらせると、粉のついた顔をまじまじとのぞき込んだ。

「おまえは――」

「……！」

あんなに恐ろしい魔獣《まじゅう》に連れ去られたときも、気を失わなかった。でも今、静かな恐怖を植えつけられ、ルゥカの意識はとうとう限界《げんかい》を迎えた。突然、糸が切れたようにルゥカの身体から力が抜けて崩れ落ちる。

青年がとっさにその華奢《きゃしゃ》な身体を腕に抱《かか》えると、ふわりと彼女の髪から甘い香りがただよってきた。その匂いを嗅覚《きゅうかく》がとらえた瞬間、彼は月色の瞳を軽く瞠《みは》って、腕の中で目を閉じる顔をじっと見つめた。

ふっと目を開けると、ルゥカはベッドに寝かされていた。顔を横に向けると、窓際の小さなテーブルの上に、彼女が抱《かか》えていたカゴと、母の形見のレシピ集が置いてあった。

「ここ、は？」

重たい頭を押さえつつ上体を起こすと、ふいにバサバサと羽音《はおと》がした。

びっくりして振り返ると、上品な調度品《ちょうどひん》の置かれた室内に一羽の鳥がいたのだ。室内飼いのかわいい小鳥などではなく、白い斑模様《まだらもよう》のある大きくて黒い梟《ふくろう》だ。

（これも魔物……？）

襲《おそ》われるのかとルゥカは身体を硬直《こうちょく》させたが、梟《ふくろう》は彼女に見向きもせず、開け放たれた部屋の扉から外へ出ていってしまった。

ベッドの上から部屋を見回すと、どうやら身分ある人の寝室のようだった。城の調理場よりも広い室内はシンプルだが、テーブルやソファ、絨毯《じゅうたん》やカーテンに至るまでとても上等で、落ち着いた雰囲気だ。窓の外は暗いが、中はたくさんのランプに照らされているので、不便《ふべん》は感じない。

自分の身体を見下ろすと、汚れた前掛けは外されていたものの、王宮で支給された調理場のエプロンドレスのままだった。

とはいえ、おそらくここはまだ魔界で、人違いで連れてこられた悲運《ひうん》は続いているのだろう。そう考えると、生きていることに安心してはいけないのではないか。

ルゥカがベッドの上で困惑《こんわく》していると、誰かが部屋に入ってきた。

「目を覚ましたか」

ゆったりとした部屋着をまとった長身の男性が、ベッドの上で固まっているルゥカを見て言った。名は忘れてしまったが、たしかルゥカを始末するよう命じられていた魔王の側近だ。

「あ、あの、なんで私、まだ生きてるんですか……?」

「何？」

「あのヒツジの王さまが、私を始末しろって」

「死にたかったのか」

無感動に言われ、ルゥカはキッと顔を上げた。

「違います！　でも、だって、私を殺すつもりなんでしょう」

青年はそれには答えず、満月の色に似た瞳で、じっとルゥカを見据《みす》えている。そんな無機質《むきしつ》な視線に、どうしようもなく不安を煽《あお》られた。

あらためてこの銀髪の青年を間近に見ると、彼のまとう冷たい雰囲気や人を威圧するオーラに気圧《けお》されそうだ。

「それなら、どうして気絶《きぜつ》している間に殺してくれなかったんですか！　わざわざ意識が戻ってから手を下すなんて、残酷《ざんこく》にもほどがあるじゃないですか」

彼の冷たい空気に呑《の》み込まれてしまわないよう、あえてまくしたてて虚勢《きょせい》を張ることにした。こうでもしなければ、不安に押し潰されてしまいそうだ。

青年は静かにひとつうなずくと、ベッドの端に腰を下ろした。

「そうだな、どう始末してほしい？」

「ひどい……っ、死にたくないって言ってるのに！　この悪魔、ドS！」

「死にたがっているようにしか聞こえなかったが。まあ、俺のことは何とでも言うがいい——だが、どえすとは何だ」

どんなに噛《か》みついても手ごたえがなかったのに、生真面目《きまじめ》な顔で問われてルゥカはぴたりと口を閉ざした。悪口を言ったと知られたら、余計に残忍《ざんにん》な手口でルゥカを始末するかもしれない。

ルゥカは身を守るように、胸の前でぎゅっと両手を握りしめる。すると、ふいに青年の長い腕が伸びてきて、彼女の髪を一房《ひとふさ》手に取った。

「本気で命が惜しいと思っているのなら、それを示してみろ」

彼の表情にはまるで感情が浮かんでおらず、何を考えているのかルゥカにはさっぱりわからない。ただ、無条件にルゥカを殺そうとしているわけではない気がする。

「どうした。俺に命を乞《こ》うのが嫌なのか」

ここで返答を間違えたらどうなるだろうか。さっきから身体が震えたまま止まらない。でも、おとなしく殺されるには、ルゥカにはこの世に未練《みれん》がありすぎた。

「し、死にたくない……私を、人間界に、か、帰——」

やっとの思いでそう口にしたが、喉《のど》はカラカラで、かすれ声にしかならなかった。

「聞こえないぞ。さっきまでの威勢《いせい》はどうした」

ルゥカをからかっているのか、少し青年が笑ったように見えた。

その様子は腹立たしかったが、主導権《しゅどうけん》は確実に彼の手にある。何とか願いを聞き届けてもらうべく、ルゥカは腹をくくった。

「私、まだ死ねないの！　自分のお店を出すっていう夢があるんだから、こんなところで死んでる場合じゃないんです！」

「店？」

「私は、死んだ母のように、いつか料理屋を開くって、子供の頃からずっと決めてたんです。私の料理で誰かに喜んでもらいたいって。だから……」

そう言いながら魔人に詰め寄ったが、不用意に近づきすぎたことに気づき、ルゥカはあわてて後退した。

「だから、元の場所に帰してください。お願いします」

一瞬、彼は考え込むように口を閉ざした。少しはこの訴《うった》えが心に響いたのだろうか。

だが、その沈黙《ちんもく》はルゥカの期待とはまるで逆の方向を示した。

「子供の頃からの夢か。しかし残念だが、人間界に帰すことはできん。ガラード陛下は人間界と魔界の行き来をすべて把握しておられる。逃げ出したと知られれば、魔界の内情を人間界に知らせる危険分子と認定され、ベレゲボルブルップに連れ戻された挙句に処刑《しょけい》されるのがオチだろう」

「そ、んな……」

ルゥカは深くうなだれ悲嘆に暮れた。どのみち、彼女には殺される以外の選択肢が残されていなかったのだ。

「だが、命だけは助けてやらなくもない」

「え……？」

「俺に服従するのなら」

ルゥカは期待して顔を上げたが、同時に不穏《ふおん》な単語を耳にして、淡青色《ペールブルー》の瞳を丸くした。

「俺の命に従え、俺の言うことは絶対だ。俺に完全服従しろ。そうすれば、この邸《やしき》の中では自由を与えてやる」

「魔人に服従するなんて、そんなこと――」

「まだ死ぬわけにはいかないと言ったのはおまえだ。保証はしないが、命さえあれば人間界に戻れる日が来るかもしれないぞ」

ルゥカは戸惑い、青年の顔を見つめた。相変わらずの無表情で、何を思って彼がそんな提案をしたのか、わからない。

「今すぐ選べ。この場で始末されるか、わずかな希望のために生き延びるか。おまえの自由だ」

三度、ルゥカは瞬《まばた》きしてから、言われた言葉を口の中で反芻《はんすう》した。潔《いさぎよ》くすべてをあきらめて死を選ぶか、魔人に服従してでも機会をうかがうのか。

「……ほんとに、従ったら生かしておいてくれるんですか」

「二言はない」

「わかりました、あなたに服従……しま、す。だから、殺さないで」

唇は震えていたが、ルゥカの声ははっきりと青年に告げた。選択の余地はなかった。

「よかろう。おまえの名は？」

「ルゥカ。あなたは――」

「アークレヴィオン」

銀髪の青年は短く名乗ると、ルゥカの細い肩をとんと押した。

ベッドの上に仰向《あおむ》けに転がされたルゥカは、もがいて起き上がろうとしたが、すぐさまアークレヴィオンに押さえつけられてしまった。

「あの……」

「俺に完全服従するのだろう？　その証《あかし》を見せろ。抵抗は許さん」

そう言うなり、アークレヴィオンの手がルゥカのエプロンドレスの胸元を引き裂いた。

布の下からやわらかなふくらみを隠す、白い下着がのぞく。

「――！」

今、魔人に身体を犯されようとしている。だが、生きるために服従すると決めたのはルゥカ自身だ。死ぬより悪いことなど、あるはずがない。

「て、抵抗しないから、お願い、乱暴にしない、で……」

覚悟を決めつつも、恐ろしさのあまりぎゅっと固く目を閉じた。

「生娘《きむすめ》か。よかろう、最初は手加減してやる」

手加減すると言うわりには、彼の手は容赦《ようしゃ》なくルゥカの服を剥《は》ぎ取っていく。エプロンドレスはベッドの下に投げ捨てられ、頼りない下着だけがルゥカの身を守っていたが、それさえも邪魔とばかりにアークレヴィオンが引き裂いた。

「あ」

完全な裸身《らしん》を晒《さら》し、ルゥカは寒気に身を震わせた。反射的《はんしゃてき》に腕で胸を隠そうとしたが、アークレヴィオンの力強い手が腕を引き剥《は》がし、頭の上でひとまとめにしてベッドに押しつける。

「や……っ、待って、待って！　こ、心の準備が……」

「そんなもの、いくら待ったところで整うことなどなかろう」

低く響くアークレヴィオンの声は、乱れたルゥカの心まで縛《しば》りつけてしまうようだ。ルゥカの抵抗心をねじ伏せると、あらためて彼女の身体を征服《せいふく》しにかかった。

胸のふくらみをいきなりつかまれ、無意識に身体が硬直《こうちょく》する。アークレヴィオンはやわやわと揉《も》みほぐすように乳房《ちぶさ》を手の中に収めてしまう。指先で胸の頂《いただき》をつままれ、くりくりと刺激されると、呼吸が止まった。

「は、あっ」

他人に触《ふ》れられたことのない場所を弄《いじ》られ、言いようもない感覚に襲《おそ》われて、ため息がこぼれる。肌がざわつくような、むずかゆいような……

目をきつく瞑《つむ》ったままのルゥカだったが、胸が生温かいものに覆《おお》われたのを感じて、思わず目を開けた。

すぐそこに、アークレヴィオンの長い銀髪があった。絹糸《きぬいと》のようにさらさらした髪がルゥカの素肌の上に流れ、くすぐったくてたまらない。

だが、その髪の向こう側で、アークレヴィオンがルゥカの左胸を咥《くわ》えていた。甘噛《あまが》みしながら乳首を舌で転がし、突っつき、いやらしく吸い上げる。

右の乳房《ちぶさ》が手の中でやさしく握られ、頭の中が真っ白になった。

「ん……っ」

喉《のど》が鳴ったが、声は出なかった。手首を押さえつけられているので、逃げようもない。

自《みずか》ら望んだこととはいえ、魔人に胸を――純潔《じゅんけつ》を穢《けが》されているなんて。

「どうして、こんな」

「女が男に服従の証立《あかしだ》てをするにあたって、これ以上に有効な方法などあるまい」

（やっぱり悪魔！）

生きるために服従を誓ったものの、心は簡単にこの事実を受け入れることはできなかった。殺されたほうがマシだったのではないだろうか、そんな風にも思う。

（でも、死んだら永遠に人間界に帰れない。お店を開くことだって、生きていないとできない）

混乱する頭を整理するために考え込んでいたルゥカだが、いきなり身体を貫《つらぬ》くような刺激が走り、悲鳴《ひめい》を上げた。

アークレヴィオンの膝《ひざ》がルゥカの膝《ひざ》を割って入り、その秘裂《ひれつ》に指を這《は》わせたのだ。隠されていた秘密の場所を暴《あば》かれ、その中でひっそりと息づいていた蕾《つぼみ》を彼の指がなぞっていく。

「や、ん！　あああ……っ」

乾いた割れ目を彼の指が執拗《しつよう》に、だがやさしく往復していくたびに水があふれ、次第にくちゅくちゅと濡《ぬ》れた音が部屋の中に響きはじめる。聞くに堪《た》えない淫《みだ》らな音に、ルゥカは頭を振った。

「んは……やぁっん」

アークレヴィオンの左手で両手をひとまとめに押さえられ、右手では秘所を強引に押し開かれる。下腹部を甘く刺激されるうちに、身体が作り替えられていくような錯覚《さっかく》に陥《おちい》った。

もどかしさしか感じていなかった胸への愛撫《あいぶ》に、ルゥカの全身が震えはじめる。熱い舌で尖《とが》ったピンク色の乳首を舐《ねぶ》られ、やわらかい髪が肌の上を滑っていく感覚が襲うと、ひっきりなしに切ない吐息をついてしまう。

「はぁ……あぁっ」

やがて、秘裂《ひれつ》をなぞる指は二本に増え、ぐちゅっと粘《ねば》ついた音を立てながら花唇を割って、蕾《つぼみ》を目覚めさせるように蠢《うごめ》いた。

「あぁっ、ふあ……っ」

さっきまで頭の中で考えを巡らせていたのに、すでに何も考えられない。腰が勝手に揺れ、必死に閉じようとしていた脚は抵抗の意思を失い、膝《ひざ》を立てたまま だんだん開いていくのだ。

「抵抗するなよ」

そう言いおいて、アークレヴィオンはルゥカの両手を押さえつけていた左手を離した。代わりに彼女の脇腹や背中、腹部のなめらかな肌をやさしくなぞるように愛撫《あいぶ》しはじめる。

「んっ、んっ……！」

無意識に上がる自分の淫《みだ》らな声に気づき、ルゥカは必死に声を殺した。服従を誓ったとはいえ、アークレヴィオンの好き勝手に犯されているのだ。

(気持ちいい、なんて、認めたくない)

しかし、ルゥカの腕は彼を押しのけるどころか、ぎこちなくその服の裾《すそ》を握りしめていた。

「あっ、ああ、だめっ……！」

胸を犯していた舌がルゥカの耳元に移動し、喉《のど》元や首筋を滑っていく。耳たぶにかすかに歯を立てられると、全身がぶるぶると震え出した。

でも、身体が重なるとあたたかくて、心地よさを感じてしまう。

「生娘《きむすめ》のわりに、感度は悪くないようだ」

「なっ、ああっ……んあぁ」

ルゥカは頬を真っ赤にして否定しようとしたが、割れ目の中の敏感《びんかん》な場所を擦《こす》られてしまい、言葉を失った。そこを指で揺らされると、身体の芯がぎゅっとすぼまっていく。

アークレヴィオンはやさしくルゥカを愛撫《あいぶ》しながら、まるで抱《だ》きしめるように腕の中に収め、癖《くせ》のある長い赤毛に顔を埋《うず》めてきた。

強引な言葉とは裏腹《うらはら》にその大きな手は丁寧《ていねい》で、怖いのに怖くない。

彼の為すがままに蹂躙《じゅうりん》されている事実に変わりはないのだが、先ほどよりも恐怖心が薄らいだような気がする。ルゥカは閉ざしていた瞼《まぶた》を、思い切って開けてみた。

（絵画みたいにきれいな人……）

視界に飛び込んできたアークレヴィオンの顔は、憎たらしいけれど、やはりルゥカの心の琴線《きんせん》に触《ふ》れるのだ。うっかり心惹《ひ》かれそうになったことが癪《しゃく》で、ルゥカは険しい表情を作って彼をにらんだ。

途端《とたん》にアークレヴィオンと目が合う。彼はルゥカの懸命なにらみをものともせず、従順ならざる視線を咎《とが》めるように、彼女の喉《のど》元に鼻を押しつけ、生温かい舌を肌の上に滑らせた。

「あっ、やっ」

身体の芯がぞくぞくと震えて、肌が粟立《あわだ》つ。とどめとばかりに、ふくらんだ蕾《つぼみ》をきゅっ

とつまれると、全身を貫《つらぬ》くような電流が走った。

「んあぁ……っ」

びくんっと身体が跳ねてしまう。ふいにまな板に置かれた鮮魚《せんぎょ》が思い浮かんだ。さぞ料理のしがいがあると、彼は考えているに違いない。

また抵抗心が湧き上がるものの、アークレヴィオンの指の動きにルゥカは素直に反応してしまう。蕾《つぼみ》に振動を与えられていくうちに、頭の中の雑念がどんどん薄れて、やがて真っ白になっていき――

「――ああっ」

そこに到達した瞬間、全身に言い知れない快感が流れ込んだ。

ふわりと身体が浮かび上がったように感じたあと、一気に脱力すると、ルゥカは朱に色づいた唇を薄く開いて乱れた呼吸を繰り返す。

「はっ、はぁっ……ぁっ」

やがてアークレヴィオンの身体が離れていくと、ルゥカは力を失ったままベッドに深く沈んだ。魔人に犯されて、気持ちよく感じてしまうなんて。

（何……これ……）

頭の中は真っ白だったが、身体は内側を駆け巡る快楽の余韻《よいん》をあさましく味わい、下腹部からは、物欲しそうに淫《みだ》らな蜜《みつ》が滲《にじ》み続けていた。

「はじめてというわりに、身体はよく啼《な》く」

そんな風に評価されればさすがにムッとするが、でもこれで終わりだ。そう安堵《あんど》の吐息をついたルゥカがのろのろとアークレヴィオンに目を向けると、彼はまとっていた部屋着を脱ぎ捨てていた。ゆったりした服の下から現れた、たくましい裸身《らしん》を見た瞬間、ルゥカは自分が早とちりしていたことを悟った。

「まさか、これで終わりとは思っていないだろうな」

「え――」

アークレヴィオンの身体は、しなやかな細身にしっかりした筋肉のついた、まるで美しく削られた彫刻のようだ。見たくもないのに、視線が勝手に吸い寄せられてしまう。だが、下半身に堂々と隆起《りゅうき》する男の象徴《しょうちょう》を見つけた瞬間、ルゥカは悲鳴《ひめい》を上げて飛び起きた。

「逃げるな」

「やっ、だって、そんなモノ……」

アークレヴィオンに背中を向けて逃げ出そうとしたが、あっさり肩をつかまれてベッドの中央に連れ戻されてしまった。

彼はじたばたと暴れるルゥカをうつぶせにベッドに押しつけ、その背中に覆《おお》いかぶさってくる。

「そんなモノとはどういう意味だ」

「そのままの意味です……っ」

物心《ものごころ》ついた頃には、とうに父親と死に別れていたルゥカである。これまでに恋人などいたためしもなく、今の今まで、本当に男の裸を見たことがなかったのだ。

「恥ずかしいんです！　恥ずかしすぎて死にそうです！」

「恥ずかしくて死んだ者などおらん」

ルゥカの背中にのしかかったアークレヴィオンは、彼女のぷるんとした尻を触《さわ》り、脚を割り開くと、充血《じゅうけつ》した蕾《つぼみ》を後ろから刺激しはじめた。

「ひぁああっ」

絶頂に達したばかりでひくひくと震えている秘部を執拗《しつよう》に撫《な》でられ、ルゥカはこらえきれず顔をベッドに埋《うず》めて啼《な》いた。

肩や背中に舌を這《は》わされ、ときどき肌を吸われ、後ろから耳たぶを甘噛《あまが》みされる。

「ふ、あ……」

裸の男に背後から抱《だ》かれて淫《みだ》らな愛撫《あいぶ》をされていると思うと、背徳的な行為に後ろめたさを覚えた。

(でも、気持ちよくて……っ)

アークレヴィオンはシーツに押しつけられて潰れた乳房《ちぶさ》を握る。たわわなふくらみを手の中で味わいながら、ルゥカから甘い悲鳴《ひめい》を引き出そうとしているようだ。

「んっ……あぁっ……」

こんなこと、今まで誰にもされたことはない。このまま何をされてしまうのかわからなくて怖いのに、割れ目の奥を指で刺激されるたび、身体の中を駆け抜ける快感に身体がほどかれていくようだ。

自分が悪いほう、悪いほうへと堕《お》とされている気がして、やましい気持ちばかりが募っていくのに、身体は言葉通りアークレヴィオンに服従してしまう。

いつしか、内腿《うちもも》は濡《ぬ》れ光るほどに愛液にまみれていた。

「あ……んっ、あぁっ!」

「従順になってきたな、いい子だ」

静かな声が耳元で囁《ささや》くと、それだけで蜜《みつ》がとろりと流れ出した。

こんなの嫌がらせに決まっている。でも、ルゥカの唇から反抗する台詞《せりふ》は出てこなかった。彼の言う通り、快楽に従順になった女の吐息が漏れるばかりだ。

「ああ……もう――」

ルゥカが肩越しに振り返ると、アークレヴィオンは彼女の顔にかかった赤毛をそっとかきあげ、耳にかけた。その何気《なにげ》ない仕草に、なぜか下腹部の奥がきゅっと疼《うず》き出す。

相変わらず表情らしい表情はないのに、間近で見る彼の顔があまりにも美しく、同時に男らしさも備《そな》えていて、こんな最中《さなか》だというのに目が追ってしまった。

「もっと気持ちよくしてやろうか」

「えっ……」

一瞬、アークレヴィオンの言葉に期待を抱《いだ》いてしまったルゥカは、すぐにそれを否定するようにぶんぶん頭を左右に振った。

(期待なんてしてない！　私、今この男に犯されてるの！　ひどいことされてるんだから……っ)

必死にアークレヴィオンをにらみつけようとするのだが、彼に尻を持ち上げられると、まるで期待するかのようにルゥカの心臓は大きく音を立てていた。

彼は割れ目に沿って指を滑らせ、濡《ぬ》れた蕾《つぼみ》を転がす。

「待って――あ、あっ、んん！」

アークレヴィオンは、何かを探すように秘裂《ひれつ》を指で押し広げると、ある一点をなぞり、ぷつりと膣《ちつ》の中に指を挿《さ》し込んだ。

「……っ！」

ベッドに肘《ひじ》をつき、ルゥカは耐えるように拳《こぶし》を握りしめ唇を噛《か》んだ。

きつい狭隘《きょうあい》をほぐすよう、アークレヴィオンはゆっくりゆっくりと奥を目指していく。そうしながらもう一方の手は、秘裂《ひれつ》の奥のいちばん感じやすい蕾《つぼみ》を揺らし続けた。

「て、手加減するって、ゃあぁんっ」

「これ以上ないくらいに手加減している」

ちっとも手加減されている気はしない。ただ、痛みはいっさい感じなかった。それに、彼女の肌に触《ふ》れるアークレヴィオンの手つきは、やさしい。

（やさしい……わけない）

ルゥカは誤った認識を追い出すように強く頭を振った。どんなに美しかろうが凛々《りり》しかろうが、女を力で征服《せいふく》する男にやさしさなどあるはずがない。

だが、こんな危機的《ききてき》な状況にもかかわらず、彼の指に内壁《ないへき》を擦《こす》られながら抜き挿《さ》しされると、ルゥカは腰を振ってそれに応《こた》えてしまう。

「んっ……」

せめてもの抵抗をと、歯を食いしばって淫《みだ》らな声を抑えていたのだが、肩口をかぷりと甘く噛《か》まれた瞬間、隙《すき》ができてしまった。

遠慮《えんりょ》しながら奥を目指していた指がたちまちぐっと入り込んできたのだ。そしてルゥカの中を小刻みに揺らしながら擦《こす》っていく。

「あぁああっ……！　や、だ、ヘンな、感じが……っ」

身体の内側を探られる異常な感覚に、神経が研ぎ澄まされていくようだ。

「んあああっ、だめ、だめぇ……」

弄《いじ》り回される秘裂《ひれつ》とその奥が熱を上げ、ぐちゅぐちゅと水音を奏でる。

ありえない場所を触《さわ》られる違和感《いわかん》とかすかな快感、秘所を犯されている羞恥《しゅうち》が混ざって、気持ちの整理がつかない。

それなのに、アークレヴィオンの手が動くたびに快楽の虜《とりこ》になってしまいそうだ。

ベッドについた膝《ひざ》が震えた。尻を突き出すような格好で犯され、花唇から蜜《みつ》が滴《したた》り落ちる。

混乱しているうちに頭と心がいっぱいになりすぎて、ルゥカは息も切れ切れにすすり泣いていた。

「あぁ……んっ、やぁ……」

ふと、アークレヴィオンの手がルゥカの肩に置かれた。はしたない蜜《みつ》に濡《ぬ》れた彼の指を見て、ルゥカの涙腺《るいせん》はさらに緩《ゆる》んでしまう。

(恥ずかしくて死ねる……!)

だが、彼はそんなことにはお構いなしに、ルゥカの身体をころんと仰向《あおむ》けに転がした。

真上から顔をのぞき込まれ、ルゥカはあわてて涙の滲《にじ》んだ目を隠そうとするが、腕を取られ、濡《ぬ》れた目許をぺろりと舐《な》められてしまった。

「……!」

アークレヴィオンを見上げると、彼は無表情のまま、まるでなだめるようにルゥカの髪をくしゃっと撫《な》でる。

「え……」

ルゥカは思わず目を瞠《みは》って彼を見つめた。この魔人にも、少しくらいは人の情《じょう》とか、良心のようなものが存在するのだろうか。

しかし……

「泣くな。いくら泣こうが喚《わめ》こうが、これはおまえが選んだ結果だ」

やはり魔族は魔族なのだ。ルゥカは淡青色《ペールブルー》の瞳に力を込めて、アークレヴィオンをにらんだ。

「……しっ、仕方ないじゃない! こんなことされるなんて、思わなかったんだから……っ」

「反抗的だな。俺に服従すると言った舌の根も乾かぬうちに」

冷ややかな月色の瞳でルゥカの視線を受け止めると、彼は腕を伸ばしてきた。

(殴られる……！)

ルゥカは反射的《はんしゃてき》に腕を上げて顔をかばったが、彼の拳《こぶし》が飛んでくることはなかった。

ただ、両腕をつかまれ、そのままベッドに押しつけられてしまう。

「あきらめて俺を受け入れろ。おまえのような無力な小娘ひとりが魔界で生きていくのは不可能。生きたいのであれば、つまらぬ見栄《みえ》など捨ててしまうのだな。おまえがここで快楽に溺《おぼ》れようと、それを咎《とが》める者はいない」

突き放されているのか、慰《なぐさ》められているのか、どちらなのだろう。

アークレヴィオンはルゥカの気が逸れているうちに、無防備にはだけられた胸を口に含み、硬くなった粒を舌で巻き取って、淫《みだ》らな愛撫《あいぶ》を加えはじめた。

「あぁ……っ」

執拗《しつよう》にそこを舐《ねぶ》られるうちに、秘裂《ひれつ》の奥がふたたび熱く濡《ぬ》れていく。蜜《みつ》がとろりと流れ落ちる感覚に、どうしようもなく身体が疼《うず》いてしまう。

アークレヴィオンはルゥカの腕を解放したが、代わりにズキズキする割れ目の中をやさしく指で往復していった。

後ろから触《ふ》れられたときよりも鮮明《せんめい》な快感に満たされていく。

「やぁああっ、そんなふうにっ、さわらな……い、で」

身体を反《そ》らして切ない悲鳴《ひめい》を上げるルゥカの喉《のど》を唇で食《は》み、全身をとろかすような甘い手つきで、アークレヴィオンは彼女の身体を愛撫《あいぶ》し続けた。

「はぁ……はぁ……っ」

いつの間にか身体からは力が抜けていって、彼の与える快感だけに反応するようになっていた。厚い胸に抱《だ》き寄せられると、無意識にその身体にしがみつき、ルゥカは震えてしまう。

「もうじゅうぶん濡《ぬ》れたな?」

「ん……っ」

呼吸が乱れすぎて、頭がしびれたようにぼうっとする。もう、何をされても抵抗する気力は残っていない。

それを見越したようにアークレヴィオンはルゥカの細い足首をつかみ、膝《ひざ》を折り曲げ、秘所を大きく開かせた。

しとどにあふれた花蜜《みつ》が、内腿《うちもも》もシーツもぐっしょりと濡《ぬ》らしている。

「ふぁ……」

もう心も身体も、この状況についてこられなかった。唇から弱々しい声が漏れたが、そこに力はない。

やがて、その痛みは突然やってきた。熱の塊がルゥカの秘所にめりこみ、突き立てられ、まどろみにたゆたっていた意識が、いきなり現実に引き戻されたのだ。

「いやぁあっ、いたっ、やめてっ！」

だが懇願《こんがん》は聞き入れられず、中をかきわけるようにして熱塊が身体を抉《えぐ》っていく。

激しい痛みにルゥカは首を振りながら声を上げたが、アークレヴィオンは自身の身体で彼女の身体を押さえ込む。そして大きく深呼吸をすると、一気にそこを突き破った。

「――――っ！」

大きく開かれたルゥカの瞳が翳《かげ》り、涙がこぼれ出す。アークレヴィオンは彼女の顔の横に腕をつき、大粒の涙を舐《な》め取ると、きつく締めつける中を何度もたどった。

「ふ、ぅっう」

「力を抜け。そんなに力を入れていては、よけいに痛みが増す」

最初は引き裂かれる痛みに悲鳴《ひめい》を上げていた喉《のど》も、アークレヴィオンになだめられ、何度も腰を打ち付けられていくうちに、甘い嬌声《きょうせい》を勝手に漏らしてしまう。

「あ、んっ……」

ルゥカは彼のたくましい背中に爪を立て、内側から迫ってくる波に必死に抗《あらが》う。だが、体温が重なり合って蠢《うごめ》く感覚に、彼女の腰は痙攣《けいれん》したように小さく震えはじめた。

次第にアークレヴィオンの熱い身体が速度を増し、彼女の狭隘《きょうあい》を何度も何度も擦《こす》り、奥のほうを突き上げる。

「ああ……もぉ……」

平衡感覚《へいこうかんかく》が失われて、頭から真《ま》っ逆《さか》さまに落下していくようだ。

「くっ――」

一瞬、アークレヴィオンの身体が強張《こわば》った気がする。

彼の身体の下でそれを感じたルゥカは、必死にもがきながら広い背中にしがみついた。

「あぁ……あ、あ……!!」

アークレヴィオンの突き立てた楔《くさび》を体内深くに咥《くわ》え込み、熱い飛沫《ひまつ》が放たれるのをかすかに感じた瞬間――身体の痛みも、彼の身体の熱も、すべての感覚が消失する。

やがて、引き潮のあとに怒涛《どとう》のような快楽の波が襲《おそ》いきて、ルゥカは絶頂に呑《の》み込まれた。

＊＊＊

次に目を覚ましたとき、そこにはもうアークレヴィオンの姿はなかった。

ルゥカはといえば、身体には毛布が掛けられており、寝心地のいいベッドの中にいる。

それにしても、身体が重い。身動きしようと思っても力が入らなかったので、ルゥカはあきらめて目を閉じた。しかし……

「ぐぅううう」

文字にできるほどはっきりと腹の虫が鳴り、ルゥカは赤面した。

香ばしい匂いがどこからともなくただよってきており、空腹が刺激されて止まない。

人違いで魔界にさらわれて、魔人に服従を強《し》いられたあげく、純潔《じゅんけつ》を穢《けが》されてしまったのだ。普通ならもっと取り乱して泣き叫んでいてもおかしくない状況なのに、空腹をそそられるような匂いにつられてしまう自分が恨めしい。

（何だろう、お肉が焼けるみたいな匂い……）

ルゥカが自分の図太《ずぶと》さに感心しながら辺りを見回すと、タイミング悪く、部屋に入ってきたアークレヴィオンと目が合ってしまった。

「よく寝ていたな」

「それ、嫌味《いやみ》ですか？」

「事実をそのまま言っただけだ。おまえはずいぶんとひねくれた娘だな」

表情らしい表情を見せない彼だったが、さすがに呆れたらしく、不器用に表情筋を動かした。

「目が覚めたのなら、下りてくるといい。食事の準備ができている」

「そ、その前に、身体がとっても不快なので水浴びなどさせていただけると、うれしいんですけど……」

「湯浴《ゆあ》みでも何でもすればいい。だが、食事が冷めるぞ。腹が減っているのではないのか？」

どうやら腹の虫の大合唱を聞かれてしまったらしい。湯浴《ゆあ》みもしたかったが、空腹に抗《あらが》うことはできない。

「……い、いただきます」

「着替えはそこに用意してある。支度《したく》ができたら下へ来い」

そう言ってアークレヴィオンは踵《きびす》を返すと、さっさと部屋を出て行った。

彼はルゥカの命を盾《たて》に取って、欲望のままに彼女の身を穢《けが》した男だ。ゆえにもっと恐ろしげな魔人だと思っていたのに、食事に誘いにきてくれたのだから、拍子抜《ひょうしぬ》けしてしまう。

ぼうっとする頭を振ってベッドから下りようとしたとき、ベッドサイドのテーブルに服がたたまれているのを見つけた。

「これを着ろってこと？」

広げてみると、黒いブラウスと、落ち着いた深い赤色のワンピースだった。ご丁寧《ていねい》に下着なども新調されている。敵の施《ほどこ》しを受けるのは気が進まないが、いつまでも裸でいるわけにもいかないので、ルゥカは妥協《だきょう》することにした。

「わ、意外と……」

袖を通した赤いワンピースは、ルゥカの細身の身体にぴったりで、シンプルながらも大人びた雰囲気だ。スカートはひざ下までの長さで、揺れるたびに内側のレースがひらひらする。

揃えて置いてあった長い革ブーツに脚を通して鏡の前に立つと、憂鬱《ゆううつ》だった気持ちが少しだけ軽くなった。ルゥカは背中まである髪を手櫛《てぐし》で整える。

なんだかアークレヴィオンの術中《じゅっちゅう》にはまっているようでおもしろくない。

あの魔人に隙を見せてはいけない。こうして身支度《みじたく》を整えたことで、彼と対峙《たいじ》する覚悟も準備も整った。

ルゥカはそっと寝室から忍び出る。

（それに、お肉の匂いには逆らえないし……）

料理をするのはもちろん大好きだが、食べることだって同じくらい好きなルゥカだ。

寝室を出ると、そこは書斎のようで、壁一面がガラス張りの窓に立派な机、必要最低限の調度品《ちょうどひん》がある。アークレヴィオンの部屋なのだろう。

この書斎といい、寝室といい、彼は華美を好まない男らしい。それとも、魔界ではこれが普通なのだろうか。

窓の外は暗いような明るいような、今が何時なのかもはっきりしない空模様だ。

重厚《じゅうこう》な扉を開くと、長い廊下が続いていて、奥には下へ降りる階段が見えた。そして、香りはそちらからただよってくる。

「やっぱりお肉かな。何の肉だろう、けっこう淡白《たんぱく》な感じがするな」

匂いにつられて階下へ下りると、広々とした玄関ホールに出た。天井は吹き抜けで、銅像や絵画などが品よく並んでいる。

「こうしてみると、人間界とそう大きく変わるわけじゃないみたいだけど……」

ずっと不安の中に取り残されていたルゥカも、少しだけ安堵《あんど》した。

広い食卓の正面にはアークレヴィオンが座《ざ》して、ワイングラスを傾けている。その姿がいちいち絵になるので、ルゥカは視線が釘《くぎ》づけにならないよう、目を逸《そ》らすのに必死だ。そして、この邸《やしき》でアークレヴィオンの世話をしている、リドーと名乗った黒髪の青年がいそいそと給仕《きゅうじ》をしてくれている。

最初に運ばれてきたのはサラダだった。青々とした葉に、プチトマトが乗せられた――ように見える何かだ。

ルゥカはそれを見て身体を硬直《こうちょく》させ、信じられない思いで目をまん丸にした。

(前言撤回！　人間界と変わらないどころか、何なの、これ……！)

多肉植物なのだろうか、肉厚な葉はギザギザと棘《とげ》のように尖《とが》っていて、かなり視覚に訴《うった》えてくるものがあった。添えられている赤い実はトマトかと思いきや、ぬめっとしていて、ルゥカの錯覚《さっかく》でなければときどき蠢《うごめ》いているようにも見える。

「あ、あの、この葉っぱと、赤い実は何ですか？」

見た目がかなりおどろおどろしいサラダを指してルゥカは尋《たず》ねた。

「はい、ルゥカさま。これはゲバギュドスという植物です。葉の部分は肉厚で少し苦味がありますが、赤い実を潰して一緒にいただくと、酸味があっておいしいと魔界では人気なのです」

リドーは丁寧《ていねい》に解説してくれたが、あまりおいしそうには見えない。

「げば……。何だか、動いているみたいですけど」

「それは肉食ですから」

「にく、しょく……？」

「はい。新鮮ですが、きちんと処理してあるので襲《おそ》いかかってくることはありません。ご安心ください」

「襲《おそ》ってくるの!?」

「目は摘《つ》んでありますから、大丈夫ですよ」

「芽を摘《つ》んでるんですか」

「ええ、目は摘《つ》んでます」

何となくリドーと会話が噛《か》み合っていないように感じたが、深く追及するのは怖いので止めておいた。

次いでやってきたのは、スープだった。茶色のような、紫色のような、斑模様《まだらもよう》があやしすぎる毒沼色のスープだ。具は、得体の知れない白い輪っか状の何かが浮かんでいるのみで、それ以上のことはルゥカにはわからない。ただ、彼女の本能が警鐘《けいしょう》を鳴らしているのはわかった。

「これは、何のスープですか？」

「はい、ギュレポアをすり潰したスープです。人間界ではジャガイモという穀物《こくもつ》が似ているようですよ。それと、このリングはクラーイッカという水棲《すいせい》生物の足についている吸盤です」

「へ、へえ……」

ジャガイモのスープなら口にできそうだが、何しろ色が不気味すぎて食欲が湧かない。そして、魔界の水棲《すいせい》生物とは、つまり魔物ということで……胃の辺りがキュッと縮まった。

続いて、リドーが大きな皿を食卓に置いた。ルゥカは悲鳴《ひめい》を上げるのを辛《かろ》うじてこらえたが、思わずのけぞってしまい、椅子ごと後ろに倒れそうになった。

「大丈夫ですか？」

「は、はい……」

とっさにリドーが支えてくれたので危ういところで難を逃れたものの、目の前の皿をみつめて言葉に詰まった。

ルゥカの背丈と同じくらいの体長の、ワニのような爬虫類《はちゅうるい》らしきものがまるっと、こんがり焼き色をつけて乗せられていたのだ。

大きく開いた口の中には、返しのついた針状《はりじょう》の歯がびっしり並んでいた。背中はトゲトゲした背びれのようなものが生え、苔《こけ》色の鱗《うろこ》に描かれた、繰り返される幾何学《きかがく》模様は見ているだけで怖気《おぞけ》が走る。

ごくりとつばを呑《の》み込んだが、決して食欲をそそられたせいではない。

「こ、これは……」

「はい、今朝、マスターが森で狩ってきてくださった、コドモドラゴンの姿焼きです。幼体なのでやわらかいですよ」

「……」

これがルゥカのつられた、肉の匂いの正体であった。

最後に、いい香りのするパンがたくさん入ったバスケットが運ばれてきた。見なれたパンを前にして、ルゥカが泣きたくなるほど安堵《あんど》したのは言うまでもない。

「好きなだけ食べるがいい」

アークレヴィオンに勧《すす》められたが、フォークやナイフを手に取るのも億劫《おっくう》である。しかし、このやさしそうな黒髪の青年――リドーが作ってくれたというのだから、無下《むげ》にするわけにもゆかず……

「い、いただきます」

ひとまず無難なパンを取ると、ずいぶんと硬質な感じがする。

ぱくりとかじったが、ちょっとやそっとでは歯が立ちそうにない。スープにつけて食べるべきなのだろうか。

（アレに、つけて食べる……？）

食欲を瞬時に奪う、危険な毒沼色のスープ。そもそも人間が魔界の食物を食べて無事でいられるのだろうか。

パンをナイフでどうにか切り分けると、ルゥカは震える手でスープにつけ……

（えいっ！）

目を閉じてそれを口に放り込んだ瞬間、目を丸くした。

そもそも味が何も伝わってこない。とくに味付けなどはされていないようで、素材の味を楽しもうとがんばるが、やはりただの味気ないイモスープである。

パンも、硬くボソボソとしていて、おいしくはない。

（くっ……クソマズぃの……）

涙目になって顔を上げたとき、アークレヴィオンがコドモドラゴンの足を胴体《どうたい》から引きちぎり、硬そうな鱗《うろこ》ごとかぶりついている姿を目撃《もくげき》してしまった。

見ているだけなら、アークレヴィオンは彫刻のような美形である。その彼が、気持ち悪い鱗《うろこ》の魔獣《まじゅう》にかぶりついている姿は、ルゥカをひたすら嘆かせた。

「どうした、魔界の食事は合わないか？　人間が口にしても、とくに害はないはずだ」

他人様が作ってくれた料理にあれこれ言いたくないが、このままでは魔人に服従した挙句《あげく》に、食事が合わずに餓死《がし》するという、悲惨な運命しかルゥカには用意されていないではないか。

「……魔界では皆さん、こういう食事をなさっているのですか？」

「こういう食事というのが、どういうものかわからんが」

「あの、ドラゴンの丸焼きとか……このサラダもそのまんまみたいですし……」

「魔界ではたいてい、狩った魔獣《まじゅう》は焼くか煮るかだ。生でそのまま食らうのも珍しくはない」

相変わらずの無表情でアークレヴィオンは言う。

「あの、味付けとか、そういうのは」

「魔人には、塩味を好む方がいらっしゃいますね。お塩、お持ちしましょうか？」

リドーの言葉に、塩が存在することを知って安堵《あんど》したが、それにしてもあんまりな魔界の食事事情だと思う。

「原始だわ。いつもこんなものを食べてるの？　これで本当においしいの？」

思わずつぶやいたルゥカの言葉に、アークレヴィオンとリドーは顔を見合わせた。

「養分《ようぶん》になれば構わないだろう。食事に栄養を摂《と》る以上の意味はない」

「それ、その認識違いますから！　食事の意味をご存じですか？　栄養を摂《と》っていれば確かに生きてはいけますけど、それで食生活が充実するとは思えないです！　毎日、義務で食事をしているから、そんな無表情になっちゃうんですよ！」

ルゥカは勢いよく席を立って、食卓に両手をついた。

「もちろん栄養を摂《と》るという意味もあります。でも、日々の糧《かて》ってそれだけじゃないでしょう！　毎日を健康に過ごすためだったり、自然の恵みに感謝したり、料理そのものを楽しんだり。いいですか、同じ素材でも調理方法ひとつでいろんな料理に変わるんですよ！　だから、料理人は趣向《しゅこう》を凝《こ》らして、愛情を込めて作るし、食べる人は、作ってくれた人の心を受け取ってありがたくいただくんです！　それが文化的な食事ってものです！」

熱弁をふるうルゥカに、ふたりは沈黙《ちんもく》を続けた。魔界には、味を楽しんだり調理に工夫を凝《こ》らしたりする文化はないようだ。

「ちょっと、調理場借ります！　リドーさん、そのドラゴン焼き、運んでください！」

「何をするのだ？」

「料理です！」

ルゥカは寝室に置きっぱなしにしていたエプロンとカゴを持って調理場にむかい、中に詰め込んであった調味料の数々を取り出して並べた。

調理場の設備は、人間界にあるものとそんなに違いはないようだ。竈《かまど》やパン焼きの窯《かま》もある。道具が揃っているのに、まるで生かされていないのがもったいない。

調理台には、リドーがゲバギュドスと呼んだ、赤い実がたくさん入った器《うつわ》も置いてある。勇気を出してちょっとだけ舐《な》めてみた。外見の気持ち悪さとは裏腹《うらはら》に、少し酸味の強い、とろっとしたトマトといった感じだ。

「いけそう、これはトマトね。トマトと思えば怖くない。リドーさん、さっきあの人がワインを飲んでたでしょう？　あれ、いただけます？」

トマトもどきを鍋に大量に放り込み、トマトもどきピューレを手早く作る。

それから、鱗と皮を剥《は》いだドラゴン肉も味見してみた。リドーが言っていたようにやわらかく、淡泊な味で、食味は決して悪くない。見た目は不気味だが、新しい食材を前にルゥカの目がだんだんと輝き出した。

肉を切って下味をつけるとキツネ色に焼き上げ、トマトもどきピューレの中に入れた。さらにリドーが用意したワイン、乱切りにしたジャガイモもどき、調味料の数々を加え味を調《ととの》える。

「やわらかいから、煮込み時間は少し短くてもいいかな」

煮込んでいる間に、硬くて歯が立たないパンを取り出し、蒸してやわらかくする。

戸惑いばかりだった魔界の食材だったが、未知の材料をよく知る料理に変身させることが次第に楽しくなってきた。あの無表情の魔人に「おいしい」と言わせてやりたい、そんな野心も芽生えてくる。

「うん、材料足りなかったけどおいしくできた！」

ルゥカはできあがったシチューを深皿によそい、蒸してやわらかくなったパンを添え、アークレヴィオンの前に出した。

「……これは何だ」

「ドラゴンのトマトシチューです。調味料が足りなかったから大雑把《おおざっぱ》だけど。パンにつけて食べてもおいしいと思います」

ルゥカはアークレヴィオンの隣に座り、彼が食べる様子をじっと見つめる。

近くで凝視《ぎょうし》され食べにくそうだったが、それでも目の前で芳香《ほうこう》を放つ変わった食べ物には、少し興味を抱《いだ》いたようだ。スプーンですくって、ぱくりと口に入れる。

最初は変わらず無表情だった。だが、次第に月色の瞳が驚きに満ちていくのを、ルゥカは見逃さなかった。硬いはずの表情が一瞬、やわらかくなったのだ。

「これは、何だ」

「どうです⁉　おいしい……？」

ルゥカの期待に満ちた目に、アークレヴィオンは案外素直にうなずいた。

「これは、人間界で普通に食べているものなのか？」

「そうですよ。といっても、毎日こればかりじゃないですよ？　同じ材料でも、作り方次第でぜんぜん違うものができあがるんです」

「……たしかに、うまいな」

ルゥカが八歳の子供だった頃、魔界からさまよい出てきた魔犬に手作りのサンドイッチをあげたことがある。あのとき、魔犬がおいしそうに食べてくれたから、きっとこの魔人も人間界の料理を受け入れてくれるだろうと考えていたのだ。

とはいえ、こんなにあっさりと褒《ほ》めてくれるとは思いもよらなかったので、少し拍子抜《ひょうしぬ》けしてしまう。でも、手ごたえは感じられた。それに、人間界であれ魔界であれ、こうして調理場に立つことがルゥカにとって何よりの幸せだ。

「よかった！　それでですね、私、考えてたんですけど」

ルゥカは立ち上がり、アークレヴィオンに頭を下げた。

「私をこのお邸《やしき》の料理番にしてください！　いつまでここにいることになるかわから

ないけど、その間ずっと泣き暮らすのはいやなんです。料理は私の唯一の取り柄《とりえ》ですし、生きがいを持つことを許してくれませんか。私を料理番にしてくれたら、毎日おいしい料理を提供することをお約束します！」

そう言ったとき、ルゥカを映す月色の瞳が、はじめておかしそうに笑った。この無表情の冷徹魔人も、こんな顔ができるのだ。

「好きにすればいい。リドー、手伝いをしてやれ」

「かしこまりました、マスター。ルゥカさま、微力ながらお手伝いさせていただきます」

「ありがとうございます！　魔界の食材のことはわからないから、いろいろ教えてくれるとうれしいです。さあ、よかったらリドーさんも召し上がれ」

こうして、人間界から間違ってさらわれてきた少女は、魔王の側近の邸《やしき》で料理番の地位を得たのだった。

食事をすませると、立派な浴室を使わせてもらってから、アークレヴィオンに邸《やしき》内を案内してもらうことになった。

二階建ての立派な邸《やしき》で、一部屋一部屋は広いものの、部屋数はそんなに多くはない。一階には食堂と居間に浴室、ルゥカの仕事場となる調理場、そしてリドーの私室。二階はアークレヴィオンの書斎と寝室、広々としたバルコニーがあるだけだ。

客間や空き部屋はなさそうで、ルゥカはどこに住めばいいのだろうと気にはなったが……。

(まさか、これから毎晩この人と?)

半歩前を歩くアークレヴィオンを見上げて、彼に身体を弄《もてあそ》ばれたことを思い出し、頭を振った。

この魔人の所業《しょぎょう》を考えると、料理を褒《ほ》められたくらいであっさりと許しそうになっている自分が腹立たしい。

(服従するとは言ったけど……でも、だからってあんなこと)

処女を奪われたことを思い出して、怒りを持続させようとしたのだが、なぜか脳裏《のうり》によみがえるのは、彼の鍛《きた》え抜かれた肉体と、泣いたルゥカの頭を撫《な》でてくれたときの困《こん》惑《わく》したような表情。そしてとどめは、シチューを食べてほころんだ口許《くちもと》と、穏やかな瞳だった。

「わ、わあ……っ!」

あわてて頭に浮かんだ場面を手で追い払うと、振り返ったアークレヴィオンの怪訝《けげん》そうな顔と出会った。

「何を騒いでいる」

「な、なんでもないです……。と、ところで、今って何時くらいなんですか？　さっきからずっと薄暗いままですけど」

窓から空を見上げれば月が見えており、日が昇る直前くらいの暗さだ。最初は天気が悪いのかと思っていたが、空に雲が垂れ込めているわけではない。

「人間界と違って魔界には太陽がないからな、外はいつもこんなものだ」

「太陽が、ない？　信じられない……」

ずっとこの薄暗さの中で生活していかなくてはならないのだろうか。想像すると、なかなかしんどそうだ。

「昼夜の区別はどうやってつけるんですか？」

「魔界には、昼夜という概念《がいねん》は存在しない。だが、多くの魔族は活動時間と休息時間を月の色で区別している。今は……」

そう言ってアークレヴィオンは大きな窓を開け放ち、バルコニーに出ると暗い空を見上げた。

「赤みがかった月が浮かんでいるのがわかるか？」

「え、ええ」

空には、ルゥカの見慣れた月より大きく、赤っぽい満月がぼんやりした光を放って浮かんでいる。

「あの月の色は、魔族の活動時間を示している。赤い月はおもに魔獣《まじゅう》の活動時間、時間が経つと紫から青へと移り変わるが、青くなると魔人が活動をはじめる。だが、どちらの月に属しているかは、種族によってさまざまだ。人間界のように夜になるとぱたりと静まり返るわけではない」

「へえ……でも、人間界のことにも詳しいんですね」

「どれだけ長い間、我ら魔族が人間と争いを続けていると思うのだ。敵を知らずに戦《いくさ》などできるか」

「そういうものなんですか……」

ルゥカは薄暗い空を見上げた。赤い月をじっと見ていると、その不吉な色に胸騒ぎがしてくる。もしかしたら、もう二度と太陽の光を拝《おが》めないのかもしれないのだ。そう思うと不安でたまらず、ルゥカは胸の前でぎゅっと手を握り合わせた。

そんなルゥカの様子を一瞥《いちべつ》し、アークレヴィオンはもう一度、空を見上げる。

「おそらく人間は、青い月に活動時間を合わせたほうがいいだろう。赤い月は人の不安を煽《あお》るものだ」

「あなたでも、赤い月を見て不安に思うことがあるんですか？」

彼の口から意外な言葉を聞いて、ルゥカは目をまん丸くした。この魔人に怖いものなどあるようには見えないのだ。不安という言葉を知っていること自体、驚きである。

「俺は本来、赤い月に属する種族だ。今は陛下にお仕えしているため、青い月に合わせているがな。俺にとって赤い月の光は活力そのものだ」

「はぁ、王さまのために昼夜逆転生活をしてるってことなんですね。大変ですね」

「……」

ルゥカの反応に呆れたようにアークレヴィオンは肩をすくめたのち、正面から向き直った。

「この邸《やしき》内では自由にしていて構わない。だが、勝手に外へ出ていくな。命が惜しければな」

彼に服従するとは言ったものの、べつに虜囚《りょしゅう》という扱いではないようだ。ルゥカとて見知らぬ魔界をひとりでうろついて、魔物の餌食《えじき》になるのはまっぴらごめんなので、そこは素直にうなずいておく。

「わかりました」

「さあ、そろそろ寝室に引っ込むのだな。今日は――無理をさせた」

「え？」

彼の口から飛び出した意外な一言に、ルゥカは目を丸くした。ルゥカの純潔《じゅんけつ》を穢《けが》したことを、少しは悪いと思っているのだろうか。真意を探ろうとアークレヴィオンを見上げたものの、ふいっと顔を背けられたので、何も読み取れなかった。

（そんなわけないよね。やさしい言葉をかけられたって、悪人は悪人だし。いくら心配されたって、あれが帳消しになるわけじゃないんだから……）

そもそもこの魔人は何を思ってルゥカに服従を強《し》いたのだろうか。聞いてみたくもあったが、それよりも『寝室』と聞いていっそう不安になった。

「あの、私はどこで寝れば……」

「俺のベッドで構うまい。広さは充分ある」

「あなたと、一緒に、ですか……？」

上目遣《づか》いで恐る恐る尋《たず》ねると、アークレヴィオンは表情ひとつ変えることなく淡々《たんたん》と告げた。

「俺に服従を誓ったのだろう？　俺がそうしたいと思ったときには、いつでも応じろ」

やっぱりこの魔人はひどい男だ。ムッと唇を尖《とが》らせたが、アークレヴィオンは気にもせず、涼しい顔のまま邸《やしき》の中へ戻った。

「だが、俺はこれから出仕しなければならないから、ひとりで寝ていろ。月が青くなる頃に戻る」

「王さまに合わせて、青い月のときに活動しているんじゃないんですか?」

「今日はたまたまだ」

そう言い置いて、アークレヴィオンは魔王の城へ出かけて行った。

すっかり翻弄《ほんろう》されていたルゥカだが、リドーに寝室まで送り届けてもらい、ネグリジェを手渡されて目をまるくする。

アークレヴィオンとリドーがふたりで暮らしている邸《やしき》のようだが、どこから女物の服が出てくるのだろう。しかも、あつらえたようにルゥカにぴったりだ。

「ね、リドーさん。ネグリジェとかこの服もそうですけど、この邸《やしき》に元々あったんですか?」

生真面目《きまじめ》そうなリドーは、ルゥカの問いかけに笑ってみせた。

「はは、まさか。これはアークレヴィオンさまに命じられて、私が仕立て屋に用意させたものですよ」

「わざわざ、私のために?」

服従を誓わせた娘一人のために、なぜここまでするのだろう。本当にあの魔人が何を考えているのかさっぱりわからなかった。

しばらくひらひらしたレースのネグリジェを眺めていたが、これを着てアークレヴィオンの隣で眠っているところを想像してしまい、ルゥカはあわててそれをベッドの上に放り出した。

「あ、あの、さっきバルコニーからお庭が見えたんですけど、あそこにあったのは畑ですよね？」

「ええ、そうですよ」

「さっきたくさん寝てしまったので、全然眠れそうにないんです。少し、畑を見て回ってもいいですか？　さっきのゲバ……トマトもどきがあったら、たくさん欲しいんです」

「構いませんよ。ご案内しましょう」

リドーの案内で庭に出ると、自家栽培には充分すぎる広さの畑が、赤い月に照らされて紫色に見えた。

「わ、すごい！　リドーさんひとりでお世話してるんですか？　お邸《やしき》のことだってあるのに、大変じゃないですか」

「私がお世話をするのはアークレヴィオンさまおひとりですし、あの方はたいていのことはご自身でなさいますから。それに――」

リドーは、アークレヴィオンとは対照的なやわらかい顔立ちで笑った。

「この畑の植物たちは、種を蒔《ま》いてからはすべて放置したままです。魔界の植物は基本肉食なので、増えすぎれば勝手に共食いをして間引きますし、害虫や害獣《がいじゅう》の類《たぐい》も自《みずか》ら追い払います」

「………」

ルゥカの常識をはるかに凌駕《りょうが》する、殺伐《さつばつ》とした畑事情である。太陽光を浴びることができないゆえの生態なのだろうか。

「さっき食べたゲバギュドスはあちらの一角に。わりと凶暴なので柵《さく》で囲ってありますが、今のルゥカさまでしたら大丈夫でしょう」

「今の私？　それって、どういう意味――」

そう聞こうとしたが、畑を見た途端《とたん》、言葉を失った。さっき食卓で見た、あの気持ち悪い肉厚の葉が、ゆらゆら揺れながらまるで獲物《えもの》を探すように自《みずか》らの意思で動いているのだ。

どうやら、あの赤いトマトもどきの実が『芽』ならぬ『目』の役を担《にな》っているらしい。

（さっきリドーさんが言っていた『目は摘《つ》んである』ってこのことだったのか……）

畑一面に、目には見えない瘴気《しょうき》が渦巻《うずま》いているようで、ルゥカは思わず身震《みぶる》いした。

「何ですかここ、地獄ですか」

「魔界ですよ」

「同義語です……」

恐る恐る柵《さく》の中に入ると、ゲバギュドスたちはいっせいにこちらを向いた。赤い実たちが、獲物《えもの》を吟味《ぎんみ》するようにルゥカをうかがっている。

(獲物《えもの》って私のほうだよね……収穫《しゅうかく》に来たはずなんだけど)

「目をもいでしまえば、葉は動かなくなります。噛《か》まれないように気をつけてください。ヘタのほうから手を回すといいですよ」

畑で受ける注意ではない。ルゥカは硬直《こうちょく》した。

だが、トマトもどきが手に入れば料理の幅が広がるので、ぜひとも収穫《しゅうかく》したいものだ。料理番を買って出たからには、食材が気持ち悪いなどと言ってはいられない。ルゥカは覚悟を決めて取りかかった。

「ゲバギュドスを獲《と》るのがお上手ですね、ルゥカさま」

「えっ、そうですか?」

考えごとをしながら赤い目をブチブチともいでいただけなのだが、リドーに褒《ほ》められてたちまち気分が上がった。気がつけば赤く蠢《うごめ》く不気味な物体がカゴに山積している。

「この実は、ゲバなんとかじゃなくて、トマトっていう名前にしませんか？　そっちのほうが言いやすいですし」

「もちろん、ルゥカさまのお好きになさってください」

魔人とは思えないほど、リドーは人当たりがよくて、中性的な雰囲気なので安心する。アークレヴィオンに脅《おど》されて生死の選択を迫られたときは、本当にどうなってしまうかと思ったが、リドーはアークレヴィオンのもたらす非日常を中和《ちゅうわ》してくれるような気がした。

「リドーさん、あの人ってどういう人なんですか？　王さまに仕えてるんですよね？」

「はい、アークレヴィオンさまは、魔王ガラード陛下の腹心《ふくしん》です。魔力も陛下に次いで強大で、魔界では一目《いちもく》置かれているお方ですよ」

「そんな人が、王さまの命令に逆らって私を生かしておくなんて、大丈夫なんですかね……」

「陛下に逆らうなんて、ありえないことです。アークレヴィオンさまは、ルゥカさまをお側《そば》におかれても問題ないと判断されたのだと思いますよ。殺害するよう命じられたわけではないのでしょう？」

魔界の事情はわからないが、リドーが穏やかに言うので、ルゥカは納得するよりほかない。

「それは、そうですけど……。でも、何で私を服従させようなんて思ったんだろう」

ルゥカの独《ひと》り言に、リドーは無言のままだった。主人の考えなど、彼が知るはずもないのだろう。

アークレヴィオンが、どういうつもりでルゥカを生かしておいてくれるのかはわからない。だが、魔人に穢《けが》されても、まだ死にたくないという思いのほうがはるかに強い。命を失ってしまえば、そこですべてが終わってしまうのだから。

たとえみっともなく足掻《あが》くことになろうとも、一縷《いちる》の望みにしがみついてでも、生きてさえいれば何とかなる。ルゥカはまだ夢半ば――それどころかはじまりに足をかけたばかりなのだ。

「だいぶ収穫《しゅうかく》できましたね。何を作るんですか?」

リドーの朗《ほが》らかな声に我に返ると、ルゥカの頭の中はたちまち料理のことでいっぱいになった。

この異様《いよう》な作物も見慣れてしまえば、気持ち悪さよりも、未知の食材への探求心のほうが上回る。

「これでトマトソースをたくさん作っておこうと思って。リドーさんも手伝ってくださいね」

　そうして調理場にたくさんのトマトを運び、リドーとふたりでトマトソースを作った。その後《ご》、翌日のパンのタネを仕込み終わった頃、ようやくとろとろと眠気が下りてきた。

「さっきまで寝てたはずなのに……」

「お疲れなのでしょう。少しお休みになってはいかがですか？」

「え、でも……」

　寝ているあいだにアークレヴィオンが帰ってきたら、手籠《てご》めにされても文句は言えない。もちろん、彼に服従を誓ったので、どのみちルゥカに異議《いぎ》を唱える権利はないのだが。

「私もそろそろ休ませていただきますので」

「あ、そうですよね、ごめんなさい。じゃあ……」

　アークレヴィオンの部屋に戻ると、ルゥカは出窓に腰を下ろして魔界の空を見上げた。

　空に浮かぶ大きな月は赤い。ルゥカにとっては、いわゆる夜の状態ということらしい。

　今頃、エヴァーロスではどんな騒ぎになっているだろうか。ルゥカが魔獣《まじゅう》に連れ去られた場面を目撃《もくげき》した人は多いが、さすがに下女ひとりを救うために軍が動くことはないだろう。

　ずっとここにいれば、いつかは人間界に戻る術《すべ》を見つけることができるのだろうか。

あの魔人に従っていたら、そんな機会が訪れるのだろうか。

　こうして生きていることだけでも誰かに伝えられれば、機会が生まれるのかもしれないのに……

「ああ、どうなるんだろう……」

　アークレヴィオンの言う通りなのか、赤い月に照らされていると、胸の中に渦巻《うずま》いていた不安がどんどん増大してくるような気がする。

　ルゥカはテーブルの上に置いたままだった母のレシピ集を手に取った。

（お母さん……私、どうしたらいいんだろう？）

　そうして、出窓に寄りかかったままレシピ集を眺めているうちに、いつしかルゥカは眠ってしまった。

　はっと目を覚まして辺りをうかがったが、部屋の主はまだ帰宅していなかった。窓の外を確認すると、月は赤から青へと移り変わる途中だ。つまるところ、ルゥカにとっての朝である。

「さあ、朝じゃないけど朝ごはん作らなきゃ！」

　短時間ではあったが深く眠れたおかげか、それとも赤い月の力が失せたおかげか、不安でいっぱいだった気持ちは多少すっきりしていた。

それに、どんな珍しい食材に出会えるだろうか、今度は何の料理であの魔人を驚かせてやろうか、そう思うと足取りも自然と軽くなった。

悲しみに暮れて泣き続けるのは、どうやらルゥカには難しいようだ。

昨晩、タネを仕込んでおいたパンを焼こうとルゥカは調理場へ向かった。しかし、パンだけでは味気ないし、できればサラダも欲しいところだが、ざっと確認しても使えそうな食材は見当たらない。

リドーに尋《たず》ねようにも、彼の姿はどこにも見えない。まだ寝ているかもしれないのに、たたき起こすわけにはいかないだろう。

「庭に行ったら何かあるかな」

昨日のトマトもどきは、凶暴ということで柵《さく》に囲われていたが、それ以外の植物なら大丈夫だろう。収穫《しゅうかく》できるかはともかく、どんなものがあるのか、この邸《やしき》の食卓を預かるからには知っておきたい。

外に出ると、心なしか昨日よりも空が明るく感じた。気のせいだとは思うが、今が『朝』だという思い込みによる効果だろうか。

庭に植えられた植物は薄暗い中でも青々としていて、遠目では新鮮で瑞々《みずみず》しい野菜のように見える。

畑に脚を踏み入れ、恐る恐る畝《うね》へ近づいた。ツル状の植物が支柱に絡まっていて、ルゥカの手よりもやや大きめな、緑色の実をたくさんつけている。

「何だろう、そら豆かな……？」

よく見てみようとルゥカが近づいた途端《とたん》、パッと見ではそら豆のような形状のさやがいっせいに開き、まるで歯を鳴らすようにガチガチと音を立てはじめた。

「ひぇっ⁉」

明らかに、そら豆たちは意思をもってルゥカを脅《おど》しているのだ。昨日、リドーとここを歩いたときは何ともなかったはずなのに。

「うわ、気持ちわるっ」

一歩あとずさり、未知の『肉食野菜の畑』へひとりで来るのではなかったと、後悔した矢先のことだった。

あきらめて邸《やしき》へ逆戻りしようとしたルゥカの手首に、ツルが絡んだ。振り返ると、支柱に絡まっていたはずのツルがルゥカに絡みついてきたのだ。

一本や二本ではない、数十本のツルがいっせいに彼女に襲《おそ》いかかり、腕や足、胴体《どうたい》を絡め取る。

「きゃああっ、何これっ」

必死に振り払おうとするが、細いはずのツルは何本も絡み合って縄のように太くなり、ついにルゥカの身体を持ち上げてしまった。

「な……」

ルゥカは宙づりにされ、口を開けて待ち構える何十ものそら豆のほうへ運ばれていく。さやの内側にビッシリと生えた細かい歯が、ルゥカの肉を喰らおうと待ち構えているのだ。

「うそっ、やだ！　だ、誰か……！」

目の前に、おぞましいそら豆が近づいてくる。いや、ルゥカのほうが近づいていく。骨だけを残してすべてを貪《むさぼ》り喰われた自分の姿が浮かんで、血の気が引いた。

(豆に食べられて死ぬってアリ!?)

絶望《ぜつぼう》のあまりに天――実は地面だったが――を仰いだルゥカだが、ふいにツルの動きが止まったのを感じ、逆さづりになったまま頭を巡らせた。すると、視界の隅に銀色に輝く髪が映る。

「……何をしている」

静かな低い声は、アークレヴィオンのものだった。彼は安定の無表情で、ツルに逆さづりにされたルゥカを眺めている。

「み、見てのとおりです」

「自宅の庭で、農作物に襲《おそ》われている者を見るのははじめてだ」

驚くでもなく、アークレヴィオンは淡々《たんたん》と感想をくれたが、こちらは生きるか死ぬかの瀬戸際《せとぎわ》である。

「……私も農作物に殺されかけるのははじめてですっ！」

とはいうものの、アークレヴィオンがやってきた途端《とたん》、そら豆たちは剝《む》き出しにしていた歯を引っ込めて静かになり、ただのそら豆になりすましていた。

その姿はさながら、厳しい主人に従順な獣のようだ。

「だから言っただろう、勝手に外に出て行くなと」

「庭は大丈夫だと思って……。あの、このツル、ほどいてもらえませんか？」

ぴたりと動きを止めたツルだったが、ルゥカに絡みついたままである。依然《いぜん》として宙づりにされていて、とうとう彼女は音《ね》を上げて助けを求めた。

アークレヴィオンが無言で指を鳴らすと、ツルは命令に従うようにルゥカを逆さづりから正位置に戻す。だが、相変わらずツルはルゥカに絡みついたままで、それどころか、支柱に彼女を磔《はりつけ》にしてしまったのだ。

「あ、の……」

「人間というのは、本当に無力なのだな」

呆れているのか、アークレヴィオンは嘆息《たんそく》してルゥカに近づき、その顎《あご》に指を当てた。そのまま首筋をなぞり、襟元から手を挿《さ》し込むと、あろうことか下着に包まれた胸に直接触《ふ》れたのである。

「ちょ……と、待って」

全身はがっちりと固定されていて、逃げるどころか押しのけることもできない。それをいいことに、アークレヴィオンは彼女の胸元のボタンを外し、ぽろりとこぼれた乳房《ちぶさ》を口に含んだ。

「や、んっ……こんな、ところでっ」

「ベッドのほうがいいのか？」

「そういう問題じゃ……あぁんっ」

彼は唾液《だえき》を絡ませながら舌を胸に這《は》わせつつ、スカートの裾《すそ》をたくし上げて腿《もも》に触《ふ》れてくる。

そのやさしくなぞるような触《ふ》れ方に、ぞくりと皮膚《ひふ》が粟立《あわだ》つ。胸の敏感《びんかん》な場所を吸い上げられる感覚と相まって、勝手に声が漏れてしまった。

すでに硬くなった粒を舌先で転がされると、秘部の奥が熱く濡《ぬ》れはじめた気がした。

（やだ……）

あわてて脚を閉じるべく力を入れたが、ツルがそれを阻止《そし》し、逆にルゥカの両脚を大きく開かせてしまう。

そら豆の見事なフォローのおかげで、アークレヴィオンの手は難なく秘部に到達し、下着の上から指で割れ目を撫《な》でた。

「あぁっ、や……ぅ」

身動きがとれないため、感覚を逃がすことができない。

舌や指に愛撫《あいぶ》されると、身体がますます熱く潤《うるお》ってきた。指が何度も往復していく割れ目からは、とうとう蜜《みつ》が滲《にじ》みはじめる。

「んぁあっ、だ、だめっ」

焦《じ》らすように布越しに秘裂《ひれつ》を擦《こす》りながら、舌で右の胸を弄《まさぐ》り、もう一方の手は左のふくらみの硬くなった頂《いただき》をつまんで押し潰してくる。

「ツルをほどいてほしいのだろう？」

「あっ、だ、だからって……」

（また脅迫だ。人の弱みにつけこんで、なんて卑怯《ひきょう》なの……）

そう思いながらも、割れ目を往復していく鈍い感覚がもどかしくて、ルゥカは知らず知らずのうちにもっと強い刺激を求めて腰を揺らしていた。

そのとき、突然ツルが動き、さらに脚を高く持ち上げられた。すると、地面とルゥカの身体が平行になり、アークレヴィオンの目の高さに、蜜《みつ》で滲《にじ》んだ下腹部が晒《さら》された。

「やっ、やだ！」

ルゥカが真っ赤になって暴れるも、力強いツルには無意味な抵抗だった。それどころかスカートをツルでまくり上げて、まるで供物《くもつ》のように彼女の秘められた場所を主人に捧げたのである。

この異常事態にルゥカが目を白黒《しろくろ》させているうちに、アークレヴィオンは当然とばかりに、彼女の秘部を隠す濡《ぬ》れた下着を破り捨ててしまった。

熱いくらいの指が花唇に割って入り、直接ルゥカの蕾《つぼみ》を揺らしはじめると、強く甘い刺激が身体の芯を焼いていく。

「あああ、やぁ……んっ！」

触《ふ》れるか触《ふ》れないか程度の力加減でなぞられ、ツルに絡まれたルゥカの白い脚が震える。

表面を擦《こす》られるだけで、身体の奥から男を誘うような甘い蜜《みつ》がこぼれ、にちゃにちゃ

と恥ずかしい水音を立ててしまった。

「いやぁ……んぅっ……」

ルゥカが半泣きになっていやいやと首を振るも、ツルはますますルゥカの脚を広げて、繊細《せんさい》な女性の部分をアークレヴィオンに差し出すのだ。

「おまえの悲鳴《ひめい》が、ツルどもの養分《ようぶん》になるようだぞ」

どんな生態の植物だというのか。人間界の常識が通用しないことはよくわかったが、わかったところでどうしようもない。

「おろして……。もう、ヤダ……」

「辛抱《しんぼう》しろ。魔力のない身では、魔界を生きていくことができない」

アークレヴィオンはため息をつき、ひくひくと濡《ぬ》れている花びらに指をそわせると、ルゥカの狭い蜜《みつ》口から奥へ挿《さ》し入れた。

「は、あっ――魔力が、ないと……？」

彼の言葉に疑問《ぎもん》を覚えたが、二本の指がぬるぬるした狭隘《きょうあい》を押し広げて奥へ奥へと侵入してくると、問い質《ただ》すこともできずに喘《あえ》ぐばかりだ。

アークレヴィオンはぐちゅぐちゅと淫《みだ》らな音を立てながら指を抜き挿《さ》しして中を擦《こす》り、ルゥカの快感を煽《あお》り立てていく。

「ひぁっ、や、ぁあ！」

「魔界では強い者が上に立つ。自分よりも力のないものは、動物であれ植物であれ、すべて捕食《ほしょく》の対象だ」

ルゥカは下腹部を襲《おそ》う快感に身悶《みもだ》えながら、アークレヴィオンの声を幻《まぼろし》のように聞いていた。

「魔界の植物は基本的に肉食だ。そして、人間であるおまえは魔力を持たないため、魔界では最弱の部類に入る」

「んぅっ……そら豆、より？」

「ああ」

下腹部を手で弄《まさぐ》られ、腰が跳ねる。どうして庭でこんな恥ずかしい行為を強《し》いられているのか、次第にそんなことはどうでもよくなってきた。

アークレヴィオンの指が身体の芯を刺激するたびに奥のほうが熱く疼《うず》いて、蜜《みつ》がどろっと流れ出す。剥《む》き出しになった乳房《ちぶさ》の頂《いただき》は硬く張りつめてしまい、彼の舌にふたたび舐《な》め取られると、快感が貫《つらぬ》いた。

「ふあぁ……あっ、やあっ」

快楽の海に深く沈められ、ルゥカはただひたすら喘《あえ》いで腰を揺さぶった。

アークレヴィオンは目で確かめながら、快感を得やすい場所を探している。そして、彼女が甘い悲鳴《ひめい》を放つと、そこを攻略するようにやさしく擦《こす》り、理性を少しずつ剥《は》ぎ取っていく。

「あぁっ、いや、身体が、壊れそう……っ」

そんな恐怖を感じながらも、硬くなった花芯がズキズキと疼《うず》いて、彼の指を求めてしまう。アークレヴィオンはルゥカの言葉ではなく、身体の言うことに耳を傾け、ねっとりと濡《ぬ》れた割れ目を甘く擦《こす》った。

「おまえは本当に感じやすいな。蜜《みつ》がこぼれている」

「んっ……そん、な……あぁっ」

ルゥカの秘裂《ひれつ》からあふれた蜜《みつ》がツーと糸を引いて流れ落ちて、土に染み込む。

アークレヴィオンがふたたび二本の指を膣《ちつ》の中に挿れて動かすと、ルゥカの啼《な》く声と、ぐちゅぐちゅと蜜《みつ》が混ざる音が庭に響き渡った。

「や……もう、ほどいて……ああっ！」

縛《いまし》められた身体が痛くて、なのに触《ふ》れられる場所は気持ちよくて、身体中が悲鳴《ひめい》を上げはじめた。

「ツルを解《ほど》くには、こうするよりほかに方法がない」

「どうし、て……あぁんっ」

ルゥカの言葉が通じたわけではないだろうが、ツルが彼女の脚を下ろし、元のように支柱に磔《はりつけ》にする。まだ縛《いまし》められたままではあったが、空中での無理な体勢ではなくなったので、ルゥカはほっと安堵《あんど》の吐息をついた。

「もう、何なの……」

魔界に来てからというもの、彼女の常識では考えられない出来事が次々と起こり、そろそろ頭が破裂《はれつ》してしまいそうだ。

「その剣で、ツル、切って……」

アークレヴィオンの腰にはガチャガチャと音を立てる剣が収められている。魔力の優《ゆう》劣《れつ》などルゥカにはわからないが、魔王に仕えるアークレヴィオンが、自邸《じてい》で育てているそら豆より弱いはずはないだろう。

「ツルを切っても、ほどけはしない。むしろ、切った途端《とたん》に絡みついた部分がおまえを締めつけて、下手をすれば四肢《しし》を分断されかねない」

さっぱり意味がわからずにぼうっとアークレヴィオンを見ていると、間近に迫った彼がルゥカの頭を抱《だ》き寄せ、額にくちづけた――ような気がした。

（え……）

だが、一瞬の幻《まぼろし》のような出来事に心を奪われるより先に、アークレヴィオンの手がルゥカの腿《もも》をつかみ、左右に押し広げる。

今の今まで弄《いじ》られていた割れ目は青い月光を反射してぬらぬらと光り、朱《しゅ》に染まった花芽は何かを期待するようにひくんひくんと痙攣《けいれん》していた。

「は……っ」

快楽の残滓《ざんし》を吐き出すようにルゥカがため息をついたとき、下腹部に硬いものが宛がわれた。ふと顔を上げると、アークレヴィオンが明るい月色の瞳を細めている。

（人間界の月の色だ――）

ぼんやりとそんなことを考えたとき、ルゥカの身体を熱が抉《えぐ》った。

「あぁっ」

硬いものが、ルゥカの狭い場所にギチギチと割り込んでくる。蜜壺《みつつぼ》は充分すぎるほどに潤《うるお》っていたが、まだ男を受け入れることに慣れてはいないのだ。

アークレヴィオンの鋭い剛直《ごうちょく》に貫《つらぬ》かれ、昨日傷をつけられた場所に痛みを覚えたルゥカは、息を詰める。

「んっ……」

「熱いな……」

彼の低い声が、ため息のようにルゥカの耳元で囁《ささや》いた次の瞬間、支柱に押しつけられるように奥を突かれた。

「んぁああっ、やっ」

アークレヴィオンはルゥカの波打つ癖《くせ》っ毛に指を絡めながら、舌で首筋を舐《な》め、耳たぶを甘噛《あまが》みする。

「はぁっ、はぁっ」

彼の乱れた呼吸に耳を犯されていると、痛みの中に隠れていた心地いい波が押し寄せてきた。アークレヴィオンが腰をたたきつけてくるたび、重なりあった場所から、ぐちゅんっと蜜《みつ》が潰される音が鳴り響く。それを聞きながらルゥカは心地よさのあまりに頭を振り、赤い髪を乱した。

「ルゥカ」

彼に名前を呼ばれたのははじめてだ。そう思った瞬間、擦《こす》り上げられている場所が痙攣《けいれん》した。

「やぁっ……ああ!」

高みに追い立てられ、全身が強張《こわば》る。強い快感が駆け巡り、アークレヴィオンを締めつけていた膣《ちつ》がぎゅうっと収縮《しゅうしゅく》した。

「……っ」

一瞬、彼も呼吸を止めて身体を硬直《こうちょく》させ、彼女の中に男の欲望を注ぎ込んだ。すると、今までルゥカの身体を縛《いまし》めていたツルが嘘のようにするりと解《ほど》けたのだった。

いきなり支えを失って空中に投げ出されたルゥカの身体を、アークレヴィオンが抱《だ》き留める。

「はぁっ……はぁっ……」

ルゥカは彼の肩に額を寄せて呼吸を整えるのに精いっぱいだった。憎たらしい命の恩人に反発したいのに、アークレヴィオンの腕に抱《だ》かれると、ひどく心地よかった。

「どうして、解《ほど》けた、の……」

「俺の魔力をおまえの膣内《なか》に注いだ。魔力さえ備《そな》えていれば、魔界で生きていくことができる」

彼の言葉の意味はあまり理解できていなかったが、手足が自由になったことに、ルゥカはほっと安堵《あんど》のため息をついた。

その間にも、アークレヴィオンは彼女の身体を抱《かか》えたまま足早に邸《やしき》の中に入り、寝室に直行する。そして、そのまま半裸のルゥカをベッドに横たえると、はだけられた胸元に手をかけ、ぐったりと脱力する身体から服を剥《は》がしていった。

「あの……」

「俺は中途半端がきらいだ」

「そ、そうなんです、ね……？」

ルゥカを脱がした勢いで、手早く自分の服も脱ぎ捨てると、アークレヴィオンは彼女の身体に跨《また》がった。

舌で鎖骨《さこつ》の線をなぞられ、濡《ぬ》れた秘裂《ひれつ》を指で苛《さいな》まれると、ルゥカの口からは甘い悲鳴《ひめい》だけがあふれていく。

（こんなの、いやなはずなのに）

強引に身体を割り開かれて、快感を植えつけられているのに、ルゥカの身体は熱を帯びて、彼を素直に受け入れてしまう。

「あぁんっ！　んぁ……あ」

最初のときと違うのは、アークレヴィオンの腕がずっとルゥカを抱《だ》き寄せていることだ。やさしく肌に手を這《は》わせ、愛おしそうにその香りを楽しんでいるように思える。

（そんなこと、あるはずない、けど……）

だが、アークレヴィオンの顔をのぞき見る余裕はなかった。

さっきの交わりで、ルゥカの女性の部分は目も当てられないほどの愛液にまみれているからだ。そこは彼の指でさらに暴《あば》き立てられ、淫《みだ》らな音をずっと奏でている。

「ふあぁあっ、やぁんっ！」

アークレヴィオンの首に抱《だ》きつき、快楽に悶《もだ》えていると、彼の銀色の髪がルゥカの肌に流れた。

（どうしよう、気持ちいい……！）

命と引き換えに服従を命じられ、無理やりされているのではなかったのだろうか。

気がつけば、ルゥカもアークレヴィオンの身体を物欲しげに触《さわ》り、男の肉体の厚みを確かめるように背中に手を滑らせていた。

「はっ……んんっ」

アークレヴィオンは両手で彼女の腰をつかんで引き寄せ、膝《ひざ》を折り曲げさせると、隆々《りゅうりゅう》と天を向くものを性急《せいきゅう》に中に押し込む。

「あっ、あああっ！」

庭で貫《つらぬ》かれたときと違い、男の身体の重みが深くルゥカの中を抉《えぐ》った。

まだ痛みはある。一息に最奥《さいおう》まで突き入れられ、内壁《ないへき》を擦《こす》り上げられると、目尻に涙が滲《にじ》むほどだ。

それなのに、抜き挿《さ》しされるうちに痛みが快感にすり替わり、やがてアークレヴィオンの身体にきつく抱《だ》きついて声を上げていた。

「やぁっ、そんなに、動いちゃ……っ」

「おまえの中が心地よすぎる」

彼もルゥカの身体に腕を回し、背中を支えながら上体を起こす。すると、つながりあっている場所が目の前に晒《さら》され、ルゥカはあわてて目をそらしてしまった。

(何……これ……)

ぐちょぐちょに濡《ぬ》れた互いの性器が重なり、ルゥカの中に彼のものが突き立てられているのだ。一瞬だけだったがその様子を目にしてしまい、羞恥《しゅうち》のあまりに顔が歪《ゆが》む。

だが、ルゥカが視線を逸《そ》らした隙に、アークレヴィオンは目の前で揺れる乳房《ちぶさ》を咥《くわ》え込んだ。

反射的《はんしゃてき》にそちらに目をやると、彼が目を閉じて胸に吸いつき、舐《な》め上げ、舌先で刺激し、ありとあらゆる悪戯《いたずら》を仕掛けてくる。

「ん——っ！」

長いまつ毛が伏せられ、ルゥカの胸をぴちゃぴちゃと音を立てながら舐《な》めている彼の姿に、さらに下腹部から蜜《みつ》が生み出されてしまう。

「や、やだ……」

ぶる。
するとそれを狙っていたかのように、アークレヴィオンは膝《ひざ》に跨《また》がるルゥカを揺さ

不意打ちで褒《ほ》められ、ルゥカの頬が一気に上気した。
「きれいな身体だな。いい香りがする」

「あ、あぁっ」

アークレヴィオンとはまったく別の生きもののように、蜜《みつ》で妖《あや》しく光る楔《くさび》が、ルゥカの中の弱い場所を擦《こす》っては引き戻されていく。そのたびに彼女の中では新たな愛液が生み出され、彼の膝《ひざ》を濡《ぬ》らしていった。

気がつけば、もう痛みはない。
はじめは違和感《いわかん》だけを覚えていたはずなのに、いつしか恍惚《こうこつ》として、我を忘れるほどの心地よさしか感じなくなった。いっそすべてをこの人に委《ゆだ》ねたいとすら思ってしまう。

「んあぁっ、あっ、もう……」

ルゥカの腰を力強くつかみ、アークレヴィオンはいっそう中を犯しはじめた。
身体と身体がぶつかる音と、抜き挿《さ》しされるたびに生まれる水音、アークレヴィオンの乱れた呼吸音と、時折それに交じる色っぽく漏れた声。そこに自分の上げる淫《みだ》らな悲《ひ》鳴《めい》が合わさって、何も考えられなくなっていく。

「あぁ、あ、あっ、落ちる……っ！」

アークレヴィオンの首にきつくしがみつき、擦《こす》られた場所から不思議な感覚が身体中に拡散していくのを感じ取る。

彼の腕が、びくびく震えるルゥカの身体を抱《だ》きしめてくれる。それと同時に、体内の深い場所に、アークレヴィオンが焼けただれるほどの熱を解き放った。

外がいつまでも暗いせいか、ルゥカには時間の経過が感じられなかったが、窓の外にはくっきりとした青い月が浮かんでいた。それでもアークレヴィオンの攻めはいつまでも止まず、本気で腰が立たなくなるまで苛《さいな》まれ続けた。

料理番として名乗りを上げたルゥカにとって、この朝食作りがはじめての仕事になるはずだったのだが、残念ながら調理場に立つことができなかった。

＊＊＊

「はぁ……」

ルゥカは調理場に立って小麦粉を練《ね》り続けているが、ため息が止まらない。

腰が砕《くだ》けるとはよく言ったもので、アークレヴィオンにさんざん貫《つらぬ》かれたせいで腰にまったく力が入らず、起き上がるのも一苦労だったのだ。昼過ぎになってようやく動けるようになったのだが、男女の交わりに不慣れな身体は、とても本調子とは言えなかった。

「ルゥカさま、どうかなさいましたか？」

「あ、いえ……」

リドーに問われ、ルゥカは曖昧《あいまい》な笑みを返すしかできない。

彼の主がルゥカに何をしているのか、もちろん知らないはずはないだろうが、この人の好《よ》さそうな青年は純粋に彼女を心配してくれているのだ。

「そういえばリドーさん、さっきは豆を獲《と》ってきてくださってありがとうございます。まさかあんなに凶暴な植物だなんて思わなくて。昨日、リドーさんとあそこを歩いたときは襲《おそ》われたりしなかったから、油断してました」

「私こそ、ルゥカさまにきちんと忠告をしておかずに申し訳ありませんでした。昨日のルゥカさまは、アークレヴィオンさまの魔力に護られていたので、庭の植物たちも悪さはできなかったのですが……」

「魔力に護られて……って、つまり、そういうことですよね……」

思い返せば、アークレヴィオンがルゥカの胎内《たいない》に精を放った途端《とたん》、嘘のようにツルが解《ほど》けていった。

ただ面白半分に彼の慰《なぐさ》み者にされていると思っていたが、そうやって身体を交えることで、ルゥカはこの魔界で辛《かろ》うじて生きていく資格を得られるのだ。

（助けてもらってるって、こと？）

小麦粉を練る手を休め、ルゥカは皿を洗うリドーを振り返った。

「アークレヴィオンさまは魔界の中でも最上位の魔力を持っておられます。その魔力に庇《ひ》護《ご》されている間は、そこらの魔獣《まじゅう》程度ではルゥカさまに近寄ることもできませんが、時間が経過して魔力の庇《ひ》護《ご》がなくなってしまったのでしょう。ですが、今日のルゥカさまは、また強い魔力に護られていらっしゃいますから、庭に出ても大丈夫ですよ。それどころか、魔界の市《いち》に出かけられても問題ないと思います」

何気《なにげ》なく説明されたが、リドーは彼女がアークレヴィオンにどのような目に遭《あ》わされているか、やはり先刻承知《せんこくしょうち》のようである。

（声を聞かれたりしたのかな。まさか見られたりとか……）

そう思うと恥ずかしさでいたたまれず、話題を変えようと必死に考えを巡らせた。

「そ、それにしても、あのそら豆も柵《さく》で囲っておいたほうが……」

「あれはかなり弱い植物ですので、魔界に暮らす者にとっては何ら脅威《きょうい》ではないのです」

申し訳なさそうな顔でリドーに言われ、ルゥカは肩を落とした。

「生きていくだけでも、大変なんですね、魔界……」

ため息をつきながら生地を伸ばしていると、リドーが手を拭きながら、もの珍しそうにルゥカの手元をのぞき込んだ。

「ところで、何を作っていらっしゃるのですか？」

「あ、お茶のお供《とも》にクッキーでも、と思って」

「くっきー、ですか？」

「はい、小麦粉を練って焼いたもののことです。卵がたくさんあったので、作ってみました。本当はバターがあるといいんですけど」

「バターは市《いち》に行けば売っていると思いますが、アークレヴィオンさまがとくに好《この》んでいるわけではないので、この邸《やしき》には置いていないのです」

どうやらこの魔界では、塩やコショウ、小麦粉に卵など、最低限のものは手に入るらしい。ただ、砂糖の類《たぐい》は存在しないらしく、それが引っかかった。

「彼は食にこだわらない人ですか？」

「そうですね。食事に時間をかけるよりは、お仕事に専念《せんねん》なさりたい方ですし。それに、魔獣《まじゅう》の肉などは調理するよりも、好んで生でお召し上がりになります」

「うぇ……」

あの美形が生肉にかぶりつく姿は、なかなか凄惨《せいさん》だろう。しかし、食の好《この》みは人それぞれである。

「私が料理をするのって、食の押しつけなんですかね……」

生地をちぎって小さく丸めながらつぶやく。作るからには喜んでもらいたいが、いまひとつアークレヴィオンの為人《ひととなり》がルゥカにはわからず、彼がどう考えているのか計り知れないのだ。

あの魔人、人の弱みにつけ込んで乙女を蹂躙《じゅうりん》する極悪非道《ひどう》の輩《やから》なのかと思いきや、そうとばかりも言えない部分がある。

料理の一件にしても、ルゥカの好きなようにやらせてくれるし、邸《やしき》に軟禁されているのかと思えば、外の危険から守ってくれているように感じる。

これらを勘案すると、彼はやさしい魔人なのかもしれない……

「押しつけだなんて、そんなことはありませんよ。私はアークレヴィオンさまから料理について細かく命じられていなかったので、最低限の用意しかしていませんでしたが、ルゥカさまの作った昨晩のシチューはとてもおいしそうにお召し上がりになっていましたよ」

「それならいいんですけど。……よし、できた。あとはこれを焼けばできあがり！」

クッキーを窯《かま》に入れ、焼きはじめると甘い香りがただよってきた。砂糖はルゥカが人間界から持ってきたものである。

「変わった香りがしますね。私もひとついただいても？」

「もちろんですよ！　たくさんできたので、リドーさんもいっぱい食べてください。お口に合うといいんですけど」

できあがったクッキーをお皿に盛り、ルゥカは邸《やしき》の二階に上がった。

アークレヴィオンの部屋の前に立つと緊張《きんちょう》するが、彼には聞いておきたいことが山ほどある。躊躇《ちゅうちょ》している場合ではない。

ノックすると低い応《いら》えがあり、ルゥカはそっと扉を開いた。

「あの、お菓子ができたので、お茶にしませんか？」

部屋の主は机の前で分厚い本を読んでいたが、声をかけると目を上げてルゥカを見た。

すると、ついさっきまで彼の手で身体中を愛撫《あいぶ》されていたことを思い出し、どんな顔をすればいいのかわからず、頬が引きつってしまった。

「おかし……おかしとは何だ」

生真面目《きまじめ》な声で問われてルゥカは返答に困り、「これです」と言ってクッキーの皿を机の上に置いた。

「人間界では食事とは別に、気分転換などでいただくんです。よかったら」

小さく丸いクッキーを眺めたアークレヴィオンはやはり無表情だったが、魔界では嗅《か》いだことのない匂いが気になったのか、ひとつつまんで口の中に放り込んだ。

ルゥカは焼きたてのクッキーが大好きだが、果たして、彼ははじめてのクッキーにどんな感想を抱《いだ》くのだろう。非常に興味深いところだ。

「……不思議な味だ」

甘味を知らない魔族には、甘みを表現する言葉がないらしい。だが、彼が二枚目のクッキーに手を伸ばしたのを見て、ルゥカは内心で快哉《かいさい》を叫んだ。

「人間はこういうのを『甘いもの』と呼んで、みんな大好きなんです！　アー……あなたにも気に入っていただけると、いいんですけど」

「甘いもの。人間は変わったものを好む」

そう言いながらも、二枚、三枚と食べてくれるのを見て、ルゥカはうれしくてたまらなくなった。強引に自分の身体を奪った、憎むべき相手のはずなのに。

「あの、ひとつ聞いてもいいですか？」

アークレヴィオンはルゥカに視線を合わせただけで返事はしなかったが、続きを促《うなが》されているような気がしたので、そのまま疑問《ぎもん》を口にした。

「ここでの、私の立ち位置を明確にしていただけませんか」

「立ち位置？」

「はい。あなたに服従するのはいいとして、私は召使いのような扱いなんですか？　それともベッドのお相手をする情婦なんでしょうか。このお邸《やしき》でどう振る舞えばいいのか、よくわからなくて困ってます」

率直に告白すると、アークレヴィオンは明るい月色の瞳を丸くした。

「最初は、強引にあんなことをされて、あなたのことを最低最悪の悪魔って思ってました。けど、その、私が魔界で生きていくのに、必要なことなんですよね……私を、護るために……？」

そう言った途端《とたん》、アークレヴィオンはその端整な顔を歪《ゆが》めて笑った。

「何かと思えばバカバカしい。人間の小娘ひとり護るために？　俺はな──」

立ち上がってルゥカの傍《そば》にやってくると、アークレヴィオンは彼女の顎《あご》をつかみ、その腰を引き寄せた。間近で見れば見るほど、涼し気な目許やスッと通った鼻筋、整いすぎたその顔立ちにルゥカの視線は惹《ひ》きつけられてしまう。

「おまえがこの魔界でどうなろうが、知ったことではない。ただ、無力な人間ごときが魔界でどう足掻《あが》くのか、いつまで生きていられるのか、それに興味があるだけだ」

「……でも、私、あなたの魔力に護ってもらわないと、庭に植えてある作物にだって簡単に殺されてしまうんですよね？」

「右も左もわからないうちに死なれてしまっては、興《きょう》がなさすぎる」

「でも、それってやっぱり、私が死なないようにしてくれてるということでしょう？」

あくまでも好意的に受け止めようとするルゥカに、アークレヴィオンは苛立《いらだ》ったような表情を見せる。

「おめでたい頭だな。何をどう解釈《かいしゃく》したら、そんな結論になるのか。くだらん」

凄《すご》んでみせるものの、意地悪そうな表情を作った彼の目に、恐ろし気な色は浮かんでいなかった。むしろルゥカを怯《おび》えさせるために、わざわざ冷たい言葉を選んでいる――そう思えてしまう。

（クッキーを食べてもらえたからって、絆《ほだ》されちゃう私がやっぱりヘンなのかな）

だが、さっきの交わりの最中《さなか》も、ルゥカの肌に触《ふ》れる彼の手はやさしかった。激しくされても、乱暴な真似《まね》はされなかったし、ルゥカがしがみつけば、それを受け止めてくれた。

そして、身体中に唇を押し当てられて、愛おしく思われているような、そんな錯覚《さっかく》すらしてしまった。まるで壊れものを扱うように、アークレヴィオンは丁寧《ていねい》だったのだ。

「フン」

ルゥカがさほど怖がる素振りを見せなかったせいか、彼は舌打ちしてルゥカを解放し、荒々しく椅子に座り直した。

「この邸《やしき》にリドー以外の召使いなどいらん。料理でも何でも、好きなことをしていろ」

「でも、あなたのことは何て呼べば……アークレヴィオン、さま？」

ルゥカに背を向けた彼は、忌々《いまいま》しそうに肩ごしに振り返った。

「『さま』など不要だ。仕事の邪魔になる、早く出ていけ」

「……はい」

まるで拗《す》ねているような彼の姿を見ていると、思わず笑いが込み上げてきて、ルゥカはそれを呑《の》みこむのに必死だった。

それから、人間界で言うところの夕方になると、アークレヴィオンは出かけてしまったが、机に置いたままの皿は、空っぽだった。

自分が作ったものを平らげてもらえる――そんな喜びをあらためて噛《か》みしめて、ルゥカは魔界に来て、はじめて満たされた気分になった。

「お粗末《そまつ》さまでした。不器用な魔人さん」

どうやら彼女の命を助けてくれた魔人は、素直な人ではないようだ。

# 第二章　魔将閣下邸の生活

ルゥカが魔界で暮らすようになってから、半月ほどが経過した。

慣れない生活はおもに精神面での苦労が多かったが、ようやくこの世界の常識にも馴《な》染《じ》んできた。ここへ来てからというもの、シチューをはじめ、限られた食材でいろいろな料理を作った。一見すると不気味な魔界の食材も、料理のしようによってはおいしくいただけることが判明したのだ。

最初の日に出されたコドモドラゴンの肉も、時折アークレヴィオンが持ち帰る魔獣《まじゅう》も、塩漬けにしたり煮込んだりと、思いつく限りの調理をしてきた。

そろそろ料理の幅を広げたいという欲が出てきた頃で、最近では、たびたびリドーとの会話に出てくる『市《いち》』に興味津々《しんしん》なのだ。

「あのですね、魔界の市《いち》とやらに行ってみたいんです」

ルゥカは皿に盛ったお手製ハムを、居間のソファで読書しているアークレヴィオンにさし出した。

「これは何だ」

「昨日、捕まえてくれたウサギっぽい魔獣《まじゅう》肉のハムです。風味があってなかなかおいしいですよ」

「はむ」

「肉を塩漬けにして茹《ゆ》でたものです。簡単に作ったものなので、ちゃんとした作り方は別なんですけどね」

　無表情のまま口の中に放り込み、味を確かめるように噛《か》みしめているアークレヴィオンの表情がふっと緩《ゆる》む。近頃のルゥカはそれを見るのが何よりの楽しみだった。

　料理にはこれといった興味を示さないアークレヴィオンだが、毎日のように新しい食材を持ち帰ってくれる。そして、ルゥカの料理を口にすると、無表情が一瞬だけ解《ほど》けるのだ。

　彼の胃袋を手懐《てなず》けることに成功した手ごたえは感じている。

「市《いち》に行きたいと言ったか？」

「はい。どんなものを魔族の方が食べているのか、ちょっとのぞいてみたくて。それに、何かおもしろいものが売ってるかなって」

「好きにしろ」

だいぶ彼の物言いにも慣れてきた。そっけなく突き放すような言葉を投げてくるが、興味も関心もないわけではないようだ。

「よかった、ひとりじゃさすがに無理そうだから」

このように、彼の同行を勝手に決めてしまっても、アークレヴィオンは抗議してくることはない。

ルゥカを服従させた魔人は、「おまえのためなどではない」と断固主張しながらもルゥカを自由にさせてくれているし、こうして何かを提案すると、よほど無理なことでない限りすんなりと受け入れてくれる。

ただ、感謝や好意を口にすると反発されることがわかったので、言葉ではなく料理で示すことにした。それに、魔族といえば人間を目の敵《かたき》にしている邪悪な異種族だと信じていたが、アークレヴィオンやリドーと暮らしていると、魔族にも人間と変わらぬ日々の営《いとな》みがあることがわかり、少なくとも彼らを恐ろしいと思う気持ちはない。

人違いで魔界にさらわれてきた理不尽な現状は変わらないが、充分に満ち足りた日々だ。

（子供の頃に出会ったあのわんちゃんも、魔界の子だったんだよね……？　人間界では魔界だ、魔族だって騒ぎ立てるけど、本当は魔族ともうまくやっていけるんじゃないかしら……）

アークレヴィオンがハムをつまんでいるのを見たルゥカは、魔犬がおいしそうにサンドイッチを食べてくれたことを思い出し、ついうれしくなってしまった。

そのとき、ふいにアークレヴィオンの手が止まり、彼女の左手をつかんだ。

「怪我《けが》をしたのか」

「あ、ちょっとだけ」

怪我《けが》といっても左手の人差し指の先をナイフで切ってしまい、ほんの小さな血の玉が浮かび上がった程度だ。

止血できたと思っていたが、また血が滲《にじ》んでいたらしい。それにしたって、アークレヴィオンからは指先の傷など見えなかったはずなのによく気がついたものだ。彼はルゥカの左手を自分のほうに引き寄せると、血の浮かんだ指先を口に含んだ。

「あ、あの……このくらい、大丈夫ですから」

「市《いち》に出かけるのに、血の匂いなどただよわせてみろ、あっという間に魔物に囲まれる」

アークレヴィオンはルゥカの血を舐《な》めるように舌で指先を包む。さすがに恥ずかしくなって手を引っ込めようとしたルゥカだが、彼の力は強く、それも叶わない。

次第に彼は、指先から付け根、手のひらを嗅《か》ぐように鼻を押しつけてきて、ルゥカの手全体を舐《な》めていく。

「す、すぐ止まりますから！　ちょこっと指先に傷がついただけです！」

「魔族は血の匂いに敏感《びんかん》だ」

「そうみたいですけど！」

もはや傷口とは無関係な場所を舐《な》めているアークレヴィオンである。何とか手を引っ込めたが、まだ彼の舌の感触が残っていて、ルゥカはひそかに赤面した。

魔界の市《いち》は、人間界の市《いち》と同じくらいににぎやかな場所だった。

今は青い月が出ているので、人型の魔族が多いが、赤い月の時刻になると、魔獣《まじゅう》やその眷属《けんぞく》が多く行き交うのだそうだ。

というわけで、魔界の市《いち》は月の色にかかわらず常ににぎわっているらしい。

「すごい人出！」

アークレヴィオンとふたりで市《いち》を歩きながら、ルゥカは興味津々《しんしん》で通りを見回した。

おいしそうな匂いをただよわせている飯屋や食材を売っている店、家畜や植物を扱っているところもあり、ごちゃっとにぎやかしい。

だいたいは魔人たちが営業していたが、中には魔獣《まじゅう》のような顔立ちをした恐ろしげな店主がいたり、魔王のように人型に角《つの》があったり獣の耳があったり、いろいろだ。そして、通りを歩く女性たちは妖艶《ようえん》な美しさを持った魔人が多い気がする。

「ここへはあまりこないんですか？」

「そもそも市《いち》へやってくる必要がないからな。用があればリドーに任せる」

魔界に貴族制度があるのかルゥカは知らないが、アークレヴィオンは魔王の側近であり、人間界で言えば高位の貴族のようなものだろう。彼が下々《しもじも》の市《いち》へやってくる必要はないのだ。

だが、ルゥカは根っからの庶民である。何もかもが珍しくて、軒先《のきさき》をのぞいて回るのに忙しかった。

最初に立ち寄ったのは、食べものを扱う屋台だ。肉がこんがりと焼けるいい香りが鼻先をかすめて、思わずつられてしまった。

「お肉の焼ける匂いって、全世界共通ですよね！」

塊肉を焼いている店を眺めていたら、アークレヴィオンがそれをひとつ買ってくれた。

「涎《よだれ》が出ているぞ」

「そんなことないです！」

だが、手にした塊肉に胸が高鳴《たかな》るのは止められない。ドキドキしながらぱくりとかぶりつく。塩味がきいており、少し硬いがそれでもおいしい。

「あれですよね、焼いたお肉はそれだけで正義ですし！　お塩を振ってマズいはずがないですよね」

「俺は生肉のほうが好きだ」

涼しい顔で言われて、ルゥカは苦笑するばかりだ。

「生肉は、おなかこわしそうデス……。ところでこれ、何のお肉ですか？」

魔獣《まじゅう》の肉だということはわかっているし、多少は耐性《たいせい》もついた。これまでにドラゴンやら一角兎《いっかくうさぎ》やら巨大イカやらを食べてきたのだから。

「ああ、魔鼠《まそ》の肉だろう」

「まそ？」

「ネズミ型の魔獣《まじゅう》のことだ。この辺りの安い飯屋は、大量に獲《と》れて安価な魔鼠《まそ》を食肉として出していることが多い」

思わず、手にした塊肉を取り落としそうになったが、辛《かろ》うじて踏みとどまった。

「ネズミ肉……」

「ちょうどあそこにいるぞ」

アークレヴィオンが指さしたのは、細い路地の奥だった。黒い何かが蠢《うごめ》いているのが見えたが、魔界の暗闇ではその姿をはっきり確認することはできない。見えないままでいたほうが幸せなような気もするので、ルゥカは何となく目を逸《そ》らしたが……

そこへ厳《いか》つい風貌《ふうぼう》の魔人がふたり、斧を手に駆けつけてきた。

「こちらへ追い立てろ！」

「そっちは任せたぞ」

ひとりが手際よく、魔鼠《まそ》を路地裏から広い通りへ誘導した。そして魔鼠《まそ》が路地裏から姿を現すと、待ち伏せしていたもうひとりが斧を振り下ろし、首を落としたのだ。

「ひぇ……」

どす黒い血が飛び散り、ルゥカはあわててアークレヴィオンの背中に隠れた。

ネズミとは言うものの、彼女がよく知っている小さなそれではない。イノシシくらいの大きさで、太いミミズのようなしっぽを持つ、ドブ色をした醜悪《しゅうあく》な怪物である。

首を落とした筋骨隆々《きんこつりゅうりゅう》の魔人は、しっぽをつかむと片手でそれを持ち上げた。するとボタボタと血が流れ落ちる。

血抜きをしているらしいが、それにしたってかなり凄惨《せいさん》な光景だ。

「あ、ああやって狩るんですか……？」

「魔鼠《まそ》はそこかしこにいるし、魔獣《まじゅう》狩りを生業《なりわい》にしている連中もどこにでもいるからな」

「はあ……」

この現場に立ち会ってしまったばかりに、残りの肉にかぶりつく元気がなくなってしまった。ついつい助けを求めるようにアークレヴィオンを見上げると、彼らしくもなく苦笑いをして、ルゥカの手に残った塊肉を自分の口の中に放り込んだ。

（あ、私の食べかけ……）

「安い肉もたまには悪くない」

「あ、ありがとうございます……」

我知らず頬を染めるルゥカだった。

そのままアークレヴィオンと並んでぶらぶら歩いていると、今度は花屋を見つけた。色とりどりの、魔界の青い月に映《は》える美しい花々だ。

「わあ、きれい。見ていってもいいですか？」

花屋に近づくと、どこからかシャカシャカと変な音が聞こえてきた。何の音だろうと首を傾《かし》げたが、その正体を知った途端《とたん》、ルゥカは五歩後退した。

月明かりを受けてうっすら青く染まった大輪の花は、幻想的なまでに美しいのだが、その中央の花弁には丸い口があって、ギザギザ尖《とが》った歯が並んでいるのである。さっきからルゥカが耳にしていたのは、この花が立てる歯噛《はが》み音だったのだ。

「何を今さら怯《おび》えている。魔界の植物はたいてい肉食だと言っただろう。魔牙花《まがばな》などかわいいものだ」

「や、だって……」

店先でそんな会話をしていると、花屋の主人が近くへやってきた。なめらかな肌に艶《つや》やかな黒髪の、美しい女性だ。

「これは、アークレヴィオンさまではありませんか！」

アークレヴィオンは鷹揚《おうよう》にうなずいて店を見回した。

「ここはおまえの店だったか」

「まさか魔将閣下においでいただけるとは、光栄でございます。こちらの女性は？」

「俺の邸《やしき》の小間使いだ」

小間使いと言われ、ルゥカは胸の内がもやもやするのを感じた。

たしかに小間使いのようなものだが、「召使いなどリドーの他にいらない」と言ったのは、アークレヴィオン自身のはずだ。

虜囚《りょしゅう》ともまた違うし、それ以外に説明のしようがないのも本当だが、ルゥカの中にもやもやが残る。

「ルゥカと申します」

腑《ふ》に落ちないまでも、控えめに名乗ると、店主はそれこそ花のような笑顔をくれた。

「ようこそルゥカさま。私は魔王さまの居城に花をお届けしている花屋でございます。お気に召したものがございましたら、遠慮《えんりょ》なくお申しつけください。当店の商品はどれも生きのいいものばかりを取り揃えております。こちらの魔牙花《まがばな》がお気に召されましたか？　魔将閣下のお邸《やしき》に見合った絢爛《けんらん》さをそなえておりますよ」

「え、えええ……っと」

「それにこちらの呪花《じゅか》は、持ちがよくてですね。活けておくだけで一ヶ月は呪詛《じゅそ》を吐き続けます。とても耳に心地よいでしょう？」

そう言って店主が差し出したのは、黒い鐘型《かねがた》の花だ。しかし、耳をすましてみると、低い男の声でブツブツとつぶやいているのが聞こえる。それはルゥカの知らない言葉だが、聞いているだけで背筋が寒くなるような呪いの文句を吐いているのがわかった。

「こ、心地いいですか？」

青ざめながらアークレヴィオンに尋《たず》ねると、彼はまったく表情を変えることなく言った。

「べつに何とも思わん」

「そ、そうですよね……。ご主人がこのように申しておりますので……また今度」

明らかに引きつった顔でルゥカはアークレヴィオンの陰《かげ》に隠れた。そして、彼の邸《やしき》に花を飾るのは絶対にやめようと心に誓うのであった。

ちょっと店をのぞいただけだが、この花の呪詛《じゅそ》に当てられたのか、すでにふらふらである。

「あの、もう充分堪能《たんのう》しました……」

「もう帰るのか。欲しいものがあったのではないのか」

「必要なものは、リドーさんに頼みます……」

無意識にアークレヴィオンの服の袖をつかんだら、彼はルゥカの手首をつかみ返して歩き出した。手をつないでいる、とは言えないかもしれないが、無性《むしょう》に気恥ずかしくなる。

やさしいのかそっけないのか、アークレヴィオンの本性はまったくわからないが、こうして彼に触《ふ》れているのは、不快ではない。

（むしろ、うれしい……なんて）

半歩前を行くアークレヴィオンをそっと見上げると、彼は相変わらず無表情だが、ルゥカの歩調に合わせてくれているのか、その歩みはゆっくりだった。

戸惑いつつも、頬が緩《ゆる》んでしまうのは仕方ない。

そんなとき、市《いち》の奥のほうに人だかりができているのが見えた。目を凝《こ》らすと、馬のような動物に乗った人物がこちらへ向かってきて、歩いていた魔族たちがいっせいに道を空けている。

「あれは……」

「ヴァルシュか」

その名にはルゥカも覚えがあった。はじめて魔界にやってきた日、アークレヴィオンと共に魔王の後ろに控えていた、金髪の神経質そうな青年だ。

「あ、あの、私が生きていることが彼に知れたら、まずくないですか……？」

「なぜだ？　ヤツの前でコソコソしなければならない理由など、何ひとつない」

アークレヴィオンはそう言うものの、魔界における自分の立場がいまひとつわからない。ルゥカは、余計な騒乱《そうらん》を起こさないために深く頭《こうべ》を垂れて、どんどん近づいてくるヴァルシュをやりすごそうとした。

だが、たくさんの魔族たちが膝《ひざ》をつく中で、アークレヴィオンだけは傲然《ごうぜん》とした立ち姿で、同僚が通り過ぎるのを眺めている。

「これはこれは、アークレヴィオン卿《きょう》ではないか」

大勢の従僕《じゅうぼく》を引き連れ、馬のような魔獣《まじゅう》に跨《また》がったヴァルシュがふたりの前で止まった。

ルゥカには、ヴァルシュが鐙《あぶみ》に足をかけている様子しか見えなかったが、声の調子から彼がアークレヴィオンに侮蔑《ぶべつ》の表情を向けているのはわかった。

「相も変わらず穢《けが》れた臭いのする魔力をまとっておる」

「え……？」

ヴァルシュがアークレヴィオンに放った一言に、ルゥカのほうが反応した。

彼らの仲が悪そうなことは以前見たときに察せられたが、共に魔王に仕える相手に、街中であからさまな嘲《あざけ》りの言葉を投げかけるものだろうか。

ルゥカのそんな困惑《こんわく》を感じたのか、アークレヴィオンの手が彼女の背中を落ち着かせるようにそっとたたいた。

「これはこれはヴァルシュ卿《きょう》。このような大行列で街を練り歩き、いったい何をなさっている？」

「市《いち》の査察《ささつ》だ。我が家は代々陛下にお仕えしている由緒正《ゆいしょただ》しい一族だ。貴様のような野蛮《やばん》な出身のぽっと出とは違い、常に王国の益を考えて行動しているのだ。こんなところでウロウロしているところを見ると、どうやらアークレヴィオン卿《きょう》は下々《しもじも》の空気が懐かしくて仕方ないようだな。無理に魔王陛下にお仕えする必要もないのではないか？」

「魔獣《まじゅう》の背に乗って行列を見せつけているだけで何が視察できるのか、ぜひともその秘《ひ》訣《けつ》をご教授《きょうじゅ》願いたいものですな」

陰口《かげ》ではなく、当人に面と向かって罵声《ばせい》を浴びせるヴァルシュは、いっそ清々《すがすが》しいと言えるが、それに涼しい顔をして受け答えするアークレヴィオンも、なかなか曲がった根性の持ち主だ。

「なに、こうして高見から眺めていれば、下々《しもじも》の動向など手に取るようにわかるものだ。アークレヴィオン卿《きょう》には、高見からものを見下ろすことができないだろうがな」

「だが、そんな高いところにいてはよく見えないものもあるだろう」

言うが早いか、アークレヴィオンはヴァルシュが乗っている魔獣《まじゅう》の脚を、ブーツのつま先で蹴飛ばした。すると、そこが急所だったのか、魔獣《まじゅう》が咆《ほ》えて後ろ足で立ち上がった。背に跨《またが》るヴァルシュを振り落として。

「貴様……！」

ヴァルシュは辛《かろ》うじて両足で地面に着地し、怒気もあらわにアークレヴィオンに飛びかかろうとした。だが、彼の隣ではらはらしているルゥカに気づいて視線を移す。

「そこの娘」

ぎくりと身体が震えたが、ルゥカは反射的にヴァルシュを見上げていた。

「は、い」

半月ぶりに見たヴァルシュは、顔立ちは決して悪くないのに、眉間に深い皺《しわ》が寄っていて、相変わらず神経質そうな印象が拭《ぬぐ》えない。意地悪な物言いに見合った、意地悪そうな顔だ。

「やたら悪臭のする魔力をまとっていると思ったら、どこかで見た顔だ――その赤毛」

じろじろと顔をのぞき込まれ、ルゥカはヴァルシュから目を逸《そ》らした。こうして面と向かうと、王の側近だけあって威圧感が半端ではない。蛇《へび》ににらまれたカエルよろしく、身がすくんでしまう。

「人間の小娘ではないか。アークレヴィオン卿《きょう》が始末したのではなかったか。なぜここにいる？」

「あ、あの、魔王さまのお城から始末されて、それでここに……」

屁理屈《へりくつ》の極みではあるが、滅多《めった》なことを言ってアークレヴィオンの立場を悪くするわけにはいかなかった。

「なるほど、アークレヴィオン卿《きょう》は人間に肩入れしたか。穢《けが》れた者同士で似合いではないか」

片頬を歪《ゆが》めてヴァルシュが嘲笑する。

ルゥカがはじめてアークレヴィオンとヴァルシュを見たとき、魔王の背後に控えるふたりの側近はどちらも癖《くせ》がありそうで、似た者同士だと思った。だが、今では完全にアークレヴィオン贔屓《びいき》のルゥカとしては、ヴァルシュは底意地の悪い小役人にしか見えない。

血統《けっとう》ではヴァルシュのほうが上ということらしいが、だからといってアークレヴィオンを悪し様《あざま》にこき下ろすのを聞いていると、苛立《いらだ》ちが募ってくる。

そんなルゥカの肩を引き、アークレヴィオンが彼女をかばうように前に立った。

「ヴァルシュ卿《きょう》、そろそろ先を急いだほうがいいのではないか？　俺は気が短い」

表情も口調も変わらないが、淡々と告げるアークレヴィオンの顔を見たヴァルシュが、一瞬怯《ひる》んだのをルゥカははっきり見た。

ギリッと奥歯を噛《か》みしめたヴァルシュを、あわてて供回《ともまわ》りの者たちが制しに入る。

「閣下《かっか》、ご自重ください！　市《いち》で魔将同士が争ったとあっては、陛下への申し開きが――」

魔王の名を出されると、ヴァルシュは渋々引いた。

「ふん、出来損ないの木《こ》っ端《ぱ》どもが大きな顔で市《いち》をうろついているようでは、魔界も先が思いやられる。陛下にはそうご報告申し上げるとしよう」

ヴァルシュは魔獣に乗り直し、捨て台詞《ぜりふ》を吐いて立ち去った。

この場に緊張《きんちょう》を強いていた本人がいなくなると、遠巻きに眺めていた人々もほっとしたように日常に戻っていく。

「何あいつ、いやな男！」

立ち去る後ろ姿にルゥカは舌を突き出した。

「あのヴァルシュって人、あなたのことすごく嫌《きら》ってるんですね。仕事仲間なのに」

「ヤツの家は代々魔王家に仕えてきた側近中の側近だからな。新参の俺が側近に取り立てられ、ヤツと同等の立場で陛下に仕えているのがおもしろくないのだろう」

ふたたび歩き出しながら、ルゥカは不快な気持ちを抑えきれなかった。

「ああ、なるほど、すごく腑《ふ》に落ちました。魔界も、そういうところは人間界と同じなんですね。百歩譲って気持ちは理解するとしても、だからって、他人様《ひとさま》に向かって穢《けが》れた者だの木《こ》っ端《ぱ》だの、失礼にもほどがありますよ。彼が人間を馬鹿にするのはわかるけど、同じ魔族であるあなたのことまであんな風に言うなんて」

憤慨《ふんがい》するルゥカとは裏腹《うらはら》に、アークレヴィオンは無表情で前方を見据《みす》えたまま、淡々《たんたん》と応じた。

「ヤツにしてみれば、人間も俺も大差ないのだ。俺は半分、人間の血を引いているからな」

「――――え？」

ルゥカは瞬《まばた》きも忘れて、アークレヴィオンを見つめた。単純な言葉だったのに、ルゥカにはそれが理解できなかったのだ。

「え？　意味がよく……」

「俺の母親は、おまえと同じくただの無力な人間だ。そのせいで俺は魔界では厄介者《やっかいもの》でな。ヴァルシュひとりが特別俺を嫌《きら》っているわけではない。いちいち気にしていては、魔族などやってられん」

ルゥカは淡青色《ペールブルー》の瞳を見開き、ぽかんと口を開けた。

アークレヴィオンが人間の血を引いている。思いもよらない事実に、ルゥカの表情が歪《ゆが》んだ。

人間と魔族は、敵対する立場だ。魔力を持たない人間を、魔族たちが下に見ていることはルゥカでも知っている。

そして、アークレヴィオンは人間の血を引いている。それがこの魔界においてどういう意味を持つのか、少し考えればわかることだ。

『穢《けが》れた臭いのする魔力』と、ヴァルシュは罵《ののし》った。あれは、アークレヴィオンが混血だから出てきた言葉なのだ。ヴァルシュがアークレヴィオンを忌《い》み嫌《きら》うのも、それで納得がいった。

アークレヴィオンは魔族として生まれたにもかかわらず、人間の血を引くせいで同胞《どうほう》から嫌《きら》われているのだ。

（そんなこと、思ってもみなかった……）

彼は、自分をこのような境遇《きょうぐう》に追い込んだ人間の血を、ひいては人間そのものをどう思っているのだろうか。憎んでいたとしても、不思議はない。

だが思い返してみると、はじめてアークレヴィオンに身体を奪われたとき、それこそ犯されて弄《もてあそ》ばれたと思っていたが、彼は人間であるルゥカに憎しみの感情をぶつけたりしなかった。服従しろと口では言っていても、無理難題をふっかけてくることもないし、何より、ルゥカが魔界で生きていくために護ってくれているのだ。憎まれているなんて、微塵《みじん》も感じない。

それきりアークレヴィオンは口を閉ざしてしまったが、ルゥカは急に彼の孤独が自分の中に流れ込んできたような気がした。彼はその無表情の奥に、どんな感情を隠し持っているのだろう。

半歩前を歩くアークレヴィオンの手をそっと握る。彼は立ち止まることはなかったが、ルゥカの手を握り返してくれた。

「帰るぞ」

そのまま市《いち》を抜けると、美しく整備された広場へふたりはやってきた。街路樹が等間隔に並び、足元にはレンガが敷《し》かれている。

アークレヴィオンがぎこちなくルゥカの手をほどき、指を鳴らすと、どこからか馬のいななきに似た音が聞こえてきた。

アークレヴィオンの手の温度を感じながら、何とも言えない甘酸っぱい気持ちに浸《ひた》っていたルゥカだったが、その音によって唐突《とうとつ》に現実に立ち返った。

心の準備をしていても、ここへ来るときに経験した衝撃は忘れられない。

市《いち》へやってくるとき、もちろん徒歩で来たわけではない。アークレヴィオンがこの『馬』を呼んだのだが……

地軸《ちじく》を揺るがすような低い爆音と共に、蹄《ひづめ》が地面を蹴りつける衝撃が襲《おそ》った。思わず耳をふさぐと、突然、何もなかった空間に黒い塊が出現する。

形状は馬に似ている。しかし、その大きさは尋常《じんじょう》ではない。脚は大木ほどもあり、体長は見上げるばかりとしか言いようがない。そして、鬣《たてがみ》も含め全身の毛並みが真っ黒なのに、瞳だけが異様《いよう》に赤く爛々《らんらん》としていて、まさに『凶悪《きょうあく》』という言葉がふさわしい。

馬が唇をめくってブルルッと鼻を鳴らすと、口の端から涎《よだれ》がぼたぼたと滴《したた》り落ちた。

今にもルゥカを喰らってしまいそうな仕草だ。

「やっぱり、この方に乗って帰るんですね……」

「何だ、いやなのか？」

「いえ、滅相《めっそう》もない……」

アークレヴィオンの手がルゥカの腰に伸び、ひょいと子供のように持ち上げると、屈《かが》んだ黒馬の背に放り投げられた。有無を言わさず背に跨《また》がされたルゥカの後ろにアークレヴィオンが乗ると、黒馬は立ち上がる。地面ははるか眼下で、ルゥカの身長の三倍以上の高さはあるだろうか。

彼女の背中から腕を回したアークレヴィオンが手綱《たづな》を引くと、黒馬が動く。そのまま走り出したかと思いきや、速度を上げていくうちに地面から離れ、空を駆け出した。

恐怖のあまり声も出ず、かといってこの魔獣《まじゅう》にしがみつくのはもっと恐ろしい。アークレヴィオンはルゥカの後ろにいるので、背中に隠れることもできない。

「も、もうちょっとゆっくりできませんか！」

風の音に負けないよう大声を張り上げると、その懇願《こんがん》が届いたのか、アークレヴィオンは手綱《たづな》をゆるめた。少しだけ風が収まったので、乱れに乱れた髪を撫《な》でつけていると、アークレヴィオンが目を細めて地上を見下ろしていた。

「牛がいるな」

「え、牛？」

眼下に広がる暗い草原を見下ろすが、あまり夜目の利かないルゥカには牛の姿は見つけられなかった。

「どこにいるんですか?」

彼が指さす方をたどってみると、動き回る赤い光が見えた。黒馬の目と似た、不吉さしか感じられない緋色《ひいろ》だ。

「ひとつ狩って帰るか。手ぶらで戻るのも興《きょう》がない」

そう言って彼は黒馬を降下させていく。地面に激突する速度で突っ込んでいくので、ルゥカが声もなく涙目になったのは言うまでもない。

やがてアークレヴィオンが優雅に降り立ったのは、風の吹き抜ける広野だった。ルゥカはさんざん怖い思いをさせられた黒馬の背にひとりで残されて不安しかない。にもかかわらず、彼の対峙《たいじ》している『牛』を見た瞬間、ルゥカは恐ろしいはずの黒馬の鬣《たてがみ》にしがみついていた。

ルゥカのよく知る人間界の牛と、大きさはそれほど違わない。しかし、野生牛は、天に向かって弧《こ》を描く立派な角《つの》の持ち主だったのだ。吊り上がった赤い目など、悪魔のそれだ。

魔牛は鼻息荒く地面を蹴り、目の前に突然降り立ったアークレヴィオンに向かって突進してきた。ルゥカの目では追えないほどの素早さだったが、彼は顔色ひとつ変えずに身をかわして牛の突進を往《い》なす。

突撃が空振りに終わった魔牛は急停止すると、赤い目を不吉に光らせながら、ふたたび彼に向かって駆け出した。

「危ない！」

思わず悲鳴《ひめい》を上げたルゥカの心配をよそに、アークレヴィオンは身軽に跳躍《ちょうやく》すると魔牛の背に跨《また》がり、その角《つの》をまるで手綱《たづな》のようにつかんだ。振り落とそうと魔牛は暴れたが、アークレヴィオンの顔は涼しいものだ。

乱れた長い銀色の髪が青い月に映《は》えて、流れるように美しいのが印象的だった。

彼は魔牛の上で腰の大剣を抜き、片手で軽く振るう。すると、太くて頑丈《がんじょう》そうな魔牛の角《つの》が切断され、地面にゴトリと落ちた。

一瞬の空白をおいて、耳をつんざくような魔牛の咆哮《ほうこう》が上がったのだが、恐怖に怯《おび》えていたルゥカの瞳がきらりと輝いたのは、その瞬間だ。

「――その牛、生《い》け捕《ど》りで！」

「なに？」

魔牛の背に激しく揺さぶられながら、アークレヴィオンは大声を張り上げる彼女の顔を見た。

「殺さないで、捕まえて！」

「……わかった」

次の一発で仕留《しと》めるつもりだったアークレヴィオンは、ルゥカの突然の要求に眉《まゆ》をひそめつつも、すぐにうなずいた。

彼は剣を収め、代わりに手の中に、周囲の闇を集めたような小さな球体を出現させた。それはみるみるうちに大きく膨れ上がり、気がつけば、彼の頭ほどの大きさにまでなっている。

その球体を魔牛の首にたたきつけると、爆発したような衝撃が辺りに広がり、ルゥカの乱れた髪がさらに宙を躍《おど》った。

アークレヴィオンは魔牛の背を蹴り、空中で回転しながら華麗《かれい》に地面に降り立つ。ルゥカとは正反対に、彼の長い銀色の髪はまっすぐなままで、呼吸ひとつ乱していない。そして、それまで咆《ほ》えて暴れていた魔牛は急におとなしくなっていた。

「この牛に何をしたの？」

「俺の魔力を具現化して衝撃を与えた。しばらく目を回しているだろうが、死なない程度に力は抑えた。しかし、生け捕《いど》ってどうするつもりだ。魔鼠《まそ》肉よりはよほどうまいだろうに」

ルゥカは満面の笑みを作ると、黒馬の背から下ろしてもらい、気絶《きぜつ》した魔牛にそっと近づいた。

「さっきこの子が吼《ほ》えたときに見えたんです。ほら、これ」

後ろに回って指さすと、そこにははちきれんばかりの乳が詰まっている。

「雌牛《めうし》だな」

「そうなんです、お乳が出るんですよ！」

アークレヴィオンは意味がわからないというようにルゥカを見下ろしたが、彼女はうきうきと牛に触《さわ》っている。

「子供の頃、近所で酪農《らくのう》のお手伝いをしてたんですよね。魔界ではミルクは飲まないんですか？」

「みるく？」

「牛のお乳のことです。そのまま飲んでもおいしいし、他にもバターが作れたり、発酵乳《はっこうにゅう》とかもできるんですよ」

そう言った時の彼の表情は、しばらく目に焼きついて離れなかった。

こんな闘争心の塊のような魔牛を倒し、恐ろしくデカい黒馬を乗馬として従えているアークレヴィオンが、衝撃のあまりに表情を硬直《こうちょく》させているのだ。

「そんなに意外です？　だって、魔界にもバターやチーズはあるってリドーさんが」

「……」

アークレヴィオンから返答はなかった。どうやらバターの原材料は、彼の知識の外であるようだ。

意識を取り戻した魔牛は、さっきまでの迫力《はくりょく》はどこへやら、アークレヴィオンに萎《い》縮《しゅく》したように頭《こうべ》を垂れて邸《やしき》までやってきた。

アークレヴィオンの優秀な従僕《じゅうぼく》は、わけを話すと驚くこともなくうなずき、魔牛のための厩舎《きゅうしゃ》を建てる手配をしてくれた。それまでは庭の片隅につないでおくことになったが、アークレヴィオンの魔力に護られているルゥカに対しても、魔牛はおとなしかった。

「これが、『魔力の強い者に従う』っていうことなんですか」

「ええ、この魔牛はアークレヴィオンさまの魔力を食らったのでしょう。とても太刀打《たちう》ちできないと知り、おとなしくなったのですね。ですがルゥカさまは気をつけてください。アークレヴィオンさまの護りがない状態で魔牛に近づくのは、非常に危険です」

それは重々承知している。何しろ、最弱なはずの植物にすら襲《おそ》われてしまうルゥカである。素の状態で魔牛の前に立ったら、一瞬で消されてしまうだろう。

「魔牛のお乳って飲めますかねー？」

「バターはたまに見かけますが、そのまま飲むという習慣はないですね」

リドーもさすがに、穏やかな表情を引きつらせている。

「そっか、そうですよね。牛のお乳を飲むなんて人間だけですよね、きっと」

庭の隅につないだ魔牛の乳を試しに少しだけ搾《しぼ》ってみると、勢いよく白い液体が噴き出した。

「わ、すごいたくさん搾《しぼ》れそう！　リドーさん、桶持ってきてください！」

リドーは乳搾《ちちしぼ》りをするルゥカを驚愕《きょうがく》の顔で見つめていたが、桶いっぱいに溜まった白い液体に、興味をひかれた様子だ。

「濃厚《のうこう》な香りがしますね。これが『甘い匂い』というものでしょうか」

「そうですそうです！　人間界の牛のお乳と同じ匂いだし、飲んでも大丈夫そうじゃないですか？」

指先にちょんとミルクをつけて舐《な》めてみると、たちまちルゥカの表情がとろけた。

「火を入れて消毒したら、とってもおいしいミルクになりますよ。今日はミルクシチューにしようかな……あ、ソースを作ってもおいしいかも。料理の幅が広がります！」

あれこれといろんな料理を想像しながら搾乳《さくにゅう》しているうちに、気づけば桶五杯分も搾《しぼ》れてしまった。

「ちょうどいいや、一度やってみたかったことがあるんですよね」

桶ひとつ分は調理場へ運んでもらうと、残りは浴室に持ち込んだ。

「お風呂でどうなさるのです？」

「ミルク風呂です。肌がとってもすべすべになるって聞いて、以前から試してみたかったんですよね。一応、あの人に許可とってきます」

牛の乳を飲むと聞いてショックを受けていたアークレヴィオンは、果たしてミルク風呂を受け入れてくれるだろうか。

部屋を訪ねると、彼は机に向かって書類と格闘中だった。

「また新しい料理でもできたか。何やら牛臭いようだが」

顔も上げずに問いかけるアークレヴィオンの前に立つと、ルゥカは彼の顔をのぞき込んだ。

「料理はまだなんですが、先にお風呂なんてどうかと思って。さっき魔牛と戦って汗もかいただろうし……」

「あんなもの、戦ったうちにも入らんが——何を企《たくら》んでいる？」

「企《たくら》んでいるなんて人聞きが悪いです。せっかく乳牛が手に入ったので、ミルク風呂なんてどうかなあって。とってもいい香りがするので、気持ちも穏やかになると思いますよ」

そこでようやくアークレヴィオンが手を止め、顔を上げた。

「ミルク風呂だと。また奇怪なことを言い出すな、おまえは。人間界の風習か」

よほど牛の乳には抵抗があるらしい。無表情の中に、少しだけ倦厭《けんえん》するような顔が見えたので、かえってルゥカは楽しくなった。

「風習というほどではないですけど、以前から憧れていて。肌がすべすべになるというので、一度試してみたかったんです。今日だけなんで……ダメですか？」

ねだるように首をかしげると、彼の月色の瞳が少し笑った気がした。

「自分が入りたかっただけか。いいぞ、一緒に風呂に入ってやろう」

「え？」

アークレヴィオンの予想外な返答に、ルゥカのほうが面食らってしまう。

「あ、いえ、べつに一緒には……」

「俺に風呂を勧《すす》めてきたのはおまえだろう。さあ、行くぞ」

アークレヴィオン邸《てい》の浴室はなかなか立派なものだった。四方の壁は黒曜石《こくようせき》ででき、所々にランプが灯《とも》されていて、とても神秘的《しんぴてき》な雰囲気だ。

人間界では大衆浴場が一般的だったので、他人に気兼ねせず入れる風呂は、大事な憩《いこ》いのひとときなのだが、その憩《いこ》いの場に、ルゥカは気がつけば丸裸にされて立ち尽くしている。

ルゥカがアークレヴィオンの部屋を訪ねたときには、まだ何の用意もしていなかったはずなのに、彼に引きずられて浴室の前にやってきたときには、すでにミルク風呂が完成していたのだから驚きだ。

「俺とリドーの意思疎通は速い」

「そ、そうですね……以心伝心ですね……」

妖《あや》しい黒曜石《こくようせき》の浴槽《よくそう》には、濃厚《のうこう》なクリーム色のお湯がなみなみと張られ、ふんわりと甘いミルクの香りがただよっている。背後にアークレヴィオンが控えていなければ、ルゥカもはじめての贅沢なミルク風呂に心をときめかせていたところだ。

しかし、胸を隠して立つルゥカの肩に彼の大きな手が触《ふ》れると、とても目の前の風呂を楽しもうという気分にはなれなかった。

「どうした、入らないのか」

「は、入ります！」

アークレヴィオンの姿を視界に入れないように前を向いたまま身体を流すと、どぷんと浴槽《よくそう》に飛び込んだ。湯量は普段よりやや少なく、座っても半身しか湯の中には浸《つ》からない程度だ。ミルク感を損《そこ》なわないようにと、リドーが気を利かせて調整してくれたようだ。

（リドーさん、湯加減絶妙です！）

とろりとしたミルクの感触がとても新鮮で、思わず長風呂したくなる念願《ねんがん》の風呂だ。しかし、どうしても意識がアークレヴィオンに向いてしまい、風呂を楽しむどころではなかった。

この状況で、彼が何もせずに入浴を楽しんで終わるはずがない。

彼に抱《だ》かれるときはたいてい不意打ちで、気づけば逃げられない状況に追い込まれるのが常だった。今回はまったく逃げられないというわけではないのに、なぜか逃げる気が起きない。

背後で、アークレヴィオンが浴槽《よくそう》に入る気配がしたので、ルゥカの緊張《きんちょう》が一気に高まった。ドキドキしすぎて、早くものぼせてしまいそうだ。

「ずいぶんねっとりした湯だな」

浴室に彼の低い声が響いた。アークレヴィオンの声は心地のいい穏やかさで、深みのある低音だ。抱《だ》かれているときにこの声で囁《ささや》かれると、それだけで快感に絡め取られそうになる。

こんなときに、最中《さいちゅう》のことを思い浮かべてしまい、ルゥカはあわてて頭を振った。これではまるで、期待しているようではないか。

「わざわざ面倒《めんどう》な真似《まね》をせずとも、おまえの肌は充分になめらかだろう」

「え――」

ドクンと心臓が強く脈打った。

アークレヴィオンの手がルゥカの肩に触《ふ》れ、ミルク湯をかけながら背中を撫《な》でていく。それはまるで、彼女の淫《みだ》らな回想をなぞるような手つきだった。

無意識に乱れた吐息を漏らしそうになり、ルゥカは急いで口を手でふさぐ。すると、アークレヴィオンが首筋に唇を寄せ、肌の上を舐《な》め回しはじめた。

「ん……っ」

快感に身体がぐらついてしまったが、彼が支えてくれた。ほっとしたのもつかの間、背中から回されたアークレヴィオンの手が、ルゥカの胸をわしづかみにする。

「きゃ……」

感じさせるような手つきで乳房《ちぶさ》を握られ、翻弄《ほんろう》されているうちに、頭がぼうっととろけていく。

「ふぁ、あ、っ」

「なるほど、これが『甘い』というものか。悪くない」

ミルクに濡《ぬ》れた肩をペロペロと舐《な》められて、彼の指に挟《はさ》まれた乳首が硬くなる。触《ふ》れられるだけで妙に身体が疼《うず》いてしまうのだ。

市《いち》の花屋で、アークレヴィオンに小間使い呼ばわりされたことがずっと胸にわだかまっていた。でも、この大きな手で身体に触《ふ》れられると、それだけでなぜか心が勝手に浮かれてしまう。

（……私、この人のことが好きなのかな）

人間界に戻る機会をうかがうため、仕方なくアークレヴィオンに服従していたはずなのに、いつのまにか彼においしい料理を振る舞うことで頭がいっぱいになっていた。

そうすることで、アークレヴィオンと一緒にいられるから――

肩越しにちらりと振り返ったら、彼の長い銀色の髪がすぐ目の前にあり、ルゥカの肩や背中を熱心に舐《な》めている姿が飛び込んできた。髪の下に垣間《かいま》見える伏し目がちな顔を見た瞬間、心臓をきゅうぅっとつかまれたような気がする。

「はぁ……あ、あ……」

アークレヴィオンの舌が触《ふ》れた場所から、全身に向かって痺《しび》れに似た何かが広がっていくのを感じ、思わずルゥカは背中を丸めて小さくなった。

「いつまでそっぽを向いている?」

「あっ」

身を縮めたルゥカの背中に、彼のからかうような声がかかる。そしてアークレヴィオンは彼女の腕をつかむと、身体を抱《だ》き寄せるなり、朱に染まった胸の頂《いただき》を咥《くわ》えた。ミルクのお湯と彼自身の唾液《だえき》を絡め、水音を立てて舐《ねぶ》られる。そのうちに、ルゥカは自《みずか》ら彼の首にすがりついていた。

「んっ……や、ぁん……」

彼の筋肉質な背中に、濡《ぬ》れた髪が張りつく様《さま》がひどくなまめかしくて、心臓の鼓動《こどう》が速度を上げていく。

アークレヴィオンのしっとりと湿《しめ》った髪を指に絡めながら弱々しく頭を振る。すると、彼がやんわりとその手を握り、今度は手のひらを舌でなぞった。

「ひぁあっ、ああんっ」

「いつにも増して感じやすいな」

お湯の中でなかったら、今頃ルゥカの秘裂《ひれつ》は淫《みだ》らな蜜で濡《ぬ》れそぼっていたに違いない。身体がお湯とアークレヴィオンの刺激で、どんどん熱っぽくなっていく。

ふいにアークレヴィオンが湯の中で胡坐《あぐら》をかいた。それに跨《また》がるように座らされると、割れ目に彼の鋼《はがね》のような塊が触《ふ》れる。

「んっ……！」

びくっとルゥカの肩が硬直《こうちょく》した。白濁《はくだく》した湯の中では何も見えないのに、彼の雄々《おお》しくそそり立った剛直《ごうちょく》が、自《みずか》らの秘密の場所を捉《とら》えている様子が生々しく脳裏《のうり》に浮かぶのだ。

「あ、の……っ」

押し当てられているものは、まるで彼女を貫《つらぬ》く機会をうかがうように、鋭く天を向いて張りつめている。

「動いてみろ」

「動くって……」

戸惑いいっぱいの顔でうつむくと、アークレヴィオンの手がルゥカの腰をつかみ、上下に動かす。すると、秘裂《ひれつ》にあてがわれた熱塊が擦《こす》れ、彼女の身体の芯に快感を与えたのだ。

「や、ぁ……っ」

貫《つらぬ》かれているわけではないが、まるでつながっているような体勢で向き合っている。

恥ずかしくて、でも擦《こす》れる感じが気持ちよくて、ルゥカはうつむいたまま彼の剛直《ごうちょく》を自分に押し当て、腰を上下に揺さぶった。

「はぁっ、ああっ、あ、ん」

動くたびに水面がバチャバチャと音を立てて跳ね、胸が形を変えながら揺れる。時折、アークレヴィオンの手が乳首をつまんで弄《いじ》るので、多方向からの愉悦《ゆえつ》にどんどん理性が剥《は》がれ落ちていった。

「や……っ、何……こんな」

湯船の中ではルゥカ自身のこぼした蜜《みつ》は流れてしまうが、濃いめのミルクがその役割を果たし、ぬるぬると彼女の花唇を滑らせる。そこから生み出される快感は、甘い毒のようにルゥカを惹《ひ》きつけた。

肩をすぼめてうつむいたまま、アークレヴィオンの硬いものを必死に擦《こす》りつけていくうちに、どんどん動きが加速していく。

「んああっ……あぁっ」

ルゥカの乱れた姿に、アークレヴィオンが目を細めた。押し当てられる滑《ぬめ》ったものの感覚に小さく吐息をつきながら、揺れる乳房《ちぶさ》を舐《な》める。

「あ、あ――やぁっ、気持ち、いい……！」

やがてルゥカはアークレヴィオンのたくましい肩を強くつかんで、その動きを止めた。

下腹部から広がる絶頂の快楽に酔いしれながら、彼の身体にぐったりとしなだれかかる。力が入らず、自分で身体を支えることもできなかった。

アークレヴィオンが大きな手を彼女の背中に回し、支えるように抱《だ》きしめてくれる。ルゥカは息をつきながら、厚い胸に頬を寄せた。

「はぁ……ぁぁ……」

触《ふ》れあい、抱《だ》き合うと、自分の心臓が勢いよく鼓動《こどう》を打っているのが聞こえてくる。達したせいもあるし、彼の胸に抱《だ》かれている緊張《きんちょう》のせいもある。

でも、妙に満たされた気持ちになるのだ。

アークレヴィオンは「服従の証《あかし》を見せろ」と言ってルゥカを抱《だ》いたが、本当にそんなヒドい理由で抱《だ》いているとは、とても思えないのだ。ルゥカに触《ふ》れる手は、いつもやさしい。ときどき突き放すようなことも言うが、どう考えても照れ隠しにしか見えない。

（勘違《かんちが》いかもしれないけど……）

ふと顔を上げると、ルゥカをじっと見下ろしているアークレヴィオンの視線とぶつかった。

相変わらず、表情らしい表情は浮かんでいないのだが、彼女を見つめる月色の瞳は妙に熱っぽい。その視線を受け入れた途端《とたん》、達したはずのルゥカの身体がふたたび彼を求めてざわめきはじめた。

彼女の内心を見透《みす》かしたように、アークレヴィオンの手が割れ目を押し開いて指を滑らせていく。

「あぁんっ、や、まだ、むり……んっ」

まだ身体は絶頂の余韻《よいん》に浸《ひた》りきっていて、秘部はわずかな刺激にも敏感《びんかん》に反応してしまう。気持ちよさを通り越して、辛いとさえ感じる。

「今は……魔力はいらないですから……ぁあんっ」

「これは明日の分の前渡しだ。食事をしたら出かける。数日ほど留守《るす》にするからな」

「え――あぁっ、んあぁああっ！」

蕾《つぼみ》をくすぐられると、先ほどの拒絶の言葉とは裏腹《うらはら》に、身体がアークレヴィオンを受け入れたがってほどけた。

「で、出かけちゃうんですか……？」

これまで、城に出かけていくことはあっても、数日にわたってアークレヴィオンが邸《やしき》を空《あ》けることはなかった。彼が不在にすると聞いた途端《とたん》、ルゥカの胸が曇《くも》る。

「定期的にある地方の視察だ。今日はたっぷり魔力を与えておいてやるが、いつ効果が切れるかわからん。しばらくは邸《やしき》の中でおとなしくしているのだな」

お湯の中でアークレヴィオンの男らしい指が、ルゥカの繊細《せんさい》な部分をかき乱す。

「やぁっん、んっ」

彼女を感じさせるためだけに動く指に逆らえるはずもなく、彼の色気のある身体に抱《だ》きすくめられてルゥカは悲鳴《ひめい》を上げた。

「る、留守《るす》にするって、どのくらい……あ、ふっ」

「せいぜい二日か三日程度だ。その間は犯されずにすむと、ほっとしただろう」

アークレヴィオンは、やはりルゥカを犯しているつもりなのだろうか。ルゥカにやさしくしてくれていると思ったのは、思い上がりでしかなかったのだろうか。

「何か、心細くて……」

ついそんな風に本心を白状すると、彼の手がぴたりと止まった。

「……そんなにこれが恋しいのか」

彼は湯の中から立ち上がると、息をついて浴槽《よくそう》の縁《ふち》に腰を下ろした。当然、ルゥカの視界に猛々《たけだけ》しく隆起《りゅうき》したものが晒《さら》される。

とっさに目を逸《そ》らすと、アークレヴィオンの手に引き寄せられ、膝《ひざ》の間に身体を挟《はさ》まれてしまった。

「思う存分、味わっておけ」

「え、あの、そういう意味では……」

とぼけているのか本気で言っているのか。魔人の言葉にルゥカは混乱してしまう。

だが、ぐいっと頭を抱《かか》え寄せられ、割り込むようにして彼女の小さな口にアークレヴィオンの男性の部分が入ってくると、ルゥカはあわてふためいて後退しようとした。

アークレヴィオンは彼女を逃がさなかったが、それ以上、力ずくでねじ込んでくることもない。

「舐《な》めてくれ」

命令ではなかった。気位《きぐらい》の高そうなアークレヴィオンが「舐《な》めてくれ」と頼んできたのだ。

ルゥカは完全に意表《いひょう》を突かれた状態で、それを断ろうとは思えなかった。視線をよそにずらしつつ、細面のアークレヴィオンに似合わぬ荒々しい男の塊を握り、思い切ってその先端に吸いついた。ミルクの味が口の中に広がり、何だか倒錯的《とうさくてき》な気分だ。

(う、わ……)

両手に握ったそれは、熱く脈打っているようだ。先端をチロチロと遠慮《えんりょ》がちに舐《な》めると、アークレヴィオンの手がルゥカの頭を自分のほうへ引き寄せる。ルゥカが手や舌を動かすたびに彼の唇から色っぽいため息がこぼれた。

（気持ちいい……のかな）

いつも一方的に感じさせられるばかりだったが、今回はアークレヴィオンが荒い息をついている。

筋張《すじば》った部分に舌先をぐりっと押しつけると、彼の身体が一瞬だけ硬直《こうちょく》する。そんな反応に、恥じらいよりもうれしさを感じてしまい、ルゥカは目を閉じたまま、アークレヴィオン自身を愛《いと》おしむように舌で包んだ。

「……っ」

彼の吐息を聞いているだけで、ルゥカの心臓も鼓動《こどう》を速める。今、手の中にあるものが、自分の中を貫《つらぬ》いて激しい快楽を与えてくれることを想像すると、それだけで腰が震えてしまう。

口の中に含み、吸い上げ、アークレヴィオンの呼吸が震える場所を舐《ねぶ》り、握りしめた手を必死に動かした。

「ん、は……っ」

色気のあるため息に、とうとう声音《こわね》が混じった。その声にルゥカもドキドキして、夢中になって彼のたくましい塊を愛撫《あいぶ》する。

「……ルゥカ」

名を呼ばれた途端《とたん》我に返り、ルゥカはアークレヴィオンを握りしめたまま、とろんとした顔を上げた。彼の月色の瞳は、浴室の湯気と情欲《じょうよく》に霞《かす》み、彼らしくもなく余裕のない表情を見せている。

次の瞬間、脇の下に手を入れられ、子供のように抱《だ》き上げられた。

「きゃ……」

アークレヴィオンは驚くルゥカを意に介することもなく、彼女を湯船の中に立たせて、背中を壁に押しつける。そしてルゥカの左脚を持ち上げると、ミルクの白い滴《しずく》で濡《ぬ》れた秘部を開かせ、荒々しく猛《たけ》り狂った剛直《ごうちょく》を中にめり込ませてきた。

「あぁっ！」

とてつもない質量《しつりょう》を埋め込まれたが、この半月の間にしっかり慣らされていたので痛みはない。ただただ気持ちよくて、ルゥカは夢中になってアークレヴィオンの身体にしがみついた。

立った姿勢で激しく突き上げられるたびに、切れ切れの悲鳴《ひめい》が勝手にあふれ出す。

「はぁっ、んあぁ、あ——っ！」

白い滴《しずく》に、ルゥカ自身の蜜《みつ》が混じりはじめた。次第にぐちゅぐちゅと卑猥《ひわい》な音が鳴り、その音にますます煽《あお》られて気が遠くなりそうだ。

「気持ち、いい……」

がくんと膝《ひざ》が折れ、倒れ込みそうになったところを、アークレヴィオンの腕が支えてくれる。

ミルクと汗で濡《ぬ》れた互いの身体が密着《みっちゃく》すると、彼の心臓の鼓動《こどう》が直接ルゥカに響いてきた。興奮に高鳴《たかな》るアークレヴィオンの心音が。

「俺の魔力を……根こそぎ持っていく気か」

乱れた呼吸の合間に、彼の皮肉《ひにく》交じりの声が聞こえてくるが、それには反応できなかった。ルゥカの意識のすべては、彼が打ち付けてくる腰の律動《りつどう》と、灼熱《しゃくねつ》のような塊が中を蹂躙《じゅうりん》していく感覚に集約されていたのだ。

「あ、あ、あ――」

「ルゥカ……っ」

ぶるっと身体が震え、アークレヴィオンを咥《くわ》えこむ場所が締まった。それと同時に彼も息を呑《の》み、体液となった魔力をルゥカの中に放つ。

つながりあったまま湯船に崩れ落ち、浅いミルク風呂の中で、互いの呼吸が整うのを待った。

そっとアークレヴィオンの胸に寄り添うと、大きな手がルゥカの頭を抱《だ》き寄せてくれる。

（どうしよう、うれしい……）

彼は自分をどう思っているのだろうか。無言で問いかけるように、アークレヴィオンの腕の中で見上げた。

ところが、彼はルゥカと目を合わせることなく、吐精《とせい》の疲労からか小さく息をついて、彼女の中を貫《つらぬ》いたままだった肉塊を引き抜いた。

「ふぁ……」

目を閉じて小さくまつ毛を震わせるルゥカをそのままに、アークレヴィオンは浴槽《よくそう》を出る。

「ミルク風呂とやらは悪くなかったが、あまりさっぱりしないな。やるのは構わないが、俺のいないときにしろ」

「はい……」

「今回はいつもより多く魔力を渡しておいた。二日くらいは効果が持つかもしれないぞ」

そう言うと、きれいな湯で身体を洗い流し、アークレヴィオンはさっさと浴室を出てしまった。

絶頂の余韻《よいん》が残るまま放置されたルゥカは、脱力してミルク風呂の中にへたりこんだ。

最中《さいちゅう》はあれだけ情熱的だったくせに、終わった途端《とたん》に淡白《たんぱく》な魔人に戻ってしまうのだ。

アークレヴィオンはあくまでルゥカに魔力を注いでいるだけで、それ以上の意味はないのだろうか。

そう考えると、アークレヴィオンに惹《ひ》かれている自分が滑稽《こっけい》に思えてしまう。

この日以来、ミルクを飲むたびに何かを思い出してしまい、ひとりで赤面してしまうルゥカであった。

＊＊＊

出かけるアークレヴィオンを見送ったあと、ルゥカは寝室に戻った。

ほぼ毎日抱《だ》かれていたので、気絶《きぜつ》するように眠るのが常だった。今日みたいに不在なことも時折あったが、ほんの数回、しかも翌日には帰ってきていたので、数日間の不在はこれがはじめてなのだ。

「ひとりでゆっくり眠れる！」

声に出して言ってみるが、もちろん返事をする者はいない。広いベッドなので、アークレヴィオンと同衾《どうきん》するときも窮屈ではなかったが、それをひとりで占領できると思うと……

（何か、さみしい）

そう思った瞬間、ルゥカは激しく頭を振った。

「何を考えてるの、私！」

久々にひとりでぐっすり眠るチャンスだというのに、さみしいなんてどうかしている。あんなに恐ろしいと思っていた魔人が、ベッドの中でその魔力を注ぎ込みながら、ルゥカを愛おしそうに扱うからそんな風に感じてしまうのだ。

（もしかしたら、あの人にやさしくされているって、思い込みたいだけなのかも……）

そうでもしなければ、植物すらルゥカに牙《きば》を剥《む》いてくるこの世界で、彼女が正気を保ち続けることなど不可能だから。アークレヴィオンに惹《ひ》かれているのも、そんな防衛本能の一種なのかもしれない。

「すっかり魔族に手懐《てなず》けられちゃって！　人間界に戻るっていう大きな目標があるんだから、しゃんとしなきゃ！」

自分を鼓舞《こぶ》するように声に出してから、ルゥカは頬を張った。

とはいうものの、どうやって人間界に戻ればいいのか皆目見当もつかない。ルゥカはアークレヴィオンの魔力の護りがなければ、この邸《やしき》から出ることすらできないのだ。

それに、何とか魔力の護りを保ったまま抜け出しても、ヴァルシュのようにアークレヴィオンを目の敵《かたき》にする魔族と出会ったら、今度こそルゥカの命の保証はない。

ふと、いないはずのアークレヴィオンの銀髪が頬に触《ふ》れたような錯覚《さっかく》を覚え、ルゥカはあわてて毛布をかぶった。

こうやってベッドに横になっていると、アークレヴィオンの匂いに全身を包まれている気がして、どうしても彼のことを考えてしまう。

今日、思いがけず彼が人間の血を引いていることを知り、自分の気持ちが激しく揺さぶられるのを感じた。

己を煩《わずら》わせるものなどこの世にはない、というような涼しい顔をしているくせに、異《い》端《たん》とされる血を引いて、それを理由に同胞《どうほう》から蔑《さげす》まれてきたというのだ。

これまでの人生でアークレヴィオンは何を思い、どうやって生きてきたのだろう。人を憎むことはなかったのだろうか。己の中に流れる血を呪ったことはないのだろうか。

そして、人間であるルゥカをどう思っているのだろうか。

半魔半人の青年の姿を思い浮かべると、胸の奥がズキンと疼《うず》く。あの無表情の下にしまいこんだ本音を知りたいと思う。

何をどう言い訳しようと、アークレヴィオンの香りに満たされたベッドの中にいると、完全にここに捕《と》らわれていることを思い知らされるばかりだった。

頭では人間界に戻らなくてはと思うのに、本心ではもう少しここに捕《と》らわれていたいと望む自分がいることを――とっくに知っていた。

（やっぱり、好きになっちゃったみたい……）


翌日。

「本日は私が食材を買い出しに行ってまいりますが、ご希望のものはございますか？」

リドーとふたりで朝食をとっていたとき、そんな質問をされた。

「あ、ああ、そうですね……その前にひとつ聞きたいことがあるんですけど」

「何でしょう」

「リドーさんも、私の中から彼の魔力がなくなったら、他の魔族たちと同じように襲《おそ》いかかってきたりしますか？」

邸《やしき》の中にいるあいだは安全だと聞かされてはいるものの、リドーだって魔界の住人である。他の魔族や動植物たちとその習性《しゅうせい》は同じはずだ。

「その辺の心配はご無用《むよう》です、ルゥカさま。私自身、アークレヴィオンさまの魔力で使《し》役《えき》されている身ですので、主の意に沿わぬ行動を取ることはございません。アークレヴイオンさまはルゥカさまを大切にしていらっしゃいますから、私も同じようにルゥカさまをお守りいたします」

「たっ……！　な、何を言うんですか、そんなことあるわけないですよ！　あの人にとって、私なんてただのお荷物《にもつ》で……」

リドーの言葉に嘘があると思ったことは、これまで一度もない。でも、今の一言はさすがに素直に聞けなかった。

「アークレヴィオンさまは合理的な方ですから、不要なものをご自分のテリトリーに留め置くことはありません。むしろ、なぜそのようにお考えになったのですか？」

嫌味《いやみ》ではなく、リドーは純粋に疑問《ぎもん》に思ったようだ。

「え、あの、大切にされるような覚えが、まったくないので……」

「――私はアークレヴィオンさまのお命じになったとおりに行動しています。私に関しては、ご心配はいりません」

そう言われてしまうと、ルゥカも引き下がるしかなかった。

（深く考えるのはやめとこ……）

顔が赤くなっているような気がするが、照れている場合ではない。リドーが言葉足らずのアークレヴィオンをことあるごとにフォローするので、ルゥカも納得してしまうものの、そもそもリドーが主人を悪く言うはずがないのだ。

「そ、それでですね、リドーさんには、彼の魔力の残量っていうのかな、効果が続いているとか切れてしまいそうとか、わかりますか？」

「ええ、お傍《そば》にいればなんとなくわかります」

「じゃあ、私もリドーさんと一緒に買い出しに行きます。危なくなりそうだったら教えてくれますか？　すぐに帰りますから」

積極的に外に出かけてみないと、人間界に帰るきっかけすらつかめないのだ。

(帰るにせよ帰らないにせよ、人間界へ戻る方法を探しておいて損はないから)

というのも、今の生活を手放したくなくて安穏と日々を送っている自分に対して『人間界に帰る方法も探している』という建前を、既成事実として作りたいだけなのだ。

「ルゥカさまも行かれますか？　乗りものがないので徒歩になりますが、よろしいでしょうか」

「構いません！　むしろ、馬とかちょっと無理なので……」

昨日の黒馬を思い返すと、引きつった笑いしか出てこなかった。

「それにしても、人間界の食事は本当に多彩《たさい》ですね」

リドーとふたりきりの朝食は、ドラゴンの骨で出汁《だし》を取ったミルクスープとパン、ハムのサラダと、簡素なものだったが、充分満足してもらえたようだ。

「これほどの料理でしたら、市《いち》にお店を開いてもやっていけるのでは？」

「え――」

彼の何の気なしの言葉に、ルゥカの手が止まった。

「お、お店？」

「魔界には人間界のような食堂は少ないのです。料理を出す店といっても、質素《しっそ》な屋台ばかりですし、生肉を好む面々は自分で狩って食べるので、あまり需要《じゅよう》がありません。ですが、これだけおいしいものが揃っていれば、繁盛《はんじょう》すると思いますよ」

店を出すこと自体はルゥカの夢である。だが、魔界で料理屋を開くという発想《はっそう》はさすがになかった。

「で、でも、お店をやっても、むしろ私が狩られちゃう側ですし……」

ひとりで外を出歩くことさえままならないのに、魔界のど真ん中に店など構えたら即座に殺されてしまうに違いない。

「ルゥカさまが毎日、アークレヴィオンさまから魔力をもらわなくてもすむ方法はあります」

「えっ？　そんな方法があるなら教えてください！」

そんなすばらしい方法があるのなら、人間界へ帰る方法を探すのもずいぶん楽になるはずだ。毎日毎日、アークレヴィオンに抱《だ》かれるのも……そこまでいやではないのだが、体力的には少々しんどい。

「はい。アークレヴィオンさまの御子をお産みになればいいのです。長期間胎内《たいない》に魔力を宿していれば、ルゥカさまも自然と魔力を身に着けることができます」

「は……」

ぽかんと開いた口が、本気でふさがらなかった。どれだけ閉じようと努力しても、顎《あご》が外れてしまったかのように元に戻らないのだ。

「な、ないない、ないです！　リドーさん、何を言うんですか！」

辛《かろ》うじて言葉を取り戻したが、喉《のど》がカラカラになってしまった。心臓がバクバクと音を立てていて、今にも倒れてしまいそうだ。

「口がすぎました。お許しください」

リドーはアークレヴィオンよりはとっつきやすいが、ルゥカを動揺させるようなことばかり言う。

「と、とにかく早く出かけましょ」

赤くなってきた頬を冷ますよう、ルゥカは必死に手で顔をあおいだ。

邸《やしき》を出て、青い月光の下を十分も歩いていたら、あっという間に市《いち》に到着した。昨日、馬で出かけたくらいだから市《いち》は遠いのかと思っていたのだが、なんだか拍子抜《ひょうしぬ》けだ。

「こんなに近いとは思いませんでした」

「『裏の道』を通りました。アークレヴィオンさまの魔力で時空を縮めた近道です。市《いち》は私がよく出かけるので、ご主人が道を敷《し》いてくださったのです」

「へえ」

笑顔で返事をしてみたが、理屈はよくわからなかった。きっと、魔法の近道ということなのだろう。

今日も市《いち》は魔族でごった返しているが、アークレヴィオンよりもよほど市《いち》には慣れているらしく、リドーの案内にはそつがない。

「食材はこの通りの店でだいたい揃います」

見ると、いろいろな調味料の瓶《びん》が並べてあったり、色とりどりの果物が積んであったり、心躍《おど》る光景だ。

「果物や野菜類は、すでに収穫《しゅうかく》済みのものですので、ご安心ください。ただ、生きた魔獣《まじゅう》や生花を扱うお店にはなるべく近寄らないほうがよろしいかと思います」

「その情報、もう一日早く欲しかったです……」

　昨日見た不気味な花を思い出し、ため息をついた。だが、おかげで心構えはできているので、多少のことではもう驚かないつもりだ。予想のななめ上を行く出来事が起きても、動揺しないように気合を入れる。

　調味料を扱う店に寄ると、多種多様な塩が売られていた。近頃、魔界では塩が流行しているとかで、その種類はルゥカも感心するほどだ。ただし、他の調味料やスパイスは人間界のほうが豊富である。魔界では塩焼きや塩ゆでがほとんどで、たいていの調味料はそれほど需要《じゅよう》がないのだそうだ。

「やっぱり、お砂糖とか蜂蜜なんかはないですよね」

「魔界には存在しないものですから」

「手持ちの砂糖が残り少ないから、どこかで調達《ちょうたつ》できるとよかったんですけどね……」

　砂糖なしの人生なんてちょっと考えられない。そういう意味では、早々に人間界に帰りたいと思ってしまうルゥカだ。

　結局、ルゥカが市《いち》で買ったのは、珍しいスパイスと塩、チーズ、アークレヴィオンの邸《やしき》にない野菜や果物の類《たぐい》だった。果物といっても、どれもすっぱいらしく、人間界のものとは別ものらしい。

食肉も、魔鼠《まそ》ではない加工済みの肉をリドーに選んでもらうことにした。昨日の狩り現場を見てしまったショックで、魔鼠《まそ》とわかっていて口にするのは無理そうだと思ったのだ。元々、アークレヴィオンの邸《やしき》で扱ったことはないそうだが。

肉を売る店をのぞいていると、トカゲのような顔をした二足歩行の魔族がリドーに声をかけてきた。

「おや、リドーじゃないか。ここのところ姿を見せないから、お払い箱になったのかと思っていたよ」

「お久しぶりです。ですが、私は捨てられるほど無能ではありませんよ。ここ最近、アークレヴィオンさまが狩りをなさっているので、買い出しの必要がなかっただけです」

「へえ、魔将さまが狩りをねえ。どうした風の吹き回しか。で、この娘は？」

トカゲ顔の店主はチロチロと舌を出し、ルゥカを値踏《ねぶ》みするように観察するが、その小さな目に敵意はないので怖くはない。

「こ、こんにちは……。私はその、小間使いで……」

自《みずか》ら名乗りたくないが、アークレヴィオンがこう言っていたので仕方がない。せめて料理人と名乗れれば、このもやもや感も少しは薄れたと思うのだが。

「リドーがいるのに小間使いとは、魔将さまはそんなにお忙しいのかね」

「――それよりも、このコカトリスの一番上等な部分をいただきましょうか」

リドーはこの市《いち》ではずいぶん顔が広いらしく、店を移動するたびに声をかけられる。魔界でも人脈は大事なのだろう。

いくつかの露店《ろてん》を冷やかしていたとき、ひとりの青年がリドーとルゥカの傍《そば》へやってきた。

「や、これは魔将閣下のところの」

気軽に片手を上げて、リドーに声をかけてきたのは、濃い灰色の短い髪と同じ色の瞳の青年だ。完全な人型で、人間界にいても何ら違和感《いわかん》のない見た目をしている。

「これはレイガさま、ご無沙汰《ぶさた》しております」

「ご無沙汰ご無沙汰。相変わらず、魔将閣下にはもったいないほど礼儀正しいですね」

「恐縮《きょうしゅく》です。今日はおひとりでお買いものですか？」

「いやいや、こうして一般人に身をやつし、市《いち》の安全を見回っているんですよ」

「なるほど、職務熱心でいらっしゃるのですね」

リドーが感心すると、レイガは苦笑交じりに両手を振った。

「ははっ、そう真に受けられると恥ずかしいじゃないですか。ただの散歩ですって。ところで、こちらのお嬢さんは」

青年がルゥカに関心を示したので、ルゥカは一歩下がり、頭を下げた。

「ルゥカといいます、はじめまして……」

リドーにはずいぶん気安く接している青年だが、彼の正体を知らないので、ルゥカはどうしても警戒《けいかい》してしまう。この魔界で、誰が味方なのかわからないのだ。

「私は閣下の唯一無二の腹心《ふくしん》でして、レイガといいます」

「ルゥカさま、この方はアークレヴィオンさまの率いる騎士団団長で、心強い味方でいらっしゃいます」

「あ、そうなんですか」

アークレヴィオンに味方がいると知り、ルゥカは安堵《あんど》のため息をついた。四方八方、敵ばかりでは彼だってやっていられないだろう。

「ルゥカさんか。リドーが『さま』をつけて呼ぶくらいだ、もしや閣下のコレですか？」

「これ？」

きょとんとしたルゥカに、レイガはニヤニヤ笑いを浮かべながらうなずく。

「へえ、閣下にねえ。なんですか、魔界がいよいよ滅びる前兆ですかね」

そう言って、彼は人懐っこい顔で笑い転げた。

本人がいないとはいえ、アークレヴィオンに対してこんなに気安い物言いをする人物がいるとは思わず、ルゥカはついレイガの顔をのぞき込んでしまう。

「しかし、愛すべき我らの大将閣下に女っ気があったとは。ただの朴念仁《ぼくねんじん》だと思っていただけに、本気で意外ですな」

「わ、私は、そんなのでは……」

どうやら彼は、ルゥカがアークレヴィオンの恋人か何かと勘違いしているようだ。レイガの人の悪そうな笑いの意味に思い当たると、ルゥカは顔を赤くしてうつむいた。

「またまた。閣下の魔力でガッチリ固められてるじゃないですか」

「え？」

「だって……あれ？」

しかし、何かに気がついたのか、レイガの顔から飄々《ひょうひょう》とした笑みが消え、確かめるように彼女を見つめる。その濃灰色《ダークグレー》の瞳が次第に驚きに見開かれていった。

「これはいったい……彼女は人間？」

レイガはとっさに辺りを見回した。人間を連れていることはそんなに危険なことなのだろうか。ルゥカは急に不安になって、リドーの傍《そば》に寄った。

「レイガさま、大丈夫です。何も問題はございませんよ」

「いや、しかし、あらぬ噂を立てられやしませんか。ねえ？　敵に塩を送ってやってるようなものでしょ？　そうでなくとも敵だらけなのに、自《みず》ら傷口を広げてみせるようなもの……」

へらへらと軽い調子だったレイガが急に声をひそめ、真剣な顔をする。ルゥカはその落差《らくさ》に驚き、一気に不安になった。

「あの、彼が人間の血を引いているから、ですか？　私がいると、やっぱり不都合……？」

ルゥカを不安にさせたことに気づいたのだろう。レイガはまた元通りのへらっとした笑顔に戻った。

「へえ、閣下のことを知ってるんですか。それなら余計なお世話でしたね、失礼しました。まあ、たしかにこのお嬢さんはかわいらしいですからね。うちの大将がかわいい女性を好むとは、寡聞《かぶん》にして存じませんでしたよ。さて、邪魔者は消えることにしますかね」

レイガはまくしたてるだけまくしたて、ルゥカに「大将をよろしく！」と言うと、そそくさとその場を離れていった。

「……にぎやかな人でしたね」

「アークレヴィオンさまにとっては、もっとも気心の知れた方ですので心配はいりませんよ。ルゥカさま、そろそろ戻りましょう。魔力が薄れはじめました。もうしばらく大丈夫だとは思いますが、早めに戻ったほうが安心ですので」

「わかりました。それにしても、リドーさん以外にもあの人に味方がいるってわかって安心しました。ヴァルシュみたいに嫌な奴ばっかりだったら、彼も気が滅入《めい》るだろうし」

「確かにヴァルシュ閣下のような方は、面倒《めんどう》と思っていらっしゃるかもしれません。ですが、今はアークレヴィオンさまのお傍《そば》にはルゥカさまがいらっしゃいますから、そのように些細《ささい》なことに痛痒《つうよう》を感じてはおられないかと」

「え、え？　私なんて、そんな、何も……」

やっぱりリドーは動揺させることばかり言う。胸のドキドキが治まらないまま帰宅したルゥカだった。


変なことを言われて謎の動悸《どうき》に見舞われたルゥカだったが、そんなドキドキも帰宅してクリームパスタを作っているとすっぽり抜け落ちた。

魔牛のミルクは人間界のものより濃厚《のうこう》で、ルゥカお手製のパスタによく絡みとにかく美味だ。

「ルゥカさま、感動です。こんなおいしいものを食べたのははじめてです」

「喜んでもらえてよかった！　私思うんですけど、人間界で魔界食材を使った料理店を開いたら、意外といいんじゃないですかね」

あまり食文化の進んでいない魔界だが、食材自体はおいしい。魔牛のミルクなどが良い例だろう。

それに、食材以外にも感心するところがある。例えば、一定の温度に保っておける食料貯蔵庫の存在だ。これは魔力で庫内の温度を低下させ、維持《いじ》しておくことができる。

しかし人間界では、山から切り出して運んでくる氷や雪で貯蔵庫を冷やすし、しかもその方法は一部の人だけが享受《きょうじゅ》できる恩恵だ。多くの人々は、川や井戸の冷たい水で冷やしておくくらいしか方法がない。

魔界と人間界を自由に行き来できれば、両方の食材や設備のいいとこ取りができ、どちらの食文化も発展すると思うのだ。

「人間界と魔界でお互いの文化のいいところを持ち寄れば、もっとたくさんの料理ができると思うんですよね。それって、考えただけでもわくわくしませんか？　あのヴァルシュって人だって、甘味を知ったら、あんなに気難しそうな顔をしなくてすむかもしれないのに」

「言われてみれば、砂糖の甘い味を口にしたら、緊張《きんちょう》がほどける気がしますね」

リドーが生真面目《きまじめ》に評価するので、ルゥカはうれしくなって力説した。

「そうそう、甘いって幸せの味だと思うんです！」

ルゥカが持っていた調味料は城の調理場で使うためのものだったので、カゴにはたくさんの砂糖を詰めていた。しかし、魔界に来てから菓子以外の調理にも多用してきたので、手持ちの砂糖がそろそろ底を尽きかけている。

甘味のない魔界の食事は、最初の一回きりしか味わっていないが、あれが毎日続くのだと考えると、かなり憂鬱《ゆううつ》だ。今、こうしてのんきに魔界生活を送っていられるのも、人間界とさほど変わらない食生活を維持《いじ》できているからであって、このまま砂糖がなくなったら、苦しむのは目に見えている。せめて蜂蜜でもあればいいが、魔界では果物にさえ甘みがないのだ。蜂が存在したとしてもそこに甘い蜜を期待するのは、それこそ考えが甘いだろう。

（誰か、人間界から砂糖を輸入してくれないかしら）

今のところ、ルゥカの切実な悩みはその一点に尽きた。

「——って、人間界に戻る手がかりを探すつもりだったのに、何ウキウキ料理作ってるの私！」

いろいろ憂慮はあるものの、人の本質とはそうそう変わるものではないのだった。

＊＊＊

「おお、よく戻ったなアークレヴィオン。辺境《へんきょう》の様子はどうであったか？　茶の用意をさせているから、ゆっくり話を聞かせてくれ」

魔王ガラードは、地方の視察を終え戻ってきたアークレヴィオンを労《ねぎら》いながらサロンへ誘った。

ソファを勧《すす》められたアークレヴィオンは、味気ない茶で口を湿《しめ》らせつつ、物足りなそうに指を遊ばせている。近頃ではルゥカがお茶菓子というものを用意してくるので、無意識に指がそれを求めていたようだ。

「魔界の端々まで陛下の統治《とうち》よろしきを得て、つつがなく平和です。魔獣《まじゅう》どもも活力に満ち、より凶悪《きょうあく》になっておりましたし、対する魔人族もいっそう腕を磨き、一騎当千《いっきとうせん》のつわものばかりが揃っておりました。魔界は安泰《あんたい》でしょう」

「そうかそうか、それは何より。人間界からの干渉《かんしょう》も減っているようだ。先日の襲撃《しゅうげき》が功《こう》を奏《そう》したとみえる」

失敗に終わったエヴァーロス王女誘拐《ゆうかい》計画だが、決して無駄《むだ》ではなかったと、ガラードは前向きに己の策の有効性を認めた。

アークレヴィオンの感想はまた別にありそうだったが、彼は何も言わずにうなずくに留めた。

「ところで、おぬしの一族の様子はどうだった？」

「今回は立ち寄りませんでしたが、訪れたところで、歓迎《かんげい》してはくれないでしょう」

「ふん、同じ魔族ながら狭量《きょうりょう》の輩《やから》の多いことよ。この魔界が実力主義だということをわかっていない連中が未《いま》だに多すぎる。古い因習《いんしゅう》だの血筋だの、ここは人間界ではないのだ」

「致し方ありません、陛下。誰しも、自分たちの享受《きょうじゅ》していたものを、新参者やよそ者に奪われたくはありますまい。そこは魔界も人間界も変わらぬところ。ただし、奪われたものを実力で取り返すのが、魔族というものでしょう」

皮肉《ひにく》の利いた表情でアークレヴィオンは笑い、立ち上がった。

「何だ、共に食事をしようと思っていたのだが、帰るのか。たまにはゆっくりしていけばよいだろう」

「は。地方の視察はなかなか体力を消耗《しょうもう》いたしますので、今日のところは自邸《じてい》で休息したく存じます」

「相変わらずつれないな」

「申し訳ございません」

こうしてアークレヴィオンが退出すると、タイミングを見計らったようにヴァルシュがガラードに謁見《えっけん》を求めてきた。

「どうしたヴァルシュ、あらたまって謁見《えっけん》などと。飯でも食っていくか」

「ぜひともお相伴《しょうばん》に与《あずか》りたく存じます、陛下。ところで近頃、魔界に妙な噂が流布《るふ》しているのをご存じでいらっしゃいますか」

「妙な噂？」

ヴァルシュはさっきまでアークレヴィオンが腰かけていたソファに座ると、辺りを気にしたように声をひそめ、そっとガラードの耳元に近づいた。

「事実かどうかは陛下のご裁断《さいだん》を仰ぎたく存じますが、噂の渦中《かちゅう》の人物は、あのアークレヴィオン卿《きょう》でございまして……」

ガラードの黄金色の瞳が「またその話か」と呆れるように細められた。

「アークレヴィオンを貶《おとし》める噂はこれまで数々聞かされてきた。どれもこれも蒙昧《もうまい》な輩《やから》が勝手に騒ぎ立てるばかりで、何の実もない嫉妬《しっと》ばかりよ。我の耳をくだらぬ噂で穢《けが》すのはやめろ」

「いえ、これは信憑性《しんぴょうせい》のある話でございます。何人もの目撃者《もくげきしゃ》がおりますし、私もこの目で確かめました」

ヴァルシュの抗弁《こうべん》に、ようやくガラードの表情が引き締まった。

「先日、人間界への襲撃《しゅうげき》を断行した際、ベレゲボルブルップがさらってきた人間の娘を覚えておられますか」

「いかにも覚えている」

「処断《しょだん》するようにとの陛下の命にもかかわらず、かの娘はアークレヴィオン卿《きょう》の邸《やしき》で健在なのです」

「……」

ガラードは何も言わず、続けるようにヴァルシュを促《うなが》した。

「このことはすでに魔界中の噂になっております――アークレヴィオン卿《きょう》は人間どもを魔界内に手引きするよう、あの小娘にそそのかされているのだと。奴は我々を裏切り、魔界を人間の支配下に置こうとしているのでございます」

「何のためにアークレヴィオンがそのようなことをするのだ」

「陛下、恐れながら彼に流れる血は、人間の血でございます。まことに残念なことではございますが、血には逆らえますまい」

「くだらぬ。アークレヴィオンが我を裏切るなど、ありえん」

「私もこのような噂、一蹴《いっしゅう》するつもりでございました。しかし、娘がのうのうと生きているのをこの目で確かめたばかりです。あのような小娘のひとりやふたり、陛下の命に従いさっさと始末するが道理。ですが、今でも娘は生き永《なが》らえております。由々《ゆゆ》しき事態かと」

ヴァルシュは大げさに天を仰ぎ、アークレヴィオンの背反《はいはん》を嘆いてみせたが、ガラードの反応は彼の期待とはかけ離れたものだった。

「いや、待てよヴァルシュ。おぬしが目撃《もくげき》したというのは、娘が生きているということのみか」

「え、は――さようで、ございますが……」

「我はアークレヴィオンに娘を始末せよとは命じたが、殺害せよとは命じておらぬ。あの娘の処遇《しょぐう》を一任したに過ぎん。娘を生かしておくことで反逆《はんぎゃく》の意志ありとみなすのは、無理があるぞ。それに、人間の血を引くとはいうが、同時にあやつは魔族の血も引いている。我らの同胞《どうほう》の血だ」

「しかし……」

ガラードは嘆息《たんそく》して立ち上がると、追いすがろうとするヴァルシュを冷ややかに見下ろした。

「ヴァルシュよ、あまり我を落胆《らくたん》させてくれるな。我は使える者であれば、出自など厭《いと》わぬ。それを知らぬおぬしではあるまい。万が一アークレヴィオンが我を裏切るというのであれば、何度でもまた忠誠を誓わせるまでだ。あやつ以上に実力のある者が現れぬ限りはな。異議《いぎ》があるか？」

これ以上の抗弁《こうべん》はガラードの心証《しんしょう》を悪くするだけだった。ヴァルシュは観念して、立ち去ろうとする彼に頭を下げたが、口の中でボソリとつぶやいた。

「どうやら、アークレヴィオン卿《きょう》は娘とデキているようですが……」

その瞬間、ガラードは歩みを止め、振り返った。

「今、何と申した」

ガラードの気を引くことに成功した。恐縮《きょうしゅく》したように頭を下げるヴァルシュの口許《くちもと》には、不敵な笑みが浮かんでいた。

# 第三章　コイの病と砂糖問題

青い月が空を染める時分《じぶん》、食事を終えたルゥカは、貯蔵庫の片隅に置いてあったミルクの瓶《びん》を持ち出した。これを振って固めれば、自家製魔牛バターの完成である。

「何を作ろうかな。マッシュポテトも久々に食べたいし、クリームソースに入れてコクを出してもいいよね。バタークッキーも食べたいし、バターミルクのパンケーキもおいしそう！　ああでも、お菓子作れるほど砂糖が残ってないんだった……」

ダメだと思えば思うほど、お菓子ばかりが食べたくなる。アークレヴィオンがさまざまな魔獣《まじゅう》を狩ってきてくれるのはありがたいが、それよりも砂糖を調達《ちょうたつ》してきてほしいものだ。

そんなことを考えながら瓶《びん》を振っていると、リドーが顔をのぞかせた。

「ルゥカさま、所用で少しのあいだ外出してきます。ルゥカさまを護る魔力がだいぶ薄れておりますので、くれぐれも邸《やしき》の外へ出ないでください」

「はい、絶対に出ません！」

「今日はアークレヴィオンさまが戻られると思いますので、帰りにワインでも見繕《みつくろ》ってきます」

　ルゥカがアークレヴィオンと顔を合わせていないのは昨日一日だけなのだが、今日帰ってくると聞いて、心臓がとくんと反応した。

「早めに戻りますが、留守《るす》をお願いいたしますね」

「はい、いってらっしゃい」

　リドーが出かけてしまい、はじめて邸《やしき》にひとりきりになったルゥカだったが、不安を感じるよりもバターを作ることに夢中だ。次第にできあがってくるのを見ると心が躍《おど》った。

「よし、できた!!」

　できたてのバターを匙《さじ》で少しだけすくって舐《な》めると、ルゥカの頬がふわりととろけた。

「お、い、し、い……！」

　魔牛の濃厚《のうこう》なミルクから作ったバターは、ルゥカが今までに食べたどんなバターよりも――それこそ城で使われている最高級のバターよりもこってりと口の中に広がる。

「人間界に持っていったら絶対に大流行《だいりゅうこう》するのに！　魔界の食材、ほんとに侮《あなど》れない……。お互いの世界のおいしいものを持ち寄れたら最高なのに」

人間界へ逃げたら、たちどころに魔王ガラードに知られてしまうと、アークレヴィオンは言っていた。つまり、人間界と魔界の行き来を実現させるためには、まずガラードを説得する必要があるだろう。

「魔王さまを説得するのと、バレない方法を探すのと、どっちが簡単かな……」

そう考えたとき、玄関扉が開く音が聞こえ、一気にルゥカの心臓が跳ね上がった。アークレヴィオンが帰宅したのだ。

玄関ホールへ小走りに向かうと、アークレヴィオンがコートを脱いでいるところだった。二日ぶり——といっても実際は一日半程度——に見た彼は、ルゥカに気がついてもとくに表情を変えることはなく、いつもどおりである。

彼への恋心を認めて、ひとりで浮かれたり焦《あせ》ったりしていたのが馬鹿らしくなるほど淡々《たんたん》としていた。

「お、お帰りなさい」

「ああ、リドーは出かけたのか」

「はい。すぐに戻るって言ってました」

アークレヴィオンはうなずき、コートを腕にかけたまま二階へ上がる。ルゥカもあわててそれを追いかけた。

話したいことがたくさんあったような気がしたのだが、何を話せばいいのか思いつかない。必死に話題を探した末に、ようやく大事な用事を思い出した。

「あの、折り入ってひとつご相談があるのですけど」

「何だ、あらたまって」

「もうすぐ砂糖がなくなってしまいそうなんです。でも魔界には砂糖はないっていうし、人間界から――」

自分が取りに行けないまでも、アークレヴィオンならいい方法を知っているかもしれないと思ったのだ。しかし、彼は眉根《まゆね》を寄せると、即座に首を振った。

「無理だ。人間界に戻ることはできない」

「それはわかってますけど、でも……」

「砂糖などなくても、おまえの作る料理はうまい。あるもので作るつもりで、この邸《やしき》の料理番を買って出たのではないのか？」

無茶苦茶《むちゃくちゃ》を言う魔人である。砂糖が存在しないなんて、料理番を買って出たときには知らなかったのだ。そもそも、甘みが表立っていない料理にも、随所《ずいしょ》で砂糖を使っている。まったくなしの状態で、どこまでできるだろうか。

（でも、最初から砂糖がないことを知っていたとしても、結局は同じ選択をしてたかも……）

人間界からの輸入を真っ向から否定されつつも、しっかりと自身の料理を持ち上げられ、それ以上の抗弁《こうべん》を封じられてしまうルゥカであった。

（考えてみれば、城で働いていたから砂糖が当たり前になってるけど、本来は砂糖なんて高級品だし、簡単に手に入るものじゃないか……）

とはいえ、人間界では砂糖以外にも果物や蜂蜜から甘味を手に入れることができるのだが、魔界ではそうもいかないから困ってしまう。手持ち分は手持ち分として大事に使いながら、砂糖なしでいかにおいしい料理を作れるか、研究が必要なようだ。

「でも、魔獣《まじゅう》は人間界に頻繁《ひんぱん》に出入りしてるんですよね。それなら、魔獣《まじゅう》に砂糖を持ってきてってお願いできませんか？」

自室で着替えるアークレヴィオンを視界の端にチラチラと捉《とら》えながら、ルゥカは窓の外を眺めた。

「そんなこと、無理に決まっているだろう。魔獣《まじゅう》を遣《つか》わしたところで、言ったとおりのことを遂行《すいこう》できるとは限らん。おまえ自身、ベレゲボルブルップに間違って連れてこられたのを忘れたのか」

「それもそうか。魔王さまの使いなのに、頭悪そうな子でしたね……」

ルゥカは恐ろしい魔獣《まじゅう》だったように記憶しているが、今思い返すと、ガラードと魔獣《まじゅう》のやりとりは間抜《まぬ》けだった。ルゥカはくすくすと笑い出した。

「あ、魔獣《まじゅう》といえば私、子供の頃に故郷《こきょう》で魔獣《まじゅう》に出会ったことがあるんです」

アークレヴィオンが着替えの手を止めて、彼女を振り返った。

「魔獣《まじゅう》に会った？」

裸の上半身を晒《さら》したまま振り返った彼に、ルゥカは頬を赤くした。

今さらだが、身体を交えていない状況で、アークレヴィオンの裸身《らしん》を見たことはなかった。意識すればするほど、その肉体美に視線がいってしまいそうで、ルゥカはあわてて彼に背中を向ける。

「人間界の動物の大きさじゃなかったので、たぶん魔獣《まじゅう》だったと思います。とても頭のよさそうな、賢そうな目をした犬でした」

「――よく、喰われなかったな」

「今にして思えば、本当に運がよかったんです。はじめはすごく怒ってたみたいで、牙《きば》を剥《む》いて唸《うな》ってましたけど、不思議と怖くなかったんです。それよりも、毛並みがとってもきれいで、立ち姿が凛々《りり》しくて。あんなきれいなわんちゃんを見たのははじめてだったから、つい撫《な》で回しちゃいました」

もう十年くらい昔のことだというのに、昨日の出来事のように鮮明《せんめい》に覚えている。あまりに記憶が鮮明《せんめい》すぎて、逆に夢でも見ていたのではないかと疑ってしまうほどだ。あのふさふさした毛並みの感触も、包み込んでくれたあたたかさも、やわらかい匂いも、しっかりとルゥカの五感に刻み込まれている。

「結局その子は私を襲《おそ》ったりせず、むしろ崖《がけ》から落ちた私を助けてくれました。お礼にサンドイッチをあげたら、おいしそうに食べてくれて……」

そのときのことを思い出し、ルゥカの頬がほころんだ。

「魔獣《まじゅう》も人間と味覚《みかく》は同じなんだなって思ったのをよく覚えてます。あのわんちゃんが私の作ったものを食べてくれて、おいしそうにしっぽを振ったのを見たとき、うれしかったなあ。誰かに食べてもらえるのはこんなに幸せなことなんだって、はじめて知った気がしたんです。やっぱり私は、料理を作るのが好きなんだって……」

あの頃は母を失ったばかりで、気丈に振る舞ってはいたが、内心ではかなり意気消沈《いきしょうちん》していた。大好きだった料理をほとんどしなくなり、あのサンドイッチですら久々に作ったものだったのだ。

だが、あの魔犬にサンドイッチをあげて、たとえ大層な料理ではなかったとしても、喜んでもらったという事実はルゥカを勇気づけた。

「あのわんちゃん、無事に魔界に帰れたのかな。魔王さまに見つかって怒られたりしてないといいけど」

窓に映った自分のむこうに、あの当時の光景が浮かんでいるような気がして、ルゥカは懐かしそうに目を細めた。

「魔界のわんちゃんなら、ここで会えたりしないですかね。魔獣《まじゅう》の寿命《じゅみょう》ってどのくらいです……か」

振り向いたすぐそこに、思いがけずアークレヴィオンの整った顔があったので、ルゥカは驚いて窓に張りついた。長いまつげにふちどられた月色の瞳が、彼女の顔をまじまじと見つめる。

「あ、あの――」

「もう魔力が底をついている。このままでいるのは危険だ」

ルゥカの子供の頃の話など、彼には興味がなかっただろうか。話を遮《さえぎ》るように、アークレヴィオンは彼女の肩に手を置いた。

最後にアークレヴィオンを受け入れてから一日半が経過している。魔力が残りわずかだということはわかっていたし、彼の部屋までついてきたこと自体、期待していなかったといえば嘘になるわけで……

アークレヴィオンはルゥカの身体を窓に押しつけ、彼女を囲うように手をつく。そのまま少し屈《かが》んで、彼女の首筋に唇を這《は》わせた。熱い吐息が喉元《のど》にかかって、こそばゆくてたまらない。

胸元を広げられ、彼の舌が鎖骨《さこつ》の線をなぞっていく。

「んぁ……っ」

目の前に銀色の髪がさらさらと流れ、はだけられた胸元で毛先が躍《おど》った。くすぐったさと、熱い舌の感触が混ざって、ルゥカの唇からはとめどなく深いため息がこぼれてしまう。

でも、押しのけることはない。彼の鋼《はがね》のような肉体に、触《ふ》れたくて仕方がなかったのだ。アークレヴィオンの裸の背におずおずと触《ふ》れると、ルゥカよりも高い体温が指に伝わってくる。

彼の左手がルゥカの髪紐《かみひも》と、ついでにエプロンの腰紐《こしひも》をほどいて、服を肩から剥《は》がしていく。ふわりと赤毛が広がり、ルゥカの右肩と胸が露《あら》わになると、アークレヴィオンは彼女を窓に押しつけたまま、そのふくらみを口に含んだ。

「あぁ……っ」

先端を舌に包まれて、吸われ、舐《ねぶ》られる。胸の谷間に唇を移し、その肌を味わうように舌でなぞる。

いつも以上にアークレヴィオンの手つきや唇が熱っぽくて、少し触《ふ》れられるだけで、じんじんと痺《しび》れる。

いつしか彼は床に膝《ひざ》をつき、立ったままのルゥカの服を上から順に脱がしていった。上体はすっかり露《あら》わになり、アークレヴィオンは彼女の腰を抱《だ》いて、腹部に舌を這《は》わせている。まるで甘みを舐《な》めとろうとするように熱心だ。

「んっ、くすぐったい……っ」

身じろぎすると裸の背中が窓に当たり、硝子《ガラス》がひんやりと冷たかった。

「あ、の、外に誰かいたら、見られちゃいます……」

「誰が見ていようと、別に構わない」

「か、構います……！」

そう抗議すると、アークレヴィオンはかすかに笑い、ふたたび彼女の肌を舐《な》めはじめた。

何がとは言えないが、いつもの彼と様子が違うような気がして、心地いい反面、戸惑ってしまう。常にまとっていた硬質なものがなくなって、ルゥカに触《ふ》れる空気がやわらかい気がするのだ。

だが、ルゥカの困惑《こんわく》などつゆ知らず、アークレヴィオンは彼女の服をすべて足元に落とすと、下腹部を隠している下着をずらし、そこにも舌を伸ばした。

「あぁあっ」

ぬるりとした感触が割れ目の中をなぞると、ルゥカは膝《ひざ》が折れてしまわないよう、窓にもたれかかって必死に身体を支えた。アークレヴィオンは両手で腿《もも》を強引に押し広げ、じわりと蜜《みつ》が滲《にじ》んだ秘裂《ひれつ》に一層唇をつけてくる。

「やんっ……」

秘裂《ひれつ》の中の蕾《つぼみ》を舌先で刺激され、膝《ひざ》から力が抜ける。ルゥカはあわてて彼の銀色の頭に手を置き、辛《かろ》うじて転倒《てんとう》を免《まぬが》れた。彼に腰をつかまれて敏感《びんかん》な場所を舐《な》められているうちに、いつしか窓の外のことなど忘れてしまった。

アークレヴィオンはひざまずいたままルゥカを抱《だ》き寄せ、彼女のふっくらとした尻を両手でつかむと、何度も割れ目に舌を往復させる。

「あ、ぁっ、倒れそう……っ」

「俺が支えている」

相変わらず冷静なアークレヴィオンの台詞《せりふ》だが、その声はひどく熱を帯びていて、ルゥカを耳から犯すような色気をまとっていた。

「ぁ、あ、ダメ……っ」

強く蕾《つぼみ》を吸われて小さく達し、下腹部を弄《いじ》る舌が離れていくと、ルゥカはほっとしたように身体の力を抜いた。

そのままずるずると床に崩れ落ちそうになるルゥカの身体を、アークレヴィオンのしなやかな腕が受け止め、横向きに抱《だ》き上げる。

窓から入り込む青い光が室内を照らし、彼女の白い裸体を青く染めていた。

月色の瞳は何か言いたげにルゥカの顔を見つめているが、その唇から言葉が出てくることはない。だが、ルゥカの目にはアークレヴィオンがうれしそうに、笑いをかみ殺してるように見えるのだ。いつもどおりの無表情なのに。

アークレヴィオンのことが好きだと認めてしまったゆえの錯覚《さっかく》だろうか。

「あの……」

じっと見つめられると恥ずかしくて、ルゥカが視線を泳がせた。アークレヴィオンは小さく息をついてくるりと踵《きびす》を返すと、部屋の奥へ足早に進んでいく。

寝室の扉をくぐったアークレヴィオンは、整えられたベッドにルゥカを横たわらせ、まとわりついていた下着やブーツを脱がすと、自《みずか》らの服も脱ぎ捨て、全裸になってルゥカの上に跨《またが》った。

「抱《だ》くぞ」

「え……？」

これまでそんな宣言をされたことはない。ルゥカは目を丸くしたが、拒絶しようとは思わない。むしろ、窓際という際どい場所からいつものベッドの上に移ったので、安堵《あんど》したほどだ。

ふたたび彼の唇が首筋を這《は》っていくのを感じて、身体の力を抜いた。

こうしてベッドの上で抱《だ》き合っていると、あたたかくて心地がいい。アークレヴィオンの唇が首筋や鎖骨《さこつ》をなぞり、ルゥカの頬を撫《な》で、髪を指に絡めながらその身体に没頭《ぼっとう》していく。そうされると、ルゥカもため息をつかずにはいられなくなる。

「はぁ……っ」

身体中をやさしく愛撫《あいぶ》していたアークレヴィオンの手が、急に彼女の手首をつかんでベッドに押しつけてきた。

身動きが取れないよう拘束《こうそく》されてしまったのに、その強引さに胸が高鳴《たかな》る。そんな状態で熱い唇に胸を咥《くわ》えられ、舌先で悪戯《いたずら》されると、喉《のど》の奥がじりじりと疼《うず》いて苦しい。

「ふぁ……」

鍛《きた》えられた男の身体の重みがずっしりとのしかかってきたが、その重さすら甘ったるい。うっすらと薄紅色《うすべにいろ》に染まったルゥカの唇からは無意識の声が漏れ、肌を重ねているだけで、身体の芯が溶け出してしまいそうだった。

「ルゥカ」

呼ばれて目を上げると、月色の瞳がじっとこちらを見ている。

凛々《りり》しく整ったアークレヴィオンの顔立ちとは裏腹《うらはら》に、彼に抱《だ》かれている自分が、どんな締まりのない、だらしのない顔をしているのか、想像しただけで赤面ものだ。

快感でとろけた頭では、自分が普段どうやって表情を維持《いじ》しているのか思い出せない。

「ああ――」

思わずこぼれたのは嘆きのため息だったが、一瞬あとには甘い悲鳴《ひめい》に取って代わった。

身体の外側をじれじれと愛撫《あいぶ》していたアークレヴィオンの手が、しっとりと濡《ぬ》れている秘所をなぞったのだ。

そっと指を押し当てられ、蕾《つぼみ》に小さく振動を与えられる。指先だけのほんのわずかな動作にすぎないのに、そうされるルゥカの身体には、一方《ひとかた》ならぬ快感が大波のように押し寄せてきた。

「んぁああ、やぁっ、あぁっ」

男らしい指が蠢《うごめ》くたびに、ルゥカは羞恥《しゅうち》の吐息をついてしまう。押し上げられるような快楽のうねりに、たまらず顔を上げて彼の上腕《じょうわん》にしがみついた。

「んっ……く、あ……っ」

頬を真っ赤に染めたルゥカの顔をのぞき込み、アークレヴィオンはおだやかな声で囁《ささや》く。

「かわいいな、ルゥカ」

「やっ……そんなこと、言わないで……」

真顔で言われ、ルゥカは顔を伏せて彼の肩に隠れた。そんな台詞《せりふ》を、これまでに聞いたことがあっただろうか。

あたたかな指が間断《かんだん》なくルゥカの蜜壷《みつ》の縁《ふち》をなぞり続け、いちばん敏感《びんかん》な花芯をくすぐるたび、ルゥカは抑えようもない甘い声を上げる。

「あぁっ！　やぁっ……ん！」

ルゥカの呼吸がますます荒くなり、彼女は無意識に揺れる腰を引いた。だが、彼は逃がす気はないようだった。

ルゥカの腰を引き寄せ、秘密の入り口を探り当てる。

「はぁっ、んあぁ」

「……熱くて、とろけそうだ」

後ろから回された手で花唇を撫《な》でられるたびに、男の理性を奪う悲鳴《ひめい》を上げ続けた。

身体中が熱く疼《うず》き、何も考えられなくなっていく。

「……ルゥカ」

快楽に悶《もだ》えるルゥカの姿を見て、彼の月色の瞳に切ない色が浮かぶ。だが、そんな昂《たか》ぶりを抑えるように、彼は視線を外した。

アークレヴィオンのたくましい腕にすがりつきながら、ルゥカは背を反《そ》らして啼《な》く。

どこへどう逃げても快楽の波に呑《の》み込まれてしまい、身体がどんどん熱を上げてしまう。このまま触《ふ》れられ続けたら、自分がどうにかなってしまいそうで怖い。

でも、気持ちいい。彼の手に愛撫《あいぶ》されていることがうれしくて、もっと彼を感じていたくて、そっとアークレヴィオンの頬に触《ふ》れてみた。

「冷たい手だな」

彼に触《ふ》れた手を逆につかまれ、丹念《たんねん》に舐《な》められる。指の付け根や手のひら、手首を厚い舌が這《は》い回り、指先をぱくりと咥《くわ》え、きゅっとそれを吸う。

「ゃんっ、く、くすぐったいです……」

「おまえの手はいい匂いがする。今日は何を作っていた？」

「え、と、クリームソースと、バターを……」

「俺にサンドイッチは作らないのか」

突然そんなことを言われて、ルゥカは一瞬、我に返った。さっき、魔犬にサンドイッチをあげた話をしたばかりだ。

（やきもち、なわけないよね……）

まるで「魔獣《まじゅう》にはサンドイッチをくれてやったのに、自分にはよこさないのか」と言われているような気がして、ついつい口許《くちもと》に笑みがこぼれてしまう。

「ご希望でしたら、いつでも、それくらい」

だが笑っていられるのも、そこまでだった。

ルゥカの手をさんざん舐《な》め回したあと、アークレヴィオンは彼女の喉元《のど》に唇を当て、強く吸う。そしてそこだけではなく、胸の周りや肩、背中、二の腕、ありとあらゆる部位に所有の印をつけていくのだ。

「んっ……はぁっ」

肌に強く唇を押し当てながら、濡《ぬ》れそぼったルゥカの割れ目をやさしく愛撫《あいぶ》することも忘れない。

指先で奥に眠っている小さな突起《とっき》を撫《な》でられると、ルゥカは重たい男の身体に押さえ込まれたまま、強すぎる快感に悲鳴《ひめい》を上げた。

「ひ、あぁ――っ、あっ、そこは……だめっ」

「ルゥカ……」

荒々しい呼吸の合間に耳元で名前を囁《ささや》き、蜜《みつ》に濡《ぬ》れた指でルゥカの唇をなぞる。

まだ、そこは触《ふ》れられたことがない。指でも――唇でも。

かすかな期待に小さく唇を開いたが、アークレヴィオンは彼女の期待には応《こた》えず、指を口の中に挿《さ》し込んできた。

「う、ん――」

指で舌をなぞられると、何とも言えない倒錯的な気分になる。アークレヴィオンはルゥカの口から指を抜くと、蜜《みつ》と唾液《だえき》で汚れたそれをぺろりと舐《な》めた。

「……！」

その仕草が気恥ずかしくて、ルゥカは淡青色《ペールブルー》の瞳を伏せた。

やはり今日のアークレヴィオンはいつもとどこか違う。

身体中にこんなキスマークをつけられたことなどなかったし、ルゥカの肌に触《ふ》れる手は、乱暴ではないがいつになく力強くて、どんどん追い詰められていくような気がするのだ。

だが、その理由を問い質《ただ》す余裕はなかった。

指や唇、舌先でくまなく全身を愛撫《あいぶ》されて身体中から力が抜けてしまい、喘《あえ》ぐことしかできないのだ。

「んぅっ……あぁんっ」

ほんの少し指先に触《ふ》れられただけで切ない悲鳴《ひめい》が上がり、濡《ぬ》れそぼった秘所からは、それでもまだ足りないと言わんばかりに蜜《みつ》が滴《したた》り落ちる。

「……もぉ、ヘンに、なりそう……っ」

全身をどろどろに甘やかすような快感に、身体が小刻みに震えはじめた。

物欲しげにずっと揺れている腰は、まるで彼のものを受け入れたがっているようで、恥ずかしさのあまり涙が出そうだった。

「……はや、く……」

思わず口走ってしまうと、ぎゅっと身体を抱《だ》きすくめられ、腿《もも》にアークレヴィオンの鋼《はがね》のような塊が触《ふ》れた。熱く硬く滾《たぎ》った楔《くさび》が、彼女の中を貫《つらぬ》こうと猛《たけ》り狂っているのだ。

「挿れるぞ」

脚を開かれると、期待で蜜《みつ》がとろりと流れ出す。

「んっ……」

蜜《みつ》でぬめった場所に硬いものが宛がわれ、ゆっくり、ゆっくり、探るように埋没《まいぼつ》していく。

「あ、あ……っ」

吐息をついて身体から余分な力を抜くと、鋭い熱の塊が奥を貫《つらぬ》いた。

怖いくらいの圧迫感に戸惑いさえ感じ、中が擦《こす》れていく感覚にルゥカはまつ毛を震わせる。

ぐっと押し込まれ、貫《つらぬ》かれる衝撃に身体が揺れたが、もうそこには痛みもつらさもない。恋する相手の楔《くさび》を受け入れることに悦《よろこ》びしか感じなかった。

ねっとりした泉の中に熱塊を埋没《まいぼつ》させ、アークレヴィオンはゆっくりと浅い場所を往復する。

「ふはっ……あぁ――っ」

アークレヴィオンに刺し貫《つらぬ》かれ、ルゥカはすすり泣きながら声を上げる。彼は弱い部分を的確に狙って楔《くさび》を擦《こす》りつけてくるのだ。

「は……あんっ、ああっ、いやっ」

腰がビクンビクンと痙攣《けいれん》して、あっというまに快楽の果てまで追いやられてしまう。ルゥカの膣《ちつ》が中を犯す楔《くさび》をぎゅっと締めつけるが、彼は顔色ひとつ変えず、ただ呼吸だけを乱しながらルゥカを攻め続けた。

「あぁ……っ」

何度も中を抜き挿《さ》ししていくアークレヴィオンの熱に、ルゥカは深いところから息を吐いた。彼の歪んだ表情を見上げているだけで、貫《つらぬ》かれた秘裂《ひれつ》からさらに愛液があふれ出し、ベッドを汚していく。

「あつ、熱いよぉ……」

頭がじんじんして、視界に霞《かすみ》がかかってきた。

「おまえの中のほうが熱い――」

触《ふ》れ合う場所から汗が滲《にじ》み出し、互いに泥沼のような快楽の虜《とりこ》になっていく。身体は疲れ果てているのに、中毒になってしまったかのように彼の身体を求めてしまう。

「んっ――く、はっ、ぁっ……！」

身体の芯を強く突かれ、奥を抉《えぐ》られるたびに胸が揺れる。

小さく握ったこぶしを口許《くちもと》に当て、内側から破裂《はれつ》してしまいそうな何かを必死にこらえたが、その姿がアークレヴィオンの欲望を煽《あお》ったらしい。彼女を悶《もだ》えさせる楔《くさび》をさらに深部《しんぶ》に突き立ててくる。

「あ……ぁ、や……もうっ」

ルゥカは彼を抱《だ》き寄せ、腰をくゆらせながら奥へと導《みちび》いていく。

「ルゥカ」

「あっ、ん、あああぁ――あっ！」

愛しい人に名前を呼ばれると快感がいっそう増して、涙がこぼれそうになる。

（大好き――）

何度、そう口をついて出そうになっただろう。

でも、結局それはできなかった。

アークレヴィオンがルゥカを抱《だ》くのは、魔力を与えるためだ。これを愛情によるものだと履《は》き違えてはいけない。流され、のめり込みそうになる自分を戒《いまし》め、アークレヴィオンの身体に触《ふ》れていた手を離す。

するど、彼の大きな両手がルゥカの頬を挟《はさ》み、額に唇を押し当てた。

「ルゥカ……俺は――」

（あ……）

まるでキスされたような気がして、一瞬、目を丸くする。

今、勘違《かんちが》いはやめようと決意したばかりなのに、あっさりそれを覆《くつがえ》され、ルゥカの頭の中は真っ白になった。だが、理解が追いつくより先に強すぎる快感に埋めつくされて、何も考えられなくなった。

下腹部を貫《つらぬ》く楔《くさび》が蠢《うごめ》き、ルゥカの身体の芯を焼いていく。

「んあ、あぁっ、あぁぁ――っ！」

下腹部から一気に身体中を駆け巡る甘さに、次第に意識が不鮮明《せんめい》になっていった。

そして、アークレヴィオンの強い魔力が身体に注ぎ込まれ、ルゥカは意識を失い、ベッドに深く沈んだのだった。

――その後《ご》、窓の外で虚空《こくう》を旋回《せんかい》していた一羽の大鴉《おおがらす》が、青い月に向かってひっそりと飛び去った。

＊＊＊

今日の昼食は作りたてのバターを使った、オムライスのホワイトソースがけだ。

ふわふわとろとろの卵に、ホワイトソースとチーズをたっぷりかけて食卓に並べると、アークレヴィオンはそれを凝視《ぎょうし》した。

「これは、何だ」

「今日はオムライスにしてみました。炒めたごはんに焼いた卵を載せたものですけど、ケチャップもマヨネーズもバターも、全部作ったんですよ」

とろりとした半熟卵にこってりしたホワイトソースが芳香《ほうこう》を放っている。これまでにもいろいろな料理を作ってきたとは思うが、卵料理を披露《ひろう》するのははじめてで、その鮮やかな卵の色がアークレヴィオンには驚きだったようだ。

「……お口に、合いません？」

「……うまい」

「よかった！　喜んでいただけると、ほんとにうれしいです。あ、リドーさんの分も用意してありますから、食べてくださいね」

「ありがとうございます、ルゥカさま。では後《のち》ほど、遠慮《えんりょ》なくいただきます」

リドーはアークレヴィオンの食事中は黙って背後に控えているが、ルゥカはアークレヴィオンの正面に座《ざ》してお相伴《しょうばん》に与《あずか》るのが常になっていた。しかし、考えてみると、服従している立場としては不適切なのかもしれない。

「あー……私も別の場所でいただくべきでしたよね」

席を立とうとすると、アークレヴィオンは首を横に振る。

「構わん、そこで食べろ」

「あ、はい……。では失礼して」

不愛想《ぶあいそう》な顔でそう言われると、それがアークレヴィオンの本心なのか計り知れなかったが、今さらなことを言ってしまったと、開き直るしかない。

最近、自分の立ち位置がますますわからなくなって、彼の前でどう振る舞えばいいのか、ひどく混迷《こんめい》している。

「あの、今日もお仕事ですよね？」

「ああ。いつもどおりだ」

アークレヴィオンがガラードのもとに出仕するのはほぼ毎日だが、人間界のように決まりがあるわけではないらしい。ルゥカが唐突《とうとつ》に「市《いち》へ行きたい」と言い出しても、すんなりそれを叶えてくれる程度には自由なようだ。

「お弁当、作ってみたんです。もし邪魔でなければ……」

アークレヴィオンの前におずおずと弁当の包みを差し出し、ルゥカはその顔色をうかがった。

「弁当？」

「はい。サンドイッチを、作ったんですけど、お口に合うかどうか……」

先日、魔犬にサンドイッチをあげた話をしたとき、アークレヴィオンがあからさまに催促《さいそく》してきたので作ってみたのだが、当の本人がそれを覚えているかどうかは自信がない。なにしろ、閨《ねや》での睦言《むつごと》である。

だが、ルゥカが拍子抜《ひょうしぬ》けするほどすんなりそれを受け取り、アークレヴィオンは席を立った。

「いただいていこう」

顔色ひとつ変えず、うれしそうにするわけでもない。だが彼が大事そうにその包みを持って出て行ったので、ルゥカはつい頬を緩《ゆる》めてしまった。

「もうちょっと喜怒哀楽《きどあいらく》がわかりやすいと、こっちもやりやすいんですけどね」

「ですが、以前と比べると、だいぶわかりやすくなったと思いますよ」

長年の付き合いであるリドーが言うのだから、そうなのだろう。

「でも、未《いま》だに緊張《きんちょう》しちゃうんですよね。嫌な顔をされたらどうしようって」

「そうなのですか？　ルゥカさまに嫌な顔をなさっているのを、私は見たことがありませんが……」

「私もたぶんないと思うけど……不愛想《ぶあいそう》な人って、そういうところが損なんでしょうね」

だが、アークレヴィオンにもうちょっと愛想《あいそ》があったとしたら、きっと今頃は魔界の女性に大モテだっただろう。そう考えると、彼が不愛想《ぶあいそう》でよかったと思わなくもない。

ルゥカは小さく笑った。

近頃は魔界での生活もすっかり日常になり、あの手この手と料理でアークレヴィオンを驚かせたり感心させせたりすることに喜びを覚える日々だ。彼への恋心はやや持て余し気味だが、今のところは傍《そば》にいられるだけで満足だった。

目下《もっか》の砂糖枯渇問題に関しても、いろいろ対処を考えてはいる。甘いものがだめなら辛いもの、というわけで、先日は激辛料理に挑戦《ちょうせん》してみたのだが、こちらはアークレヴィオンどころかリドーにも不評《ふひょう》だったので、早々に選択肢から外すことになってしまった。どうやら刺激物《しげきぶつ》は受け付けないらしい。

「でも、怖いものなんて何もなさそうなのに、辛いものがダメなんて、ちょっとカワイイところありますよね」

「あんなものを食べていては、味覚も嗅覚《きゅうかく》も壊れて役に立たなくなってしまいます」

「魔族って意外と繊細《せんさい》なんですか？」

「アークレヴィオンさまと私は、辛いものが苦手な種族なのです」

言われてみれば、外見からして明らかに異なる種族が集まっている魔界だ。そういう種族がいても不思議ではない。砂糖に代わる調味料について、まだまだ研究が必要なようだ。

アークレヴィオンが城へ出かけると、ルゥカは料理の仕込みをはじめ、リドーは邸内《やしき》の清掃や買い出しという雑用《ざつよう》をこなす。

そんなごく平和な一日が一変したのは、昼食後にリドーとお茶を飲んでいたときだった。

砂糖を節約するために甘いものは控え、ルゥカはイモもどきの穀物《こくもつ》を細切りにして揚げた、揚げイモを振る舞った。

「これはとてもおいしいですね、ルゥカさま」

「食べはじめると止まらないですよね。大好きなんです」

ふたりで談笑していると、リドーが突然、顔色を変えて立ち上がった。

「この魔力は……」

「リドーさん、どうしたんですか？」

普段、あわてふためいたりすることのない穏やかな彼が、焦《あせ》ったようにルゥカの手をつかんだ。

「ルゥカさま、こちらへ！　勝手口から裏庭へ出ます！」

急ぎ足で食堂から廊下に出ると、リドーはルゥカを連れて調理場にある勝手口へ向かう。

だが、庭へ出ようと扉に手を伸ばした瞬間、窓から入ってきた何かにリドーの身体が弾き飛ばされ、扉にぶつかって崩れ落ちた。直前にリドーが手を離していたのでルゥカは無事だったが、彼は頭を強く打ったのか、起き上がることもできずにうめいている。

「リドーさん!?」

急いで駆け寄ろうとしたが、リドーを倒した何か——黒く巨大な鴉《からす》が彼女の行く手をふさいでしまった。翼を広げたその姿は、ルゥカをすっぽり覆《おお》うくらい大きい。

リドーは朦朧《もうろう》としながらも鋭い爪を向けてくる大鴉《おおがらす》を避けようと腕をかざしたが、その爪で腕の肉を抉《えぐ》り取られ、絶叫した。

リドーの身体から血が飛び散ったのを見て、ルゥカが悲鳴《ひめい》を上げる。すると、大鴉《おおがらす》は今度は彼女を標的《ひょうてき》に変え、鋭く鳴いて飛びかかってきた。

「ルゥカさま、逃げて!」

血の流れる腕をかばいながら、リドーは大鴉《おおがらす》の翼を強引につかんだ。

「でも……!」

「私のことなら心配いりません！　ひとまず、アークレヴィオンさまのお部屋へ！」

ルゥカは目に涙を滲《にじ》ませてうなずくと、転がるようにして駆けていく。

「アークレヴィオンさまのお邸《やしき》を襲撃《しゅうげき》したこと、決して許しません」

リドーはその細腕からは想像もつかないほどの膂力《りょりょく》で大鴉《おおがらす》を壁に投げつけると、床を蹴って跳躍《ちょうやく》した。すると、たちまちお仕着せ姿のリドーが変化する。

大きな暗い色の翼が力強くはばたいた。彼を強襲《きょうしゅう》した大鴉《おおがらす》に匹敵《ひってき》するほどの翼を持つそれは、梟《ふくろう》だった。

梟《ふくろう》は開け放たれていた窓から、青い月の空へと大鴉《おおがらす》を追い立てる。

大鴉《おおがらす》と梟《ふくろう》は空中で激しくぶつかりあいながら飛び、落下し、羽根を散らして戦いを繰り広げる。

やがて二羽の巨大な魔鳥たちはうっすらと青く光る空に羽音を残し、絡まりながら森のほうへ落ちていった。


調理場に置き去りにしてしまったリドーを気にかけながらも、ルゥカは武器になるものを探すために玄関ホールへ走った。

リドーはアークレヴィオンの部屋に逃げるよう言っていたが、長い棒でもあれば、怪《け》我《が》をしたリドーの代わりに大鴉《おおがらす》をぶったたいて追い払ってやるつもりだ。

「でも、どうして魔獣《まじゅう》が……」

この邸《やしき》にはアークレヴィオンが結界を張っているので、魔獣《まじゅう》の類《たぐい》は中に入ってくることはないと言われている。こんなことははじめてだ。

疑問《ぎもん》に思いながらホールにやってくると、ルゥカの足は止まってしまった。二階へ上がる階段の前に、ひとりの男が佇《たたず》んでいたのだ。神経質そうな顔をした、魔王のもうひとりの側近。

「ヴァルシュ……」

呼び捨てにされたせいか、一瞬、彼のこめかみに青筋《あおすじ》が浮いたが、濃紺《のうこん》の武官服を着たヴァルシュは、気を取り直したようにうすく笑って、ルゥカのほうへ近づいてきた。

「こんにちは、人間のお嬢さん。ご機嫌《きげん》はいかがかな？」

「もしかして、あの鴉《からす》は、あなたが……！」

「私に似て気品のある顔をしていただろう？」

ルゥカは淡青色《ペールブルー》の瞳でヴァルシュを真っ向から見据《みす》えた。

「何をしに来たの」

「魔王陛下の憂慮《ゆうりょ》を取り除くためよ。魔将アークレヴィオンともあろう者が、貴様のような穢《けが》れを囲っていると知り、陛下はいたくお嘆きだ。その身体にまとう魔力、アークレヴィオンとまぐわったのだろう？　淫婦《いんぷ》よ」

「そういうデリケートなことをズケズケと言うような下品な人に答えたくありません。だいたい淫婦《いんぷ》って何よ、失礼ね！」

「下品？　この俺が下品だとぬかしたのか、貴様！」

「違うんですか？」

ヴァルシュは眉間の皺《しわ》をさらに深く刻むと、ルゥカをにらみつけた。

「小賢《こざか》しい人間の小娘よ。なるほど、貴様のような毒婦《どくふ》と共にあるからこそ、アークレヴィオン卿《きょう》は惑わされ、この魔界に災厄《さいやく》を振りまくことになったわけか」

「私は淫婦《いんぷ》でも毒婦《どくふ》でもありません！　それに、あの人が魔界に災厄《さいやく》なんて振りまくわけ――」

今にも腕まくりして食ってかかりそうな勢いのルゥカに、ヴァルシュは手のひらを向ける。すると、彼女の生気に満ちた淡青色《ペールブルー》の瞳から光が失せ、力なく立ち尽くした。

＊＊＊

ヴァルシュが両腕を広げると、彼女は吸い寄せられるように歩き、その腕の中に収まり返る。

「ルゥカ、俺がわかるか。アークレヴィオンだ」

「はい……」

ルゥカは顔を上げ、弱々しく笑った。ヴァルシュの魔力をかけられた彼女には、目の前の男がアークレヴィオンに見えているのだ。

「おまえを抱《だ》いてもいいか？」

「はい」

素直にうなずく彼女に、ヴァルシュは目を細めた。

ガラードからは、アークレヴィオンとルゥカに関係があるのか、平たく言うと、ふたりがデキているのかを確かめてこいと命じられている。

先日、ヴァルシュの使い魔が窓の外からふたりの秘めごとを確認しているし、今、彼女の口からも肯定の言質《げんち》を取った。魔王から言い渡された任務は完遂《かんすい》したと言っていい。

だからここからは、何くれとヴァルシュを見下し、魔王のお気に入りの座に君臨《くんりん》する同僚への、ささやかな仕返しである。

「アークレヴィオン卿《きょう》もやすやすとだまされたものだな。娘はいとも簡単に他の男に腰を振って、平気で奴を裏切るような尻軽女だ」

ヴァルシュはルゥカの身体を抱《だ》き上げ、玄関ホールの隅にあったソファに横たえると、華奢《きゃしゃ》な身体の上にのしかかった。

人間の女になど興味はないが、娘を穢《けが》すことでアークレヴィオンを貶《おとし》めることができるのであれば、こんなに痛快《つうかい》なことはない。

「おまえが欲しい、ルゥカ」

アークレヴィオンがどんな囁《ささや》きをするのか、知らないし知りたくもないが、それらしいことを言っておけば、幻惑《げんわく》の術にかかった娘をだますことなどたやすい。

「はい……」

案の定、ほのかにルゥカの頬に笑みが浮かんだように見えた。

彼女の襟元《えりもと》に手をかけ、エプロンドレスをはだけさせると、幼い外見とは裏腹《うらはら》に、ふっくらとした女の胸がこぼれた。

「ふん、人間の小娘のくせに生意気な」

ヴァルシュの手がルゥカの胸を握り、期待に疼《うず》いている先端をつまんだ。

「んっ……」

恥じらったように小さく声を上げ、頬を染める。それを見下ろすヴァルシュは目を細め、白くやわらかなふくらみに手を滑らせた。すると淡い色の乳首がきゅっと硬くなり、ルゥカは甘い声で呼吸を荒らげる。

それを耳元に聞いているうちに思いがけず下腹部が硬直《こうちょく》してしまい、ヴァルシュは唇を歪《ゆが》めた。

「なるほど、本物の淫婦《いんぷ》だったか。アークレヴィオンが戻るまで、たっぷりかわいがってやる」

途中まではだけていたルゥカの服を引き裂くと、ヴァルシュは彼女の上に馬乗りになり、本格的にその肢体《したい》を征服《せいふく》しにかかった。

その瞬間――

玄関扉からヴァルシュに向けて何かが投げつけられた。彼がとっさに身体をのけぞらせると、ソファの背もたれに小剣が突き刺さったのだ。

ヴァルシュが小剣に驚いた拍子に幻惑《げんわく》の術がほどけてしまい、ルゥカの目に生気が戻ってきた。淡青色《ペールブルー》の瞳を見開き、目の前の小剣と、その向こうにあるヴァルシュの顔を見つめてきょとんとしている。

「ヴァルシュ、貴様……！」

玄関扉から聞こえる凍《い》てつくような声はアークレヴィオンのものだった。

＊＊＊

ルゥカは目の前のヴァルシュと、玄関前で氷点下の空気をまとわりつかせているアークレヴィオンを見比べた。そして、ヴァルシュにのしかかられ、胸をはだけている自分

の姿を思い出し、あわてて腕で胸を隠した。

ヴァルシュがアークレヴィオンに見えていたとはいえ、あんなことをされたのが悔しく、ルゥカは唇を噛《か》んだ。

「ずいぶんと早かったではないか、アークレヴィオン卿《きょう》。貴様のところの間抜《まぬ》けな使い魔は無事だったか？」

「ヴァルシュ、貴様いったい何のつもりだ」

「気難しい魔将閣下がずいぶん女にご執心《しゅうしん》の様子だな。始末すべき人間の小娘を寵愛《ちょうあい》しているとは、魔将が聞いて呆れる」

そう言って嘲笑《あざわら》うと、ヴァルシュは背もたれに刺さっていた小剣を抜き、ルゥカの喉《のど》元に剣先を当てた。

「危害を加えるつもりではなかったさ。陛下に正しいご判断をいただけるよう、状況を確かめに来ただけだ。これで貴様の処刑《しょけい》は確実だな」

「どのような理由で処刑《しょけい》するというのだ。どうせ陛下の威を借りただけの、貴様の独断だろう。佞臣《ねいしん》の輩《やから》めが」

アークレヴィオンは月色の瞳を細めて拳《こぶし》を握ると、ゆっくりとヴァルシュに向かって足を踏み出す。だが、ヴァルシュが指を鳴らした途端《とたん》、まるで床に縫いつけられてしまったかのように、その場から動けなくなってしまった。

「足掻《あが》いても無駄《むだ》だ。どちらの魔力が上か、忘れたわけではあるまい。そこで指を咥《くわ》えて見ているがいい、アークレヴィオン卿《きょう》。この娘は魔族を惑わす毒婦《どくふ》だ。陛下のご意向どおり、娘は俺が始末してやる」

ヴァルシュは手にした小剣でルゥカの服と下着を切り裂いて、床に投げ捨てる。

「いや……っ」

ルゥカは抵抗したが、ヴァルシュがまた指を鳴らすと、目に見えない鎖に縛《しば》られてしまったように、両手が頭上でまとめられて動けなくなってしまった。

両脚を開かれ、秘裂《ひれつ》がヴァルシュの前にさらけ出される。

「ほう、人間の娘もここはよさそうだな」

助けを求めるようにアークレヴィオンのほうを見ると、彼は奥歯を噛《か》みしめ、固く握った拳《こぶし》を震わせている。ルゥカと同じく、ヴァルシュの魔力に縛《しば》られて、身動きが取れないのだ。

そんな彼らを冷笑すると、ヴァルシュは自《みずか》らの楔《くさび》を取り出し、いきなりそこに突き立てようと宛てがった。

「やだー！　やめて！」

悲鳴《ひめい》を上げたところでヴァルシュがやめるはずもない。わかってはいるが、それでも叫ばずにはいられなかった。愛する人の前で、他の男に蹂躙《じゅうりん》されようとしているのだ。ルゥカは涙の滲《にじ》みはじめた視界に、ギリギリと歯噛《はが》みをしているアークレヴィオンを捉《とら》える。

「いや――アークレヴィオン……っ!!」

叫んだ瞬間、それは起きた。

アークレヴィオンの身体が矢のように迫り、ルゥカを犯そうとしていたヴァルシュの金色の髪をつかむと、その頬に握り拳《こぶし》をたたき込んだのだ。

殴り飛ばされたヴァルシュに追い打ちをかけるよう、アークレヴィオンは手のひらをかざし、何ごとかを口の中でつぶやく。すると、何もなかった空間に火縄《ひなわ》が出現して、ヴァルシュの身体を縛《しば》り上げた。

「ぐわぁあああぁ!」

耳をふさぎたくなるような絶叫が上がり、ルゥカは目を覆《おお》った。ヴァルシュの身体が炎に呑《の》まれて燃えているのだ。

だが、炎はすぐに収束《しゅうそく》した。指を鳴らした格好のまま、ヴァルシュが肩で息をしている。どうやら自分の魔力でアークレヴィオンの炎を鎮火《ちんか》させたようだ。

「覚えておけよ、出来損《そこ》ない……！」

自分より能力が低いと信じて疑わなかったアークレヴィオンに反撃されたことが、彼の矜持《きょうじ》をいたく傷つけたらしい。ヴァルシュは顔面を蒼白《そうはく》にし、瞳に殺意を込めてアークレヴィオンをにらみつけると、たちまち姿を消してしまった。

「覚えておくのは貴様のほうだ！」

アークレヴィオンは怒気に任せ、ヴァルシュがいた辺りに壁にあった額縁《がくぶち》を投げつけた。彼がここまで怒りを露《あら》わにするのを見たのははじめてだ。

アークレヴィオンは大きく息をつき、ソファの上で固まっていたルゥカを解放した。魔力がほどけると、全身の力も一緒に抜けて、身体が小刻みに震え出す。

「ルゥカ、大丈夫か」

アークレヴィオンの手が触《ふ》れると、そのあたたかさに引き寄せられるように、ルゥカはぎゅっときつく抱《だ》きついた。

「……怖かった」

「すまなかった。あんなものを邸《やしき》に入れてしまった」

アークレヴィオンの瞳が忌々《いまいま》しそうに細められる。彼はルゥカの頬を流れる涙に気づくと、それを拭《ぬぐ》うように彼女の目許を舐《な》めた。

「そういえば、リドーさんが……」

「こんなときにも他人の心配か。ヴァルシュの使い魔に襲《おそ》われて怪我《けが》をしたが、ヤツの襲撃《しゅうげき》を俺に知らせてくれた」

「怪我《けが》、大丈夫なの……？」

リドーはルゥカの目の前で、大鴉《おおがらす》の爪に腕を抉《えぐ》られたのだ。彼女を守るために。

「命にかかわるほどではない。俺の使い魔だ。森の中にいればすぐに回復する」

「森の中……？」

「リドーはもともとは魔の森の梟《ふくろう》だ。俺の魔力で人の姿をとっていたが、本来の姿でいたほうが回復は速い」

ルゥカは涙に濡《ぬ》れた目をぱちくりとさせた。

「リドーさんが、梟《ふくろう》？」

あの穏やかで聡《さと》い黒髪の青年の正体が、猛禽類《もうきんるい》である梟《ふくろう》だというのか。頭の中で姿がつながらなくて、ルゥカは混乱する。

そういえば、はじめてこの邸《やしき》に来た日、目覚めたときに梟《ふくろう》がいた。室内にいるのが不思議なほど大きな黒い梟《ふくろう》だったのを、今、思い出した。あれがリドーだったのだろうか。

「とにかく、リドーのことなら心配するな。人間よりよほど回復力はある」

「よかった……」

まだ身体は震えているが、アークレヴィオンのぬくもりを感じていると、次第に落ち着いてきた。

「だが――」

アークレヴィオンは外套《がいとう》と服を脱ぎ捨て、鍛《きた》え抜かれたたくましい裸身《らしん》をルゥカの目の前に晒《さら》す。そして有無を言わさず彼女をソファに押しつけると、ヴァルシュにつねられた胸を吸った。

「ふ、あっ……」

「あんなヤツに俺のモノを触《ふ》れられた。洗い落とす」

（お、俺のモノって……）

ふくらみを口に含み、舌が尖《とが》った先端を包むように舐《な》め上げる。まるで、ヴァルシュが触《ふ》れた穢《けが》れを落としていくかのように。

「んっ、んっ……」

さっきまでの暴力的な空気に強張《こわば》っていた身体も、彼の熱を感じて緊張をほどいた。唾液《だえき》でどろどろになるまで胸を舐《ねぶ》られ、たちまちルゥカの身体に火が灯《とも》る。彼の首に腕を回し、さらさらの髪やたくましい背中の筋肉に触《ふ》れていると、秘部がとろけてあふれてしまう。

「や、ぁん」

いつものやさしい手つきとは違い、アークレヴィオンは時折苛立《いらだ》ったように指先に力をこめながらルゥカの肌を撫《な》で回し、首や胸に痛いほど吸いついては、自《みずか》らの痕跡《こんせき》をその肌の上に残していく。

それでも、何もかも知り尽くした彼女の身体を痛めつけることはなかった。上体を抱《だ》き起こし、自分の膝《ひざ》の上に後ろ向きで座らせ、胸と秘裂《ひれつ》を同時に愛撫《あいぶ》する。

「んぁっ……」

割れ目の中をアークレヴィオンの指が蠢《うごめ》き、蜜《みつ》をかき出していく。尖《とが》った胸の頂《いただき》をつまんで、指の腹で転がす。

そうされるたびに、ルゥカの唇からは淫《みだ》らな女の声があふれてしまい、恥ずかしくてたまらなかった。

「……っ、あぁっ、あぁ……」

必死に声をこらえようとするが、それを上回る快感に襲《おそ》われ、ルゥカは頭を振って弱々しく啼《な》くことしかできずにいる。

でも、背中にアークレヴィオンの肉体を感じると、そのあたたかさに泣きたくなるほどの安堵《あんど》を覚えた。

「ひあ、んっ、あっ、あっ、あっ――」

犯される秘裂《ひれつ》から愛液がしとどにこぼれて、彼の膝《ひざ》を濡《ぬ》らしていく。目に映った光景があまりに淫《みだ》らで、でも気持ちよすぎて、ルゥカはやり場のない手をアークレヴィオンの髪に絡ませて耐えた。

しかし、達するよりも先に、今度はうつぶせにソファに押しつけられ、後ろからアークレヴィオンの怒張《どちょう》に貫《つらぬ》かれる。

「は、ぅっ」

いつになく荒々しく腰をぶつけながら、彼は終始無言だった。たちまちルゥカは不安に陥《おちい》る。でも、いつもと違う角度で抜き挿《さ》しされ、普段とは異なる快感が流れ込んできて、彼女の身体は絶頂に向かってのぼりつめていく。

「やぁあっ、あぁっ、ん……っ！」

果てたルゥカの中に埋まっている楔《くさび》は、まだ硬さを維持《いじ》したままだ。

「ふうっ……」

アークレヴィオンが大きく息を吐き出した。興奮しているというよりは、体内にわだかまっている怒りを吐き出しているように感じる。

「お、怒ってる……？　ごめんなさい、私――」

ルゥカが謝ると、アークレヴィオンはなだめるみたいに、彼女の身体を背中から抱《だ》きしめ、怒りを追い払うように頭を振った。

「おまえが謝ることなど何もない。自分に腹が立って仕方がないだけだ。怯《おび》えさせた。すまない」

アークレヴィオンはもう一度大きく息を吐き出し、ルゥカを解放してソファに仰向《あおむ》けにした。

「どうして、そんな――」

彼が自身に腹を立てる理由がまったくわからなかったが、アークレヴィオンの答えはなかった。その代わりにあらためて割れ目の中に指を挿《さ》し込まれ、濡《ぬ》れた花園を押し広げられる。

たちまち秘裂《ひれつ》の中は甘い蜜《みつ》に満たされてあふれて、濡《ぬ》れた音を鳴らす。

「だ、だめっ、ひっ、ん……！」

「だめ？　こんなに濡《ぬ》れている」

「まだ――んあぁあっ、あ……っ！」

ある場所に触《ふ》れられた途端《とたん》、電気が流れるように快感が走り抜けて、腰が反《そ》り返った。

アークレヴィオンの指が追い打ちをかけ、熱い蜜《みつ》にまみれた場所をくすぐり、押しつけ、中へと続く狭隘《きょうあい》の縁《ふち》をなぞる。

「んっ、そんなとこ、触《さわ》っちゃ……！」

「ここはもっと触《ふ》れてほしいと言っているようだが。こんなところから涎《よだれ》があふれている」

一番気持ちいい場所を見つけ出すために秘裂《ひれつ》の中を弄《いじ》り、小さな突起《とっき》を容赦《ようしゃ》なく刺激する。

「やあぁ……っ、ん」

蕾《つぼみ》に振動を与えられながら、ずっしりと重たい肉体に押し潰される。ルゥカは悲鳴《ひめい》を上げるも、与えられるすべてに言葉にならないほどの幸福感を覚えた。

「あっ——はぁっ、あぁっ……！」

指先で花芯をくりくりと撫《な》でつけられると、淫《みだ》らな蜜《みつ》がどっとあふれた。アークレヴィオンの指の動きに合わせて、あられもない音を奏でていく。

「気持ちいいか」

「——っ」

素直にうなずくのが、このときばかりはなぜか恥ずかしくてたまらなかった。だが、触《ふ》れられる場所があたたかくて心地よくて、快楽を得る部分を指が滑るたびに、もっと深くまで貫《つらぬ》いてほしくなるのだ。それをねだるようにルゥカは脚を大きく開き、彼女を支配するアークレヴィオンの前にすべてをさらけ出す。

彼は大きく息をつくと、彼女の両膝《ひざ》をつかんだ。それを左右に押し広げ、彼自身の指で濡《ぬ》らした場所に口をつける。

「ひ、あぁっ」

何が起きたのか、とっさにわからなかった。だが、アークレヴィオンの舌が花唇の奥をなぞり、小さな突起《とっき》を舌先で揺らすと、ルゥカは腰を反《そ》らして身悶《みもだ》えていた。生温かくてやわらかいものがそこをやさしく蹂躙《じゅうりん》する感覚に、喉《のど》の奥が痺《しび》れる。

「やぁあ、それ……こわい……」

アークレヴィオンは音を立てながら花唇を舐《な》め、震える蕾《つぼみ》を唇で食《は》んで吸った。指で触《ふ》れられるよりもずっとやさしく舌の全面で蕾《つぼみ》を刺激されると、まるで焦《じ》らされているような気持ちになり、物足りなくてルゥカの目尻に涙が浮かんだ。

「どうした、まだ足りないのか？　どうしてほしいのか言ってみろ」

彼女の淫《みだ》らな欲望を煽《あお》るように、低く蠱惑的《こわくてき》な声が耳元に囁《ささや》く。彼はいつもこんなに意地悪だっただろうか。

「……もっと、して」

「聞こえんな」

からかうようなアークレヴィオンの口ぶりに、ルゥカは切ないため息をついて訴《うった》えた。

「もっと、気持ちよくして……！」

自分はいったいどうしてしまったというのだろう。こんなことを自分からねだるなんて、考えられなかったのに。

アークレヴィオンは彼女の言葉に応《こた》えるように、秘裂《ひれつ》を舌でなぞり上げ、その内側できゅっとすぼまった蕾《つぼみ》を唇で食み、強くそこを吸った。

「あぁあああっ、あ、あ――や、それ……っ」

何度も何度も強く吸い上げられ、そのたびに蕾《つぼみ》の奥のほうが疼《うず》き出して、絶頂に達しそうになる。でも寸前で彼は唇を離してしまい、昂《たか》ぶった身体が行き場を失ってしまうのだ。

「ね、意地悪、しないで……っ」

ルゥカのかすれた懇願《こんがん》の声を聞き、アークレヴィオンは嗜虐心《しぎゃくしん》を満足させたのか、ふたたび蕾《つぼみ》を舌先で刺激しながら強く吸った。

「あ――っ！」

ビクンとルゥカの身体が硬直《こうちょく》する。声もなく高みに押し上げられ、きつく目を閉じながら唇を震わせると、ようやく求めていた快感を得られ、身体がきゅうっと疼《うず》いた。

「はぁ……はぁ……」

「ルゥカ、さっき何と言った？」

しかし、絶頂の余韻《よいん》を味わっている最中《さなか》にそう問われ、ルゥカは強制的に現実に引き戻された。

「さ、さっき？　いつのこ、と……っ」

「あの屑男《ヴァルシュ》に襲《おそ》われたときだ」

「え、ええ？　そんなの、何も覚えて……」

さっきを指す範囲が広すぎて、ルゥカは頭をひねった。無我夢中《むがむちゅう》でなにかを叫んだ気もするが、あんな火急《かきゅう》の際に叫んだ言葉など、まったく記憶に残っていない。

「忘れたというのか？」

耳元で囁《ささや》く彼の声は荒々しい呼吸交じりで、余裕が感じられなかった。はじめてのときに似た強引さで、白い裸体にのしかかる。

乳房《ちぶさ》を握られ、首筋に顔を埋《うず》められて、舌が這《は》う感触に肌が粟立《あわだ》つ。ぴちゃぴちゃと音を立てながら耳の後ろを舐《な》められると、身体の芯にぞくぞくと震えが走った。

「ふぁ……っ」

大きな手が肌を這《は》い回るたび、くすぐったさと気持ちよさが入り混じって、甘い吐息が漏れてしまう。

「俺の名を呼んだ。はじめてだ」

「え――」

思いもよらぬことを言われ、一瞬、頭の中が真っ白になった。

冷静になってアークレヴィオンを見つめると、彼はルゥカの上に馬乗りになったまま、険しい顔をして見下ろしている。

「おまえ、リドーのことは最初から名で呼んでいたが、俺の名はかたくなに呼ばない」

「そ、そんなこと……」

とぼけてみたものの、彼女自身もそれはとっくに自覚していたことである。

ルゥカは一応、アークレヴィオンに服従する身の上だし、アークレヴィオンが魔王の側近であるという事実から、「アークレヴィオンは貴族」という認識がある。城では調理場の下働きをしていた彼女にとって、貴族とは仕えるべき相手なのだ。

ところが、『アークレヴィオンさま』という呼びかけは本人に否定されているし、かといって気安く呼び捨てもできない。

要するに困り果てていたのである。

そこで「あの」とか「あなた」と呼びかけ、名前で呼ぶ機会を回避し続けたのだった。

「もう一度、呼んでみろ」

「……え、っと」

「もっと啼《な》かせたら呼ぶのか？」

つまり、今まで彼は、ルゥカに名前で呼んでほしいと望んでいたのだ。そう思うとくすぐったくて、ついつい笑ってしまう。

だが、笑っていられるのもそこまでだった。ルゥカの秘裂《ひれつ》をとらえた指が、あらゆる方法でルゥカを襲《おそ》う。

「やぁああっ！　待って――あぁっ、ああ！」

押し広げた割れ目から蕾《つぼみ》を剥《む》き出しにすると、絶妙な力加減でぷっくりとしたふくらみを擦《こす》り、どんどんあふれ出す蜜《みつ》の助けを借りて、長い指をルゥカの身体の中に侵入させた。

かき混ぜるように動かされると、ルゥカの羞恥心《しゅうちしん》を煽《あお》る粘着質な音がますます大きくなっていく。もう、何度果てさせられたかわからない。身体は震え、頭の中もぐちゃぐちゃだ。

「ああんっ、あぁっ、ああ……っ」

それでも、押し広げられた膣《ちつ》は、中に滑り込んできたものを喜びをもって迎え入れた。彼の中指に弱い場所を刺激されると、腰がそれに合わせて揺れてしまう。

「んぁあああっ！　や、も……」

「いい声だな。もっと啼《な》け」

アークレヴィオンはそう言って、ぐちょぐちょに濡《ぬ》れた蜜壺《みつつぼ》をさらにかき回した。

「んは、あぁっ」

声を抑えようとしているのに、まったく抑えられない。むしろ、気がつけば、アークレヴィオンを迎え入れようと大きく脚を広げて腰を振っている。

「はぁっ、あぁん……気持ちいいよぉ……」

「おまえの弱い場所はぜんぶ知り尽くしている」

膣《ちつ》の中で蠢《うごめ》く指に過敏《かびん》に反応してしまい、ルゥカは頬を真っ赤に染める。そして、彼のたくましい腕をつかみながら腰を揺らして悶《もだ》えた。

「ん、ぁあっ、ふぁ……！」

「俺の名を呼んでみろ」

「あ……んっ！」

指先がルゥカの中を強く刺激する。そうされると何も考えられなくなって、強く襲《おそ》う快感に意識のすべてが持っていかれてしまう。

「あふ、ぁ――アーク、レヴィオ、ン……」

瞼《まぶた》を閉ざし、彼に与えられる快楽を全身で受け止めながら、ルゥカはついに魔人の名前を呼んだ。

すると、アークレヴィオンの愛撫《あいぶ》を続ける手がぴたりと止まる。

重なっていた熱が遠ざかって、ルゥカは目を開けた。名前を呼べとは言われたが、呼び捨てにしてよいとは言われなかった。一瞬、ひやりと心胆《しんたん》が冷える。

「もう一度言ってみろ、ルゥカ」

「あの、ごめんなさい、私――」

「いいから」

もう一度呼んだら、八つ裂きにされるのではないだろうか。そんなふうにビクつきながら、ルゥカは再度彼の名を呼んだ。

「……アークレヴィオン……さん……」

消え入りそうな声でどうにかつぶやくと、彼の月色の瞳がスッと細くなった。だが、その表情から彼の気持ちを推《お》し量《はか》ることは、ルゥカには不可能だった。彼の内心を読める者など、そもそもこの世に存在するのだろうか。

そのまま恐々《こわごわ》と見つめていると、わずかにアークレヴィオンの喉《のど》が動いた気がする。

狙っていた獲物《えもの》を狩るために飛び出すことにした、そんな雰囲気だ。

「『さん』は不要だ」

「――ぁ、アークレヴィオ、ンっ」

何をされているのか理解できないほど、次々にやわらかい場所を攻め立てられて、ルゥカは切なく甘い声を上げ続けた。

やがて、大きくため息をついた瞬間、そこがきゅうっと引き絞るように縮み上がった。

一瞬にして身体中に流れ込んだ快楽の波に、ルゥカの存在そのものが呑《の》み込まれていくような気がした。

「ああ……」

硬直《こうちょく》して震えるルゥカの身体を、アークレヴィオンの鋼《はがね》のような肉体が強く抱《だ》きしめてくれる。愛おしむように赤毛を撫《な》でてくれる。

言葉にされないだけで、愛されている気になってしまう。違うのなら、誤解《ごかい》するようなことをしないでほしいのに。

ルゥカは無言のまま彼の背中に腕を回した。触《ふ》れる部分が熱い。

もう一度、アークレヴィオンの手がぐっしょりと濡《ぬ》れた秘裂《ひれつ》に伸びると、音を立てながら素早くそこを刺激する。

「ひぁっ……ぁあっ」

指が中に入り込み、弱い場所を何度も擦《こす》った。ルゥカはすすり泣くような声を上げ、次第に高まっていく感覚に大きなため息をつく。

「気持ちいい……あぁ——あっ、や、何か出ちゃ、う……っ」

いつもと違う、尿意《にょうい》のようなものを感じた直後、まるで失禁でもしたかのように秘裂《ひれつ》から水が噴き出した。

ソファが水浸《みずびた》しになり、ルゥカは何が起きたのかわからないまま脱力感と羞恥《しゅうち》に襲《おそ》われて、顔を覆《おお》う。

「や、やだ……見ないでっ」

「潮を吹くほど気持ちよかったのだろう？」

アークレヴィオンはルゥカの耳元で吐息交じりに囁《ささや》きかけると、小さく震えている割れ目に灼熱《しゃくねつ》のような肉塊を突き立てた。

「挿れるぞ」

彼はまとわりつく熱を払うようにため息をつくと、彼女の中をズブズブと貫《つらぬ》いた。

「ぁあ、ああ……んっ！」

中に分け入ってくる感覚が生々しく、内側から圧迫されてルゥカの呼吸がさらに乱れた。

やるせないため息をつくルゥカを囲い込むように腕の中に閉じ込め、アークレヴィオンは硬く鋭い楔《くさび》で幾度《いくど》も抜き挿《さ》しを繰り返す。

一突きごとに重たく、最深部《しんぶ》を抉《えぐ》るような動きに、ルゥカの喉《のど》はひっきりなしに甘い悲鳴《ひめい》を上げる。もうイキすぎて、気持ちいいのか辛いのか、それさえもわからない。

「ん……はっ――あぁっ！　や、あぁっ、中、熱くて……」

アークレヴィオンの怖いくらいに真剣なまなざしに見下ろされ、目の前がチカチカする。

ふしだらな声を上げて乱れる自分の姿を見られていると思うと、恥ずかしくて逃げ出したくなる。

でも、気持ちとは裏腹《うらはら》に、きっと物欲しそうな顔をしていることだろう。

「アークレヴィオン……アーク、レヴィオ、ン……」

ルゥカは熱く潤《うる》んだ瞳で彼を見上げながら、その名を自分の口に馴染《なじ》ませるように呼び続けた。そのたびに彼の吐息が深く大きくルゥカの耳をくすぐり、中を貫《つらぬ》かれる快感と重なり合って、頭の中が痺《しび》れていく。

揺さぶられると、彼の銀色の髪がルゥカの肌に触《ふ》れる。その感覚すらとてつもない快楽を生み出し、肉塊に穿《うが》たれる花園の奥からは、途切《とぎ》れることなく蜜《みつ》があふれ続けた。

「やっ、んん……いっちゃう……っ！」

アークレヴィオンの肩を強くつかんだ瞬間、身体中を突き抜けるような絶頂の波が襲《おそ》った。

秘部に咥《くわ》え込んだ熱塊から精を絞り取るように、きつく内側に締めつける。

「んぁっ、アーク……あああ——！」

「くっ……」

重なるアークレヴィオンの身体も強張《こわば》り、ルゥカの胎内《たいない》に精を吐き出した。ドクン、ドクンと脈打ちながら魔力が移し渡される感覚がルゥカの中に伝わってくる。それと同時に、『これでもう大丈夫』という安心感に満たされていく。

つながったまま、彼の身体にぎゅっと抱《だ》きつくと、それに応《こた》えるようにルゥカの髪に指を絡めてくる。

（好き……）

呼吸が落ち着いてくると、ルゥカは物足りなさを感じてアークレヴィオンを見上げた。

くたくたになるほど抱《だ》かれたのに、まだ物足りない。その理由はわかっている。愛されていると勘違《かんちが》いしてしまうほど濃厚《のうこう》な交わりでも、アークレヴィオンは決して彼女の唇には触《ふ》れなかったのだ。

ルゥカが名前を呼ばないことを怒っていたくせに、彼は唇に触《ふ》れてくれない。魔力を渡すための行為に、くちづけは不要ということだろうか。アークレヴィオンが怒っていたのは、自分のテリトリーを敵に侵されたことへの怒りだったのだろうか。もう、この先ずっと、ルゥカの願いが実現することはないのだろうか。

深く満たされていたはずなのに、急速に心が冷え込む。

「……なぜ泣いている」

顔をのぞき込んだアークレヴィオンにそう言われて、ルゥカはあわてて自分の目許に触《ふ》れた。だが、そこに涙は浮かんでいない。

「泣いてないですよ?」

「泣いていないのなら、なぜそれをわざわざ確認した?」

無意識の行動だったので、なぜと聞かれると答えに詰まってしまう。しばらく考えた末に、ルゥカは言った。

「ちょっと、怖かったから……」

「……」

アークレヴィオンはいつもの無表情でそれを聞いていたが、ルゥカの上から起き上がると、埋め込んだままだった楔《くさび》を抜いた。

「……んっ」

自《みずか》らの愛液でぐっしょりと濡《ぬ》れ光る男の象徴《しょうちょう》が生々しくて、つい目を泳がせてしまった。これに体内を犯されて感じていたのだ。

素に戻ると、未《いま》だに恥ずかしくて頬を赤らめてしまう。

「食事の準備をしてくれ」

アークレヴィオンはソファから下り立ち、にべもなく言い放って身支度《みじたく》を整えると、二階に上がってしまった。普段から情事のあとは、熱っぽく抱《だ》いたことを後悔しているようにルゥカを突き放す人だが、今日はいつにも増してそっけなかった気がする。

彼に愛されているかもしれないと、浮ついていたのを気づかれたのだろうか。

「あの人は魔界の偉い人だから。私は気まぐれに生かしてもらってるただの料理番だから……」

必死にそう言いきかせる。こうして魔力を分け与えてもらったのだから、その分は働かなくては。

ヴァルシュに引き裂かれた服を抱《かか》え、ルゥカもそっと彼のあとを追いかけた。

直前までとても幸せな気分だったのに、届かないアークレヴィオンへの想いが、今は鉛《なまり》のように重たかった。

＊＊＊

リドーが負傷《ふしょう》しているため、ふたりきりになってしまった邸《やしき》での生活は、ひどく重苦しいものだった。

あの日以来、アークレヴィオンは義務的に魔力を与えてはくれるが、必要以上に彼女に触《ふ》れることはなくなった。ルゥカも、彼のそんな態度に意気消沈《いきしょうちん》して、次第に元気がなくなった。

アークレヴィオンの前ではカラ元気で取り繕《つくろ》っているが、ひとりきりになると、魔界料理の研究をしようという気力が湧いてこないのだ。

「やっぱり、帰る方法をまじめに探しておくんだった……」

後悔先に立たずというやつだ。魔力の護りがあればルゥカひとりでも外へ出ることはできるが、彼女だけでは行動範囲が知れているし、無事に帰宅もしくは帰郷《ききょう》するよりも、魔界のどこかで不幸な結末を迎える可能性のほうが高い。

（でも、このままぎくしゃくした生活をずっと続けるくらいなら、それでもいいのでは……）

ついにはそんな投げやりなことを考えるようになってしまった。

彼のことをこんなにも好きになってしまったのに、想いが出口を見失って破裂《はれつ》してしまいそうだ。気まずい時間が積み上がるほどに、ルゥカの中に苛立《いらだ》ちが募ってくる。

「いっそ、砕《くだ》けちゃおうか……」

考えてみれば、告白してフラれたわけではない。ルゥカが勝手に期待をして、アークレヴィオンが思ったとおりに動いてくれないから腹を立てているだけなのだ。

「そうだよね。私が勝手に好きになったんだから、あの人には関係ないことだし。当たって砕《くだ》ければ、吹っ切れるかもしれないし。そうだ、そうしよう！」

結局、思い悩み続けることに向いていないルゥカだった。

そうと決まればと、ルゥカはさっそく夕食の準備をはじめた。ご飯にサラダ、ミルクとバターを使った野菜のチャウダー、そして貯蔵庫で熟成させていた肉の厚切りステーキだ。

「お待たせしました！　人間界では晩餐会《ばんさんかい》のメニューにも匹敵《ひってき》すると思います！」

相変わらず無表情のアークレヴィオンを食堂に呼び、つとめて明るい口調でルゥカは笑った。

「いい匂いがするな」

「焼いたお肉は最強ですから。さあ、召し上がれ」

アークレヴィオンの正面に座って目が合うと、ルゥカはわずかに視線を泳がせた。

玉砕《ぎょくさい》とわかっているが、これから恋の告白というやつを実行するつもりだからだ。

しばらくは黙々と食事をしていたが、どうやって切り出そうかとぐるぐる悩みはじめる。当たって砕《くだ》けると決意しただけだったので、細かい算段《さんだん》は何もつけていない。

「ルゥカ」

「アークレヴィオン」

ほぼ同時に互いを呼び、すぐに互いに口を閉ざしてしまった。

「何だ」

「あ、どうぞお先に……」

譲りあっている場合ではないのだが、ルゥカはすでに後悔しそうになっていた。

「別に大したことではない。この肉がうまいと言いたかっただけだ」

「あ、ありがとうございます……」

それきりまた沈黙《ちんもく》が落ちる。

「おまえのほうも何か言いたかったのではないか?」

「そう、なんですけど、どう切り出したらいいかわからなくて……」

胸がいっぱいで、もう料理など口にできない。おいしいはずのステーキにまるで食欲を覚えないのだ。こんなこと、普段からは考えられない。

「重症みたいです……」

「重症? どこか、具合でも悪いのか」

「ハイ……病気みたいで、どうしていいのかもう、ぜんぜんわからなくて……」

アークレヴィオンは席を立ち、大きな食卓を回り込んで、ルゥカの身体を抱《だ》き上げた。

「どこが悪いのだ。医者を呼ぶから、寝ていろ」

「あ、ち、違うの、そういうお約束なボケはいらないです!」

彼の腕の中でじたばたと暴れて、辛《かろ》うじて下ろしてもらうと、椅子の後ろに逃れて彼と対峙《たいじ》した。

「あのですね、私、とっても重い恋の病《やまい》を患《わずら》ってて!」

「コイの病《やまい》とは何だ」

「ああ、恋って魔界にはない言葉なんですかね! 私、アークレヴィオンのことが好きで、好きで好きでたまらないんですけど！」

一瞬、アークレヴィオンの月色の瞳が大きな満月になった。

何しろ、椅子を盾《たて》にして身構えるルゥカは完全な対決姿勢で、恋患《こいわずら》う乙女の姿とははるか縁遠いものだったのだ。

「それで、できたらあなたが私のことをどう思っているか、聞かせていただけると、とってもありがたいのですが！　その答え次第で、いろいろ身の振り方を、考えたいので……」

「――俺のことが好きなのか」

「……そう言ってます」

それきり、今度は長い沈黙《ちんもく》が辺りを支配する。

ルゥカの心臓は破裂《はれつ》しそうなほどドキドキしているし、いっぱいいっぱいで今にも泣き出しそうだ。一方のアークレヴィオンは眉間に皺《しわ》を寄せたまま沈黙《ちんもく》を保っているが、少なくとも、告白されてまんざらでもないと思っている男の顔ではない。

この沈黙《ちんもく》は、蛇《へび》の生殺しだ。

「あー、わかりました。目は口ほどに物を言うって言いますしね。失礼しました、今のは忘れてください」

無意識のうちにぼろっと大粒の涙がこぼれてしまい、ルゥカはあわててアークレヴィオンに背を向けた。

砕《くだ》けるのはわかっていたが、実際に砕《くだ》けると、かなり胸が痛いものだ。

「待て、ルゥカ。俺は――」

ルゥカはそれ以上聞きたくないと逃げ出したが、あっさりと彼に捕まり、強引に向き合わされた。

「大丈夫です！　トドメ刺されたら立ち直れないから、もう充分……」

「そうではない、俺は――」

だが、アークレヴィオンが何かを言いかけたそのとき、玄関扉を大きく叩く音が響いた。

「え――」

またヴァルシュの襲来かと警戒《けいかい》したルゥカを、アークレヴィオンがなだめた。

「大丈夫だ、ヤツの魔力は感じない。それに、報復《ほうふく》に来たところで返り討ちにするまでのこと。心配するな」

魔王の配下同士でそんなことをして許されるのか、魔界の常識はルゥカには計り知れなかったが、ここは彼に任せる以外にない。

「大将！　アークレヴィオン閣下はご在宅ですかね！」

気安く彼を呼ぶ声は、ルゥカにも聞き覚えがあった。アークレヴィオンの腹心《ふくしん》を自称していたレイガだ。

「ちっ……」

アークレヴィオンが苛立《いらだ》ったように玄関へ向かうと、扉の前には、暗い魔界を照らすような白い鎧《よろい》を着込んだ騎士たちが整列していた。

「おくつろぎのところ申し訳ありません」

その様子をアークレヴィオンの背中ごしにのぞき込んでいたルゥカは、軽く目を瞠《みは》った。市《いち》で出会ったときの飄々《ひょうひょう》とした様子からは一変し、レイガはきっちりと騎士の鎧《よろい》に身を固め、ニコリともせずに上官に向かって敬礼したのだ。

だが、後ろにいたルゥカに目くばせして笑って見せた。

「アークレヴィオン閣下。北方の森で魔獣《まじゅう》どもが暴れ、制圧のため閣下のお力を借りたいと、領主どのから出動要請がございました」

「わかった。すぐに支度《したく》をするから、待っていろ」

扉を閉じると、アークレヴィオンはその様子を見つめていたルゥカの傍《そば》までやって来た。

「出動要請……？　ヴァルシュの罠とかでは……？」

「その心配はない。これは地方領主直々の要請だ。火急《かきゅう》の際は陛下の裁断《さいだん》を仰がずとも、直接、魔将に騎士団派遣を要請することができるのだ」

ちなみに、配下である魔将への信頼と、王の寛容《かんよう》さを示していると名高い制度だが、実のところ、「寝ているところをたたき起こされてはたまらん」というガラードの本音があるらしい。

彼は出仕する際の服装に着替え、愛剣を腰に携《たずさ》えると、ルゥカに言った。

「万が一にもヤツがやってこないよう、厳重に結界を張っておく。心配いらない、魔力は俺のほうが上だ。それから――」

彼女の浮かない顔を見て、アークレヴィオンはその頭に軽く手を置いた。

「帰ってきたら、さっきの続きだ。逃げるなよ」

「あの、無事に帰ってきてくださいね……アークレヴィオン」

すると、彼は常からの無表情を翻《ひるがえ》し、穏やかに微笑んでルゥカの髪を手に取った。

「せっかくのごちそうを残してしまった。すぐに戻ってくるから。とっておいてくれ」

「いえ、もっとおいしいものを作って待ってますから」

手の中の赤毛にくちづけると、アークレヴィオンはマントの裾《すそ》を払って扉を出た。騎士団がそのあとに続く。まさに堂々たる大将軍の風格だった。

見送ったルゥカは、彼にくちづけられた毛先をやたらと触《さわ》りながら、言葉にならない想いの代わりにため息をついた。

　さっきの一世一代の告白は何となく空振りに終わってしまったが、まだ完全に玉砕《ぎょくさい》したわけではないようだ。少なくとも、アークレヴィオンにはまだ続きの言葉があるらしい。

　気が抜けてしまい、脱力しながら食堂に戻ったルゥカだが、数刻もしないうちにまたしても玄関ホールから音が聞こえた。

　今度こそヴァルシュが来たのでは、と手足が震え出す。

「誰……？」

　両手にフライパンを握りしめ、ルゥカはそっと玄関ホールをのぞき込んだ。

　すると、今さっきアークレヴィオンを迎えに来た騎士たちと同じ格好をした男たちが、何かを探すように邸《やしき》の中を歩き回っていた。

「ここにいたな、人間の娘」

　やがて騎士のひとりがルゥカを見つけると、二十人はいるであろうか、鎧《よろい》姿が一斉にルゥカの傍《そば》へ集まってきた。

　その中のひとり、隊長格の人物が壁に張りついて固まる彼女に、書状を見せた。

「ガラード陛下のお召しである、人間。貴様を連行する」

アークレヴィオンの結界を破るほどの実力者――魔王がとうとう乗り出してきたのだ。

抵抗も何も、する術《すべ》がない。

フライパンを握りしめたルゥカは、そのまま魔王軍に捕《と》らえられ、アークレヴィオンの邸《やしき》から連れ去られてしまった。

# 第四章　蜂蜜より甘いもの

魔界に連れてこられた日以来の魔王城である。

ルゥカは、あの日と同じように魔王の玉座の前で後ろ手に縛《しば》られ、床に膝《ひざ》をつかされていた。

薄暗い謁見《えっけん》の間には、たくさんのろうそくが灯《とも》されていて、ゆらゆらと炎が揺れるたびにガラードの影が大きくゆらめいた。雰囲気がありすぎて怖い。

玉座で長い脚を組んでいるガラードを久々に見ると、思っていたよりヒツジ感が強くて、あのくるりと丸い角《つの》に触《さわ》ってみたいと、ルゥカは場違いなことを考えた。

そして、その傍《そば》にはヴァルシュが控えている。ひどい火傷《やけど》を負っていたはずだが、今のヴァルシュにそんな様子はなかった。

だが、ルゥカを見下ろす瞳は今まで以上に忌々《いまいま》しげで、ルゥカを射殺せそうな眼力でにらみつけてくる。

「まさか、また見《まみ》えることになるとは思わなかったぞ、人間。よくぞあのアークレヴィオンをたらしこんだな」

「たらし、こんだ……？　そんな、違います。彼は人違いでさらわれた私に同情して、生かしてくださったんです」

「同情？　あのアークレヴィオンが貴様のような小娘ごときに同情などするものか」

「まったくその通りで、私のような小娘に、アークレヴィオンがたらしこまれるわけがないです」

ガラードは揚げ足を取られて気分を害したらしく、すっと立ち上がると、玉座の前にひざまずくルゥカに歩み寄った。

彼は顔を近づけ、ルゥカの顎《あご》をくいっと持ち上げる。

「貴様ごとき小娘がアークレヴィオンを呼び捨てか。無力な人間と思い放置しておいたが、むせかえるほどヤツの魔力をまとっているではないか。とんだ毒婦《どくふ》よ」

アークレヴィオンとの交わりを指摘《してき》され、ルゥカは頬を真っ赤に染めた。魔力を感じ取るだけで閨《ねや》のことまで知られてしまうなんて、魔界はなんと恐ろしいところだろう……

屈《かが》んだガラードの肩の向こうに、ヴァルシュのうすく笑う顔が見えた。アークレヴィオンが不在なのをいいことに、このスキに彼を貶《おとし》めてやろうという意図がはっきり見える。

（今度こそ殺されるかも……）

あきらめの気持ちもどこかにあり、ルゥカは唇を噛《か》んだ。

「何と言ってアークレヴィオンに命乞《ご》いした？　魔将に身体で迫るとは、なかなか見上げた根性だな」

「あの、どうして私が迫ったことになって――」

「違うとでも言うのか」

「違いますよ！　でも私が何を言ったって、どうせ信じてくれないでしょう。だったら最初からアークレヴィオン本人に聞いてくれればいいじゃないですか。どうして私が詰《きつ》問《もん》されなくちゃならないんですか。納得いきません！」

ルゥカは魔界に来て、ずいぶん図太《ずぶと》くなってしまったようだ。ここで口を閉ざしていてもどうせ殺されてしまうなら、言いたいことを言って殺されたほうがまだマシだと思ったのだ。

「アークレヴィオンが戻ってきたらあやつにも話を聞く。だがその前にまずおまえだ、人間」

ガラードはひざまずいたままのルゥカの前に立ちはだかると、きらきらと色の移り変わる金色の瞳で睥睨《へいげい》した。

「違うと言うのなら、毎日アークレヴィオンの邸《やしき》でナニをしている？　身に覚えがあるだろう」

一瞬、ひどく品のない質問をされたような気がしたが、気のせいと頭を振って、ルゥカはガラードに顔を向けた。

「毎日、料理を作っています。私は、アークレヴィオンの料理番ですから！」

そう宣言した途端《とたん》、自分が置かれている状況への恐怖が吹き飛んでいったから不思議なものだ。

「料理番だと？」

ルゥカの言葉はどうやらガラードの意表《いひょう》を突いたらしく、彼は怪訝《けげん》そうな目を向けてきた。

「はい。私は人間界では料理を仕事にしていたんです。魔界では料理をする習慣があまりないと聞いたので、彼にお願いして料理番にしてもらいました」

まったく嘘はついていないので、ルゥカの舌はなめらかだ。

「幸いアークレヴィオンもおいしいと言ってくれてますし、私も珍しい魔界の食材で楽しく料理させてもらってます。これは罪なことですか？　それともアークレヴィオンに殺されなかったことが？　そもそも、人違いで私をここへ連れてきたのはそっち……」

「わかっておるわ、そのようなことは！　ああ、確かに我はあやつに『殺せ』とは命じなかった」

「それなら、何も問題ないのでは……」

ガラードの角《つの》はヒツジそのものだが、端整な顔が怒気をはらんだせいで、まるで牙《きば》を剥《む》いた獰猛《どうもう》な獣のように感じた。さすがにルゥカも怯《ひる》んで、わずかに上体を後方に反《そ》らす。

「いや、大問題だ！　貴様のようなただの人間が、アークレヴィオンの興味をひいていることが気に食わん！」

そう言われて、ルゥカは目を瞬《まばた》かせた。

「はい？」

「どれだけ地位を与えても、どれだけ厚遇《こうぐう》しようとも、あのカタブツはにこりともせぬ。我にすらまったく懐かんのに、なぜおまえに！」

「……」

ルゥカは必死に頭を巡らせ、彼の言葉を理解しようと試《こころ》みた。何だか言っていることがよくわからないのだが、ルゥカの基準で照らし合わせると、それはつまり――

「ヤキモチ？」

「やかましいわ！」

　ばっさりと一刀両断されたが、彼女の指摘《してき》はまるきり図星なのであった。

「何が料理番だ！　あのカタブツ男が貴様ごとき小娘の料理に篭絡《ろうらく》されたというのか！」

「え、料理で篭絡《ろうらく》だなんて、そんなぁ」

　アークレヴィオンの胃袋をつかめたのであれば、料理人として最上の幸福だ。ルゥカはそっと顔に手を当てた。

「何を照れているのか、褒《ほ》めてなどいないぞ！　異界のあやしげなものをアークレヴィオンに食べさせおって……」

「お言葉ですが、食材はほぼすべて魔界のものです。断じてアークレヴィオンに変なものは食べさせていません！　疑うのでしたら、魔王さまも私の料理を食べてみてください！」

　こと料理に関して、他人に四の五の言わせるつもりはない。ルゥカはあくまでも強気の姿勢を崩さなかった。

「ふん、人間界の料理だと？　魔力も持たぬ下等な種族が口にする穢《けが》れたものを、魔王たるこの我に食べろと言うのか。身の程をわきまえよ！」

　嫌そうにガラードが顔を背けたので、カチンときてルゥカは思わず噛《か》みついていた。

「人間の料理は穢《けが》れてなんていません！　料理というものは、人が生きる上で絶対に必要な食を、いかに日々おいしく、楽しく摂取しようかと、人類が英知をしぼって連《れん》綿《めん》と築き上げてきた高度な文明です。そこに魔力の有無なんて関係ありませんから！　ちょっと聞き捨てならないです。今すぐ訂正してください」

ルゥカは怒り心頭で立ち上がり、頭上にあるガラードの顔を下からにらんだ。

ガラードはたじたじと怯《ひる》み、思いもよらぬ彼女の剣幕《けんまく》に黄金色の瞳をぱちくりさせた。

「王たる我に説教とは、この娘、やはりあやしい……」

「へ、陛下、何を圧倒されていらっしゃるのですか！」

ヴァルシュの声にガラードはあわててうなずいたが、力なく言い訳している姿からは、明らかに勢いが削《そ》がれていた。ガラードにキレたことで開き直ってしまったルゥカは、ぞんざいな表情でそっぽを向く。

「そういえば魔界には甘味が存在しないそうですね。私思うんですけど、甘味がないから誰もかれも、そんな眉間に皺《しわ》を寄せた神経質な顔になっちゃうんですよ。砂糖か蜂蜜でもあれば、いますぐおいしいデザートを作って食べさせてあげるのに！　そしたらそんなしかめっ面《つら》もなくなりますよ。ああ、誰か砂糖か蜂蜜を人間界から持ってきてくれないかなー」

「人間界には蜂という羽虫がいて、その巣からはとっても甘い蜂蜜というものが採れるんです。ご存じないでしょうけど」

「蜂蜜だと?」

「蜂ならいるぞ」

ルゥカに説教されておとなしくなってしまったガラードは、不機嫌《ふきげん》な顔をしつつそう言った。

「……蜂の巣もあるんですか?」

「あるさ。魔族には不要なものゆえ、そんなものを採取しようと思う者はおらぬが。確かに魔の森には蜂が存在し、その巣に蜜《みつ》と呼ばれるものをため込んでいるのは知っている」

それを聞いて、ルゥカの表情がパァッと輝き出した。ずっと悩んできた問題が、蜂の巣で解決するかもしれないのだ。

「でも、魔界には甘いものはないんですよね? 蜂蜜って、蜂が花の蜜《みつ》を集めたものなんですけど、魔界の花にも甘い蜜《みつ》があるんですか……?」

「蜂が生息する場所は人間界との境にあたるゆえ、人間界に咲く花の蜜《みつ》なのだろう。蜂自体もいつのまにやら人間界から紛れ込んできたもののようだ。まったく、人間界のものは知らぬうちに魔界に版図《はんと》を広げようとする」

おまえもそのひとりだぞ、と言わんばかりににらまれたが、ルゥカは押し黙った。人間界と魔界の行き来は、すべて魔王が把握しているのではなかったのか。

「あの、魔界と人間界の行き来って、魔王さまが把握しているんじゃないんですか？」

唐突《とうとつ》にそんなことを聞かれ、ガラードは胡乱《うろん》な目で彼女を見る。

「門があるわけでも塀《へい》があるわけでもない。どうやって把握するというのだ」

（人間界に帰ったら、魔王にバレて殺されるっていうのは――じゃあ嘘？）

アークレヴィオンはなぜそんな嘘をついたのか。ルゥカを人間界へ戻すのが面倒《めんどう》だったから？　いや、人違いでさらわれてきた人間を手元に置いておくほうが、よほど面倒だろう。しかも彼にそう言われたのは、まだルゥカが料理を披露《ひろう》する前だ。

（なんで……？）

考え出すと、ずっと解決していない疑問《ぎもん》が頭をもたげてくる。「どうしてアークレヴィオンは私に服従を強《し》いたのだろう？」と。

思いもよらない彼の嘘に、心がざわつく。

だが、考え込む前に、ガラードの鋭い声がルゥカの思考を遮《さえぎ》った。

「そこまで豪語《ごうご》するのであれば、蜂蜜を採ってきて、その『でざあと』とやらで我の舌を唸《うな》らせてみるがいい。アークレヴィオンを虜《とりこ》にするほどうまいものを作れると、我に証明して見せろ」

「でも、蜂蜜を採るにはいろいろ道具が……」

「防具なら、完全無欠の騎士鎧《よろい》を貸してやる。しかも、持ち運びできるように軽量化の魔法をかけてやるぞ。どうする？」

そうまで言われて、断る選択肢はルゥカにはなかった。

二つ返事で承諾《しょうだく》し、一時間後には意気揚々《いきようよう》と——とはいかなかったが、蜂蜜を手に入れたあとの料理に思いを馳《は》せながら、魔の森へ出立していった。

「絶対に、おいしいって言わせてやるんだから！」

これはもう、料理人としての意地だった。

＊＊＊

アークレヴィオンへの要請は、辺境の地で魔獣《まじゅう》が暴れて近隣の農村に被害が出ているため、駆逐《くちく》してほしいという内容だった。

魔界の住民といえども、やはり魔獣《まじゅう》は恐るべき存在だ。魔族だからといって魔力の強い猛者《もさ》たちばかりというわけではない。人間界とさして変わらず、農村で田畑を耕す朴《ぼく》訥《とつ》な魔族ももちろん多数おり、彼らを守るのは国の役目だ。

ガラードとて己の強さを誇示《こじ》することだけに心を傾けているわけではなく、人間の国王同様に臣民のために心血《しんけつ》を注いでいるのだ。

アークレヴィオンはその強さゆえにガラードに見いだされ、側近として仕えている。魔界は出自や血統《けっとう》よりも実力を重んじる社会だ。

しかし、出自へのこだわりがまったくないという訳ではなく、そこには妬《ねた》みや嫉《そね》みといった感情も当然のように渦巻《うずま》いている。魔界も人間界と何ら変わることのない生活が営《いとな》まれていた。

「さすが魔将閣下の魔力は群《ぐん》を抜いておりますな。妖鳥ハーピーの群れをこうも簡単に殲滅《せんめつ》してしまうとは」

アークレヴィオンの指揮する騎士団団長レイガが感嘆《かんたん》の声を上げ、半日で片づいてしまった掃討《そうとう》作戦に舌を巻いた。

レイガはアークレヴィオンがガラードの側近として召し抱《かか》えられて以来、苦楽を共にしてきた間柄《あいだがら》だ。

当初はレイガも他の魔族と同様、人間の血を引いているアークレヴィオンを見くびっていたし、不本意にも混血の魔将の部下にされたことを恥じていた。

しかし、数々の任務を共にするうちにアークレヴィオンの圧倒的な魔力に魅《み》せられたのだ。不愛想《ぶあいそう》でとっつきにくいが、その実ガラードを心から敬愛していて、魔界を守ることに誰よりも全霊《ぜんれい》を傾けていることを知った。

今ではアークレヴィオンを支持する者の筆頭にいるレイガだ。アークレヴィオンの扱いにも慣れ、魔界では珍しく混血の魔将に物怖《ものお》じせずに意見できる稀有《けう》な存在である。

「近頃、とみに魔力が冴えていらっしゃるようですね、閣下」

「今も昔も、とくに変わりない」

「さようですか？　ここだけの話、先程のご活躍を拝見するに、魔力だけを比べたらガラード陛下をも凌《しの》ぐのでは……」

「レイガ、口がすぎるぞ。俺はこの非才の身を高く評価してくださった魔王陛下に報《むく》いるため、誠心誠意お仕えするのみだ」

アークレヴィオンは目線だけをレイガに移して淡々と告げる。

その様子を見たレイガは、周囲を気にしたように見回すと、そっとアークレヴィオンの耳に顔を寄せた。

「実は今、閣下の悪い噂が広まっております。ご存じですか」

「今も昔も、俺に関する噂にいいものなどあったためしがあるか」

「いやまあ、それはそうですがね。それにしても、タチの悪い噂を耳にしましたよ。曰《いわ》く、閣下が人間に与《くみ》し、この魔界を人間に支配させ、己が王になるために蠢動《しゅんどう》している、というのですからね」

「くだらぬ。暇《ひま》なことを考える輩《やから》がいるものだな」

「閣下がお邸《やしき》に置いているお嬢さんのことが、悪いように広まっているのでしょうな」

アークレヴィオンは噂話など取り合う気もないようで、この話は終わりだと、レイガに背を向けた。

「これより全軍、帰投《きとう》する。妖鳥の駆逐《くちく》作戦は完了した」

「お待ちください閣下、私は閣下にそのような二心《にしん》がないことをよく存じておりますが、未《いま》だに閣下の出自を蔑視《べっし》し、その栄達《えいたつ》を嫉《そね》む者は大勢おります。火種は小さなうちに消してしまいませんと、思わぬ大火を招く危険があります。火のないところに煙は立たないとは言いますが、これはまったくの偽りです。何か対処をしませんと……」

アークレヴィオンが本気に取らないので、レイガは必死に食い下がった。だが上司の反応は、やはりうすい。

「おまえが言うように、俺は陛下に反逆《はんぎゃく》する意思を持ち合わせていない。そのような根も葉もない噂に対してどう動きようがある？　むしろ、足掻《あが》けば足掻《あが》くほど、自滅《じめつ》する未来しか見えんな」

「しかし、閣下には危機感というものがなさすぎます。自《みずか》らを守る言葉も口になさらないのですから」

手で騎士団長を制して、アークレヴィオンは首を振る。

「レイガ、もうよい。俺は俺自身に対し、何ら後ろ暗いところはない。魔族であれば、弁舌を弄《ろう》するのではなく、己の力で潔白《けっぱく》を示す」

レイガは嘆息《たんそく》した。いくら言っても無駄《むだ》だろうとはわかっていたが、自分を守ることに関してはどこまでも無頓着《むとんちゃく》なアークレヴィオンである。

しかし、そんな彼の態度が一変したのは、城門をくぐって城への帰還を果たし、一羽の梟《ふくろう》――彼の使い魔が傷ついた翼で飛来した瞬間だった。

力のある魔人は、己の手足のように動く使い魔を抱《かか》えていることが多いが、大勢の前で使い魔が本来の姿を現すことなどまずないので、誰もが梟《ふくろう》の姿を凶兆《きょうちょう》と捉《とら》えた。

案の定、梟《ふくろう》が肩にとまった途端《とたん》、常に平静を貫《つらぬ》いてるアークレヴィオンが部下の前で顔色を変えた。

「……何だと？」

長くアークレヴィオンに仕えてきた騎士たちも、こんな険しい顔をする彼を見たことがない。目撃《もくげき》した誰もがこの世の終わりを確信したほど、それは衝撃的な出来事だ。

「ルゥカが……！」

彼がその名を部下の前で口にするのははじめてだったが、例の不穏《ふおん》な噂話は騎士団の中でも流れていたので、「魔将閣下を骨抜きにした人間の女か」と納得する者も多かった。

「レイガ、このまま各自帰宅させよ。陛下へは俺が直接、報告する」

「え、ちょっと待ってくださいよ閣下！」

引き留める言葉もむなしく、アークレヴィオンは信じられないことに走って城の中に飛び込んでいった。

「……こりゃあ、魔界はじまって以来の大事件が勃発《ぼっぱつ》するやもしれんな」

レイガの不穏《ふおん》なつぶやきに、騎士たちは互いに顔を見合わせるばかりだった。


普段ゆったりと歩く城内を、すれ違う者が飛び上がるほどの勢いで走り、アークレヴィオンは謁見《えっけん》の間へ駆け込んだ。

先ほど、魔の森で静養《せいよう》しているはずのリドーが傷をかばいつつ己の下《もと》へやってきて、こう告げたのだ。

「ルゥカさまが、ガラード陛下に連行されました」と。

森で静養《せいよう》していたリドーは、アークレヴィオンの邸《やしき》に強い魔力を感じ、様子を見に舞い戻った。しかし、そこには主人の姿もルゥカの姿も見当たらない。その代わりのように、魔王の部下たちの強い魔力が残されていたという。

「ガラード陛下！」

肩にリドーをとまらせたまま、アークレヴィオンはガラードの下《もと》へツカツカと大股で歩み寄った。

「あの娘を――ルゥカを連れ去り、いったいどうなさるおつもりか」

「アークレヴィオンか、早かったな。ハーピー退治はうまくいったそうじゃないか、ご苦労だった」

「そんなことよりも、私の邸《やしき》から娘を連れ出したそうですが、事情をご説明願えますか、陛下」

「まあ、待て、アークレヴィオン」

アークレヴィオンの剣幕《けんまく》に、魔王はやや精彩を欠いていた。何しろ、この冷静沈着で冷淡《れいたん》な部下が声を荒らげたのを聞いたことがないのだ。

だが、遮《さえぎ》るようにヴァルシュが魔王とアークレヴィオンの間に割って入った。

「控えよ、アークレヴィオン卿《きょう》」

「貴様こそ黙るがいい。俺は娘を殺害するよう命じられた覚えはない。仮に俺に罪ありとするならば、俺を断罪すればよいこと。娘には何の罪科《つみとが》もありはしないのだ。そもそも、取り違えられて魔界に連れてこられた、ただの不運な娘ではないか。陛下、陛下のお考えはいかがか」

ガラードの手前、これでも当人は抑えているつもりだったが、ルゥカが追いやられた境遇《きょうぐう》を思うと自然と拳《こぶし》が震えた。

「陛下に対し無礼にもほどがあろう、アークレヴィオン卿《きょう》！　陛下はおぬしに無用《むよう》の疑いがかからぬよう、娘自身に弁明する機会をお与えになったのだ。魔王陛下の慈悲《じひ》と心得よ」

「疑いだと？　疑いとは何だ。邸《やしき》にこもって料理をしているだけではないか。魔界では力のある者こそが正義。そしてあの娘は、魔界の掟《おきて》に従い、自身の料理の力を示し、俺はそれを認めた。それのどこに問題がある。魔界に流れている噂とやらは、貴様があることないこと吹聴《ふいちょう》して回った結果ではないか。そこまでして俺を貶《おとし》めたいか」

鋭い口調と視線に一刀両断され、ヴァルシュは怯《ひる》み、言葉を失う。魔界の最深部《しんぶ》から響くようなアークレヴィオンの迫力《はくりょく》ある低音に、頭から呑《の》まれてしまったのだ。

当のアークレヴィオンはヴァルシュなど意に介さず、今度はガラードにその鋭い月色の瞳を向ける。

「ガラード陛下、俺は誠心誠意あなたにお仕えしてきました。だが陛下御自《みずか》ら、この俺の忠誠を疑うとおっしゃるか。やはり、人間の血を引く者は信用できぬと？」

「そ、それは違うぞ、アークレヴィオン」

すっかりアークレヴィオンの発する空気に支配されてしまい、ガラードは顔色を変え、あわてて玉座から立ち上がった。

「我はおぬしの忠誠を疑ったことは微塵《みじん》もない。だが、娘はおまえには力を誇示《こじ》して見せたかもしれぬが、我はその実力を知らぬ。我の腹心《ふくしん》たるアークレヴィオンの、その寵《ちょう》を彼女が受けるに値するか、確認しないわけにはゆかぬ」

「――俺の人を見る目を信用していただけない、と？」

「そうではない！　だが、娘はそれを証明するために自《みずか》ら望んで『蜂蜜』を採りに向かったのだ。我は何も、無理強いなどして、おらぬ……」

「蜂蜜――まさか、天樹《てんじゅ》へ……!?」

それを知らされた瞬間、アークレヴィオンの魔力が渦巻《うずま》くように湧き上がり、急激に辺りの空気を凍りつかせた。さすがのガラードも、これほどの魔力を側近から感じ取っ

たことはなく、金色の目を瞠《みは》る。

天樹とは、魔界と人間界との境に立つ古樹のことだ。魔界の魔力に満ちた土壌《どじょう》に根を張り、人間界の陽光をたっぷりと浴びたその樹は、互いの世界の特性を併《あわ》せ持った不可思議な力を持つ。

魔界と人間界の境はこの世にいくつも存在するが、天樹のそびえる場所がもっとも危険な場所だと言われていた。

「魔力を持たぬ無力な少女が、あの魔蜂《まほう》に立ち向かうことがどういう意味を持つか、この世界を統《す》べる王であるあなたにわからぬはずがあるまい。人間をひとりで森へ放り出すなど、死刑を言い渡すことと何が違うというのか」

ルゥカが死地に追いやられたことを知らされ、アークレヴィオンの怒りはついに激発した。

「陛下、俺はあなたを敬愛している。だが、ルゥカの命を脅《おびや》かすというのであれば、いかな魔王陛下であろうと俺は決して許しはしない」

怒りに震えているその声は、次第に落ち着きを取り戻していったが、辺りの空気を巻き込んで凍りつくよう冷たく変化していく。

「彼女の身に何かあったら、現在この魔界に流布《るふ》している噂に根拠を与えることになる。

ご承知おき願おう」

コートの裾《すそ》を翻《ひるがえ》し、アークレヴィオンは踵《きびす》を返すと玉座の間を出て行った。

「俺はまだ、おまえに何も伝えてない。ルゥカ、無事でいろ――」

＊＊＊

蜂蜜のことで頭がいっぱいだったルゥカも、連れてこられた森にひとりで取り残された瞬間、辺りの異様さに思わず身震《みぶる》いしていた。

森の中には赤い月光が射《さ》しており、照らされた枝葉《えだは》の色がおどろおどろしく浮かび上がって恐ろしいことこの上ない。

そして奇怪な鳥の鳴き声、羽ばたき、獣の唸《うな》り声がこだまし、ざわざわと蠢《うごめ》く生きた木々が獲物を脅《おど》かすように揺れるので、ルゥカは悲鳴を呑《の》み込むのに必死だった。

(でも、この景色、何だか見覚えがある)

ひとりで暗い森の中をさまよった遠い記憶。木の実を採るために入った森の中、迷って不安になった時に、あの魔獣《まじゅう》と出会った――

怪鳥の叫び声が聞こえて、ルゥカは我に返った。

先を急がなくてはならない。アークレヴィオンの魔力はまだルゥカの中で持続しているが、早いうちに戻らなければなくなってしまう。こんな恐ろしい森の中で魔力の護りをなくしてしまったら、ルゥカなどあっというまに骨になってしまうだろう。

「蜂さん、どこですか」

自分を勇気づけるように声を出しながら、ルゥカは薄ぼんやりと赤くなった森の中を進む。蜂の生息する場所は、この獣道を進んだ先にあるということだった。

時折ルゥカを脅《おど》すように咆《ほ》えかかる獣の声に怯《おび》え、追い立てられながら先を行くと、前方に少しだけ明るく開《ひら》けた場所が見えてきた。懐かしい、自然の明るさだ。

(もしかして、ここを進めば、人間界に戻れる——!?)

それはルゥカを誘惑してやまない考えだった。

(帰れる……)

一瞬、心が惑う。でも、アークレヴィオンのことを思い浮かべると、このまま人間界へと続く道に駆け出したい衝動もしぼんでしまう。

まだ、アークレヴィオンの返事を聞いていなかった。

それに、ガラードにデザートを食べさせると約束したばかりなのに、彼がテーブルにつく前に逃げ出すのは、ルゥカの料理人としての矜持《きょうじ》が許さなかった。

そして、なぜアークレヴィオンは人間界に帰れないと嘘をついたのか、そのことも問い質《ただ》さなくてはならない。

考えごとをしながら歩いていると、いつしか森が切れ、ふいに信じられないほどまぶしい場所に出た。

太陽の下に出たように明るくて、目の前に広がるのは、色鮮やかに咲き乱れた花、花、花――

「まぶしい……」

陽の光は、こんなにも明るくてやさしくて、あたたかいのだ。

「人間界に帰ってきたの？」

だが、お目当ての蜂がいる様子はなかった。まだここは魔界と人間界の境なのだろうか。

辺りを見回すと、傍《そば》に一本の大樹がそびえていた。いや、大樹などという言葉では表現できないほど、それは巨大で、天を突くように高く、幹は圧倒されるほどに太い。

まさに圧巻の一言だった。幹をぐるりと一周するのに、いったいどのくらいの時間がかかるだろうか。

こんな木は世の中を探しても、ふたつとないに違いない。

「これ……私、知ってる……。この木の根元で、サンドイッチを食べた――あれは、この場所だったんだ」

ふと、樹の高い位置にある枝に、蜂の巣と思《おぼ》しきものがぶら下がっているのが見えた。はっきりとした大きさはわからないが、ちょっと巨大すぎないだろうか。

呆然《ぼうぜん》と見上げていたルゥカの耳に、ブーンと羽音《はおと》が聞こえてきた。聞いたことのあるこの羽音《はおと》は、蜂のものに違いない。

ルゥカはとっさに抱《かか》えていた麻袋を下ろして、中身を取り出した。ガラードから借りた騎士鎧だ。軽すぎて蜂の針を防ぐことができるのか不安になるが、触《さわ》ってみるとかなり硬いので、これならば大丈夫だろう。

「さて、蜂蜜を持ち帰るからね！　待ってなさいよ、魔王ガラード！　あんたの胃袋もわしづかみにしてやる！」

気を取り直して意気込むルゥカの足元がふいに暗くなり、風が巻き起こった。風で乱れる髪をおさえ、上を見たとき、ルゥカはきっかり五秒、固まった。

「は、ち……？」

なじみ深い黄色と濃色の縞模様《しまもよう》の胴体《どうたい》、黒っぽい半透明の羽、そして、黒光りする不気味な大小の五つの目と、節だらけの触覚。

それが間近に迫ってきた瞬間、ルゥカは抜けそうになる腰に力を入れ、辛《かろ》うじてその場から逃げ出していた。

ルゥカの頭上を旋回《せんかい》していたのは、確かに蜂には違いなかったが、その大きさが尋常《じんじょう》ではなかった。ほぼルゥカと同等の大きさなのだ。樹の巨大さに見合った、それはそれは巨大な蜂だった。

(何あれ!?)

そう、ここは魔界なのだ。これまでに数々の魔獣《まじゅう》を見て、とっくに知っていたはずではないか。彼らは一様に人間界の生物と異なり、巨大で、凶暴で、凶悪《きょうあく》だということを。

いくら装甲《そうこう》を厚くしようと、とても彼女の手に負えるものではなかった。

ルゥカは鎧《よろい》を着たままよたよたと走って、ふたたび暗い森へ逃げ込もうとしたが、それがよくなかった。鎧《よろい》姿で動き回るルゥカを、魔蜂《まほう》はどうやら敵とみなしたようだ。

カチカチと蜂の立てる攻撃音が背後から聞こえてくる。振り返ると、数匹の魔蜂《まほう》が上空からルゥカを追いかけているのが見えた。あんな大きな針に刺されたら、一瞬でショック死すること間違いなしだ。この鎧《よろい》すら、あの魔蜂《まほう》の前にはいかにも頼りなく、無意味なものとしか思えなくなってくる。

「あっ……」

足元の小石につまずいてルゥカは転んだ。あわてて立ち上がろうともがくが、鎧《よろい》のせいで動きが制限されてしまい、うまく立ち上がることができずにいる。

その間にも、ルゥカを追いかけてくる魔蜂《まほう》はどんどん増えるばかりだ。

やがて、先頭の一匹がもがいているルゥカめがけて、まっすぐに急降下してきた。

「きゃー！」

巨大な魔蜂《まほう》は、鋭く尖《とが》った針をルゥカに向けたが、どんな奇跡か、暴れながらゴロゴロとゆるやかな坂を転がったおかげで、針の直撃《ちょくげき》は免《まぬが》れた。

転がりながらどうにか立ち上がると、ルゥカは元来た道を逆走《ぎゃくそう》しはじめる。

人間界側へ逃げたいのはやまやまだったが、あちら側には魔蜂《まほう》が群れとなって待ち受けているのだ。

「はぁっ――はぁっ……」

いくら逃げまどったとしても、魔蜂《まほう》のほうが速い。ただ、森の中に逃げ込んだおかげで、魔蜂《まほう》は木々をかわさなくてはならず、飛翔《ひしょう》速度が落ちたのはルゥカにとって幸いだ。

だが、それでもいつかは必ず追いつかれる。見たくはなかったが、確認せずにはいられずにルゥカは振り向いた。

（むり、こんなの、死ぬ以外にない）

あの針にめった刺しにされ、殺されるのだろう。恐怖のあまり、涙も出なかった。表情は永久に凍結されてしまったみたいに強張《こわば》り、逃げ延びるために必死に動かしていた脚はもつれ、自分の意思の通じない異物に思えてきた。

魔界をなめていたのだ。ガラードの鼻をあかしてやろうなんて、できるはずもなかったのに。

（やっぱり、アークレヴィオンは、私を護ってくれてたんだ……）

今さらのように彼のやさしさを思い知る。ルゥカが恐ろしい目に遭《あ》わないよう、庇護《ひご》の翼を大きく大きく広げて護ってくれていたのだ。

とうとう、脚が絡まってルゥカは地面に倒れ込んだ。頭上から降《ふ》りかかってくる恐ろしい羽音《はおと》に気持ちを押し潰されてしまい、顔を上げることもできない。

「アークレヴィオン……」

小さくつぶやいて、ルゥカはあきらめたように目を閉じた。魔蜂《まほう》にズタズタにされる自分の姿は想像したくなかった。

頭上を飛び交う羽音《はおと》がどんどん大きくなっていく。なんて耳障《みみざわ》りで不快な音だろう。

だが、その雑音に交じって、とても恋しい声が聞こえてきた。

「ルゥカーっ！」

（アークレヴィオンの声だ。ああ、記憶が走馬灯《そうまとう》のよう……って、もう殺されちゃった

のかな、ぜんぜん痛くなかったけど。あ、殺される前に気絶《きぜつ》しちゃったのかも）

しかし、森の奥のほうから、ルゥカのすぐ真上を炎の奔流《ほんりゅう》が通り抜けていったのを感じ、反射的にルゥカは顔を上げていた。

「あっつぅっ！」

炎が向かっていく先に目を向けると、魔蜂《まほう》たちが次々と炎に呑《の》まれて真っ黒に焼け焦げ、地面に落ちていく。

「え……!?」

「ルゥカ、立てるか!?」

間近でアークレヴィオンの声が聞こえた。幻聴《げんちょう》でも記憶の中のおぼろげな声でもない。本物の彼の声だ。見上げると、呼吸を乱したアークレヴィオンがルゥカに手を差し伸べていた。

「アーク……レヴィオン？」

信じられなかった。彼は辺境の魔獣《まじゅう》を退治しに出かけたはずだ。

「ま……」

目の前に差し出されるアークレヴィオンの整った指先を見つめながら、ルゥカは自力で上体を起こすと、その手を思いきり払っていた。

「また幻《まぼろし》!?　何度も同じ手が通用すると思わないで、ヴァルシュ！」

彼の幻術にかかって身を穢《けが》されそうになったことを思い出し、ルゥカは牙《きば》を剥《む》き出しにする子猫のように、その男に噛《か》みついた。

振り払われた男は、それこそ穴が開きそうなほどにルゥカの顔を凝視《ぎょうし》する。しばらくは声もない様子だったが、ようやく彼女の台詞《せりふ》が理解できたようだ。アークレヴィオンは端整な無表情を崩し、苦々しい顔を作った。

「誰がヴァルシュだ、ルゥカ。おまえは幻《まぼろし》と本物の俺の見分けもつかないのか!?」

「え、だって……」

そう言われても半信半疑のルゥカだ。幻術にかかっていたときだって、本物のアークレヴィオンだと思っていたのだから。

「ルゥカさま！」

一羽の梟《ふくろう》が羽ばたきながらルゥカの前に降り立った。大きく立派な、そして賢そうな目をした梟《ふくろう》だ。そして、その声は、まぎれもなくリドーのものだった。

「リドーさん……？」

「ご心配なさらずとも、この方は本物のアークレヴィオンさまです。私が保証いたします」

どこまで担がれているだろうと疑り深くなるルゥカだが、梟《ふくろう》の翼や頭にいくつもの傷跡《きずあと》を見つけ、あわてて近づいた。

「本当にリドーさんなの……？　こんなに傷だらけで……」

その身体には羽根がむしられ、皮膚が剥《む》き出しになっている部分もあった。先日、あの大鴉《おおがらす》に襲《おそ》われたときの傷だ。

「人の姿をとれるほどには回復していないので、このような姿で失礼いたします」

ヴァルシュがここまで手の込んだ小細工をするとは思えなかった。となると――

「じゃあ、このアークレヴィオンも、本物……？」

恐々と顔を見上げると、彼は唇を真一文字に引き結んでルゥカを見据《みす》えている。

「ご、ごめんなさい！　だって、辺境に行くって言うから、てっきり何日もかかるのかと……」

「ふん……」

何か言いたそうなアークレヴィオンだったが、すぐさまルゥカの手首をつかみ、鎧《よろい》ごと抱《だ》き上げた。

「蜂どもをこのまま駆除《くじょ》する。おまえも一緒に来い」

「駆除《くじょ》って、あんなに巨大な蜂……ものすごくたくさんいるんですよ!?」

「蜂蜜が必要なのだろう？　一匹でも逃がすと危険だ。俺が全滅させる」

「でも、アークレヴィオンに何かあったら、私――」

そんな言葉が口をつく。彼が魔将と呼ばれるほど強く、魔王に側近として仕えている実力者と知っていても、魔蜂《まほう》の大群を全滅させるのは容易ではないだろう。

アークレヴィオンは抱《だ》きかかえたルゥカを見下ろし、その頭をすっぽり覆《おお》っている兜《かぶと》を外した。

「そういう色気のある台詞《せりふ》は、鎧《よろい》をつけていないときに言ってくれ。おまえのこの姿、勇ましいというよりは滑稽《こっけい》だぞ」

「私、本気で心配してるんですけど！」

まったく緊迫感《きんぱくかん》のない彼にルゥカがぷりぷりと怒っていると、ふいに顔が近づいてきた。

ルゥカの唇のすぐ横に、アークレヴィオンの唇が触《ふ》れた――ような気がする。

それは瞬《まばた》きするうちに離れていったが、ルゥカの頬に唇の感触がはっきりと残っていた。

「え――？」

じっとアークレヴィオンの月色の瞳を見つめると、彼はらしくもなく照れたような顔をしたが、すぐに咳払いして乱れた表情を戻してしまった。

「さあ、行くぞ。聞いたところによると、彼奴《きゃつ》らの巣には、多ければ千匹以上の魔蜂《まほう》がいるそうだ。俺がここで焼き殺したのはせいぜい数十匹といったところか」

その数を聞いて、ルゥカは気が遠くなりそうになった。

「さっきの炎は、アークレヴィオンが……？」

「俺の魔力を炎に変換して放出した。雑魚《ざこ》を蹴散《けち》らす程度の役には立つ」

「そんなことができるなんて……」

ルゥカは感嘆《かんたん》したが、すぐに何かを思いついてむくれた。

「竈《かまど》に火を入れるときに使ってくれればいいのに。火を起こすの大変なんですよ？」

「……俺の魔力は調理用ではない」

彼女のズレた感想に頭を振り、アークレヴィオンはリドーに森に帰るよう命じると、天樹のほうへ歩き出した。

空にはまだ数多くの魔蜂《まほう》がいるが、アークレヴィオンの魔力を感じ取ってか、あるいは同胞《どうほう》が多数焼き殺されたことで躊躇《ちゅうちょ》しているのか、遠巻きにするばかりで攻撃を仕掛けてくることはなかった。

しかし、森が切れ、天樹のそびえる明るく開《ひら》けた場所にやってくると、待ち受けていたようにいっせいに群がってきた。

空を覆《おお》いつくすほどの魔蜂《まほう》の大群からは、異様《いよう》な音が鳴り響く。大地を揺るがすような大音量で、ルゥカは思わず耳をふさいだ。

「群れをなしていると楽でいい」

アークレヴィオンはあくまでも冷静だった。ルゥカの身体を下ろすと、左腕で彼女の腰を抱《だ》き、右の手のひらを空に向ける。

手をかざしただけの、実になんでもない動きだったが、彼の手のひらから炎の柱が噴き上がった。それは、上空に向かうにつれて燃え広がっていく。炎は滞空《たいくう》している魔蜂《まほう》を次々と襲《おそ》い、燃え尽きて跡形もなくなるまで消えなかった。

中には火炎を逃れて背後から針を向けてくる魔蜂《まほう》もいたが、アークレヴィオンは軽やかに地面を蹴って、難なく回避する。

「でも、これではキリがないです……！」

「たしかにキリがないな」

アークレヴィオンの放つ火炎はたくさんの魔蜂《まほう》を焼き落としているが、一匹一匹が大きく、数も膨大なため、すべてを燃やし尽くすには明らかに火力が足りない。

そして、ただただアークレヴィオンの動きに振り回されているだけのルゥカも、緊張《きんちょう》と暑さで息が荒くなってくる。

するとなにを思ったのか、アークレヴィオンは彼女の腰を持ち上げ、小柄な身体を上空に放り投げた。

「え――」

宙に舞いながら、ルゥカは何が起きたのかわからず、上空から彼女めがけて迫ってくる魔蜂《まほう》を呆然《ぼうぜん》と見つめる。

だが、その不気味な針が届く前に、重力に従ってルゥカの身体は落下していく。そのまま地面に激突するのかと思ったら、ふかっとやわらかなものに背中を受け止められた。

「しっかりつかまっていろ」

下からアークレヴィオンの声が聞こえる。ルゥカは慌てて身体を起こし、目の前のふさふさしたものに反射的にしがみついていた。

「何、このふさふさ……」

彼女が握りしめているのは、銀色の毛並みだ。とてもやわらかくて、あたたかくて、思わず頬ずりしたくなるような感触である。

「ねえ、なにこれ!?」

ルゥカは銀色の獣の背に跨《また》がっていた。ルゥカが余裕で乗れるほどの大きさは魔界サイズに違いないが、ぴんと立った耳の形は明らかに――

「わんちゃん!?」

「狼だ……っ！」

アークレヴィオンの声に怒りがこもっているのが聞こえるが、肝心《かんじん》のアークレヴィオンの姿はどこを見回しても見えない。

「ねえ、まさか、そんなことないですよね」

耳の後ろから首にかけてのもふもふとした毛並みをやたらと撫《な》でながら、ルゥカは聞いた。

「このいぬ――狼が、アークレヴィオン、だなんて……」

「そのまさかだが、騒ぎ立てている場合ではない。見ろ」

一瞬、魔蜂《まほう》の大群に襲《おそ》われている最中《さいちゅう》だということを忘れてしまったルゥカに、アークレヴィオンは現実を示した。

「しっかりつかまっていろよ」

再度、同じ警告をすると、狼――アークレヴィオンは太くて大きな脚で地面を蹴って走り出す。かなりの速度だが、足音も振動もそれほど感じることはない。とても軽やかな身のこなしだ。

ルゥカは乱れた髪を押さえながら、振り落とされないように必死に狼の首の毛をつかんだ。

（ふわふわ！　気持ちいい！）

身に迫る危機よりも、目の前の動物のもふっとした毛並みに、ルゥカは完全に心を奪われていた。このままずっとやわらかい毛を堪能《たんのう》していたい。

アークレヴィオンは、背に跨《また》るルゥカに撫《な》で回されながら、鋭い牙《きば》の並ぶ口を大きく開ける。すると、人の姿をしていた彼の火炎よりも、はるかに広範囲を燃やす業火《ごうか》が吐き出された。

「わぁ、すごいすごい！」

目まぐるしく起きる仰天《ぎょうてん》の光景に、ルゥカはもう笑うしかない。

だが、炎の息を吐きながら魔蜂《まほう》の群れの中に突入していくアークレヴィオンにしがみついていると、ふと胸の奥のほうから懐かしさが去来《きょらい》した。

あのときも、犬の背に乗って村へ連れ帰ってもらったのだ。

「犬——違う、狼……もしかして、あのときのわんちゃん、アークレヴィオンだったの⁉」

「犬ではないと言っているだろう」

ルゥカの首筋をやわらかいものが撫《な》でていった。振り向くと、これまた太くてふかふかした狼の尾が、彼女の背中をぽふぽふと叩いているのだ。怒りを表したつもりのようだがまったく痛くなく、むしろ癒《いや》される類《たぐい》の心地よさである。

「一気に蹴散《けち》らす。腰を抜かすなよ」

アークレヴィオンが天樹の周囲を疾走《しっそう》しながら大火を吐き出すと、辺り一面は炎に包まれ、ものの十分も経たないうちにあらかたの魔蜂《まほう》は灰になって地面に落ちる。やがて、まるで天樹に吸い込まれていくように、灰は風に巻き上げられて空へ昇っていった。

「すごい……あっという間に」

死骸《しがい》も残さず、跡形もなく魔蜂《まほう》の群れは消滅した。アークレヴィオンの言葉どおり、全滅させてしまったのだ。

「いや、まだ最後に残っているようだ」

アークレヴィオンは、大地を踏みしめながら天樹へと近づき、はるか高い場所を見上げる。そこには信じられないほど大きな蜂の巣があった。

「中に大物の気配がするな」

蜂の群れには『女王蜂』がいると聞いたことがある。それがまだ、中にいるようだ。

「どうやってやっつけるの？」

「外へ誘い出さないと、あの巣ごと燃やすことになるが」

「それはやめて！　燃やしちゃったら、今までの苦労が水の泡です！」

おもに苦労したのはアークレヴィオンだが、ルゥカだって充分すぎるほど恐ろしい思いをしたのだ。目的のものを燃やされては、目も当てられない。

「わかっている。見ていろ」

そう言うと、アークレヴィオンは枝に脚をかけ、軽やかに天樹をのぼる。

ある程度の高さまでのぼると、彼は何気《なにげ》なく枝を蹴って跳躍《ちょうやく》し、巣に着地してそれを揺らしはじめた。ミシミシと音がして、今にも巣が落ちてしまいそうだ。

何度かそれを繰り返していると、ついに『女王蜂』が出てきた。これまでのものとは別格で、その体長はルゥカの倍はあるだろう。とにかく巨大でとにかくおぞましく、この世の災厄そのものにしか見えなかった。

ルゥカは悲鳴《ひめい》を押し殺し、狼の毛に埋もれるように身を伏せた。

アークレヴィオンは天樹を駆け上がり、女王蜂の針を身軽にかわしながら炎を浴びせ、不利と思われた空中戦を対等に繰り広げていく。

「ちっ、意外と手ごわい……」

狼でも舌打ちできるんだとルゥカが思ったことなどつゆ知らず、アークレヴィオンは上昇をやめ、今度は一気に駆け下りはじめた。女王蜂は彼を追いかけ、まるで邪魔をするように顔の周りを飛び回る。アークレヴィオンがそれを振り払おうと前脚を上げた瞬間、ガクンとバランスを崩していた。

アークレヴィオンが息を呑《の》んだのがはっきりわかった。天樹から脚を踏み外して落下していく感覚の中、仕留《しと》める機会到来とばかりに女王蜂が針を向けてくる。

アークレヴィオンの敗北を目撃《もくげき》してしまうのだろうか——上下も左右もわからなくなったルゥカはぼんやり考えた。

しかし、天樹から落下していくアークレヴィオンは、空中でくるりと身体を反転させると、迫りくる女王蜂の針もろとも腹部に噛《か》みついて、牙《きば》の隙間から炎を吐き出した。

身動きの取れない女王蜂は彼の火炎をまともに喰らい、ぱちぱちと音を立てながら燃え上がっていく。食材がこんがりと焼けていくあの心躍《おど》る音に似ていたが、さすがのルゥカも食欲をそそられることはなかった。

アークレヴィオンが軽やかに大地に降り立つ頃には、とうに女王蜂は跡形もなく燃え尽きていた。

「はぁ……」

静まり返った天樹の根元で、ルゥカはアークレヴィオンの毛にしがみついたまま大きく息を吐き、しばらくは身動きもできずにいる。

ルゥカの常識ではありえないことが多すぎて、頭と心の整理がつかないが、やさしい風がそよそよと狼の銀色の毛を撫《な》でるのを見ていると、彼女の口許《くちもと》には自然と笑みがこぼれた。

「やだぁ、なんで狼だって教えてくれなかったんですか！　ふかふか～とっても気持ちいい！」

ばふっと豊かな毛に身を委《ゆだ》ねると、極上のベッドにいるようで心地よかった。きっと腹部の毛に包まれたら、天にも昇るような心地になるだろう。

「――狼の姿では、おまえを抱《だ》くことができない」

しれっと言われて、ルゥカは目を丸くした。気がつけばアークレヴィオンは狼の姿から、いつもの無表情な青年の姿に戻っていて、彼女を腕の中に抱《だ》きかかえていた。

「ガラード陛下に喧嘩を売ったそうだな。まったく、とんだ無茶をする」

「喧嘩なんて、とんでもないです。私はただ、料理の素晴らしさを説《と》いただけです。そうだ、デザートを作る約束をしてたんでした！」

ルゥカは本来の目的を思い出して空を見上げた。空っぽになったあの蜂の巣から、蜜《みつ》を採取しなくてはならないのだ。

ルゥカは彼の腕からするっと逃れ、天樹に近づくと、困惑したようにアークレヴィオンを振り返った。

「あの大きな巣、王さまのお城に持って帰れます？」

＊＊＊

アークレヴィオンとルゥカが持ち帰った巨大な蜂の巣は、魔界の人々を仰天《ぎょうてん》させた。

さすがに大きすぎて丸ごと運ぶのは無理だったので、魔王に仕える巨人族たちが、いくつかに割った蜂の巣を魔王城まで持ってきたのだ。

中に蓄《たくわ》えられていた蜜《みつ》を大きな布で濾《こ》すと、黄金色の蜂蜜がみるみるうちに巨大な樽にたまり、甘い香りが辺りに充満していく。

最初、魔族たちはこの甘ったるい香りに騒然《そうぜん》としていたが、好奇心の強い魔人が試しに舐《な》めてみたのを皮切りに、誰もかれも蜜《みつ》を味わいたいと押し寄せたのだ。

魔王の城の中庭で採蜜《さいみつ》作業が行われているのを、ガラードは執務室《しつむしつ》から何とも言えない顔で見下ろしていた。

「何だあやつら、揃いも揃って……」

我《が》の張り合いと剥《む》き出しの対抗意識で、魔王城の空気はギスギスしているのが常だった。

だが今は、作業の折々《おりおり》で「おおー!」という野太い歓声《かんせい》が上がり、まさに『和気あいあい』という状況だ。あいにくと魔界にそういう表現は存在しなかったのだが。

「ふん、我はまだあの小娘を認めたわけではない。聞けば、魔蜂《まほう》どもを始末したのはアークレヴィオンではないか。あの小娘がひとりで成し遂げたわけではない」

横でガラードの言葉を聞いていたヴァルシュはうんうんと力強くうなずいて賛同した。

そのとき、執務室に入ってきた小姓が、うれしそうな顔で報告する。

「陛下、わたくしも蜂蜜とやらをいただいてまいりました! 何とも言えない深い味わいで、口の中にいつまでも残る濃厚《のうこう》でまろやかな――これが『甘い』というものなのでございますね。本当に陛下はお召し上がりにならないのですか?」

いつもは硬い表情で淡々《たんたん》と用事をこなす小姓が、満面の笑みを浮かべて小瓶《びん》に入った蜂蜜を差し出した。

「我には無用《むよう》の長物だ。えい、その不快なものを我に見せるでない!」

「も、申し訳ございません!」

こうして小姓を追い返すと、ガラードは腕を組んで床を踏み鳴らした。

「ただ、蜂蜜が甘いだけではないか。我は料理の腕を見せろと言ったのだ」

彼のイライラの原因の大半は、魔界では通常ありえないお祭り騒ぎに、アークレヴィオンが混じっていることだった。

もちろん、彼は皆のように浮かれ騒いでいるわけではないが、常にルゥカの傍《そば》にべったりで、決して離れようとしないのである。

苦々しく舌打ちして窓辺を離れたとき、また来客があった。不快の元凶《げんきょう》であるルゥカがアークレヴィオンを従えてやってきたので、ガラードの機嫌《きげん》はますます悪くなった。

「あの、魔王さま。今からお約束のものを作ろうと思うんですが、よかったら調理過程をご覧になりませんか？」

「そんなもの、見る必要はない」

「ですが、私の料理を『異界のあやしげなもの』とおっしゃっていたでしょう？　本当に魔界のものしか使っていないので、見ていただければ安心できると思います」

「我はそのような臆病者《おくびょうもの》ではないわ！　アークレヴィオン、おまえの主は我か、それともその娘か⁉」

いきなり矛先を向けられたアークレヴィオンは、しばし沈黙《ちんもく》したあと、ぼそりと言った。

「私は陛下が召し上がるものの毒見役《どくみやく》も兼ねております。陛下がご覧にならないというのであれば、代わって確認してまいりますが」

「ちっ……」

小さく舌打ちして、ガラードは椅子から立ち上がった。

「では見せてもらおうか。アークレヴィオン、我の傍《そば》に控えていろ」

こうして子供っぽい独占欲を満足させると、ガラードはアークレヴィオンとヴァルシュを伴って調理場へ向かった。

＊＊＊

ルゥカはアークレヴィオンの邸《やしき》からさまざまな食材を持ち込んだ。魔牛のミルクやバター、チーズなどの彼女が四苦八苦して作った食材の数々である。魔界で容易に手に入るものは、魔王の城にあったものをあえて使うことにした。

「では、これからとっても甘くてほっぺたが落ちちゃうパンケーキを作りたいと思います！」

「ほっぺたが落ちるだと……⁉　貴様、どのようなあやしげな技で……」

言葉をそのまま受け取ったガラードがいきり立ったのを見て、ルゥカは苦笑した。

「ほっぺたが落ちるっていうのは、ほっぺたがとろけて落ちそうなくらいおいしい！　っていう人間界の表現です」

過剰に反応してしまったことが恥ずかしかったのか、ガラードは唇を歪《ゆが》めて引き下がった。

「まずは、粉をふるいにかけてさらさらにします。ここにチーズとミルク、卵黄《らんおう》を加えてよく混ぜます」

「そのミルクとはなんなんだ！」

「ハイ、これは魔牛のお乳を搾《しぼ》ったものです。バターやチーズはそのミルクから作りました」

材料を混ぜ終えると、ルゥカは次に卵白《らんぱく》を別のボウルに入れて泡立てはじめた。

「これは硬くなるまで、人間界では『角《つの》が立つまで』って言いますけど、よく混ぜます。魔王さまの角《つの》は下向きでくるんってしてて、カワイイですよね」

「何……っ」

他人からかわいいと評《ひょう》されたのがはじめてだったガラードは、ペースを崩されて戸惑うも、ルゥカは気にせず作業を続ける。

「さっき混ぜたものにこれを合わせて生地は完成です。あとはこれを焼きます」

熱したフライパンにバターを溶かし、まんべんなく広げたところで生地を流し入れる。

香ばしい良い匂いがただよいはじめると、部屋の隅で様子を見守っていた城の料理人や小姓たちが興味深そうに近寄ってきた。

「味の想像はまったくできませんが、何だかとてつもなくおいしそうですね」

「絶対おいしいですよ。魔界の食材は味がとっても濃厚《のうこう》だから、私も楽しみで仕方ないです！」

「このような料理を見るのは生まれてはじめてです。人間界ではこういったものを日常的に？」

「パンケーキなんかは、おやつとか、朝食に好まれると思いますよ」

頃合《ころあ》いを見計らって生地をひっくり返すと、こんがりと焼き色のついたパンケーキに感嘆《かんたん》の声が上がった。

両面をしっかりと焼き、きれいなキツネ色になったところで、お皿に盛りつける。

「これは蜂蜜と常温のバターを混ぜ合わせた『蜂蜜バター』です。これをパンケーキの上に載っけて……」

ほかほかとあたたかなパンケーキの上に蜂蜜バターを置き、その上から集めたばかりの蜂蜜をたっぷりとかけた。

「できました！　ルゥカお手製パンケーキです！」

ルゥカはでき立ての皿をガラードの前に置いた。甘い香りがふわっとただよい、彼の表情が引きつる。

「人間界の甘い果物や粉砂糖があると、もうちょっと見栄えがよくなるんですけど。でもおいしいと思うので、どうぞ召し上がれ」

ガラードは調理場に運んだテーブルの前に座り、緊張感《きんちょう》に満ちあふれた顔で手にしたナイフを入れていく。だが、彼が想定《そうてい》したよりもはるかにパンケーキはやわらかかったようで、皿にガチャンとナイフが激突してしまった。

「うおっ……」

フォークに刺さったパンケーキには、バターと蜂蜜がたっぷり染み込んでいて、持ち上げると今にも垂れてきそうなほどたぷたぷだ。

ようやく切り分けたもののフォークがうまく刺さらず、持ち上げようとしても皿に逆戻りしてしまう。さっきから想定《そうてい》外の動きを見せるパンケーキに、彼の闘争心《とうそうしん》は煽《あお》られる一方だ。

「くそ、小癪《こしゃく》なヤツめ……」

少々乱暴にフォークをぶっ刺し、ようやく捕《と》らえたパンケーキの欠片《かけら》を逃げられないように素早く口の中に閉じ込めた。

ルゥカはガラードの表情の変化を見逃すまいと、非礼を承知で見守る。

食べる前は不機嫌《ふきげん》な、実に不本意そうな顔をしていたが、口の中に入れた瞬間、金色の瞳がクワッと見開かれた。おおよそ、甘味を口にしたときの表情ではない。

　やがて、ガラードはパンケーキの存在を確かめるように、わずかに咀嚼《そしゃく》する。だが、すでにそこにパンケーキが不在であることを知ると、ふたたびナイフで切り分けて、今度は逃がさず上手に口の中に放り込んだ。

「――ルゥカと言ったな、人間」

「は、はい」

「これはいったい何なのだ」

アークレヴィオンと似たような第一声だったが、ガラードの表情はあまりにも険しく、眉間の皺《しわ》は獰猛《どうもう》なまでに深く刻まれていた。口に合わなかったのかと危惧《きぐ》した瞬間、ガラードは大きな音を立てて立ち上がり彼女の手をつかんだ。

あわてて逃げようとするルゥカを力ずくで捕まえると、ガラードはその手を両手でぎゅっと握り、そしてぶんぶんと握手を求めはじめたのである。

「このように美味なものを、我は今まで食したことがない……！　人間界では、これが当たり前に食されているのか……!?」

あまりの勢いに逃げ腰になっていたルゥカも、どうやらお叱《しか》りを受けるわけではないと知って深く安堵《あんど》した。

「当たり前、とは言いませんが、貴族の方々の間ではわりとよく……」

「もっと焼くのだ！　そして城の調理人たちに作り方を教えてやってくれ！　我は毎日でもこれを食したい！」

「で、でも、材料があまりなくて――」

「材料も作れ！　足りないものは調達《ちょうたつ》させよ！　ルゥカ、今ここにある材料分だけでも構わぬ、すぐ作るのだ。よいかおまえたち、ルゥカより食材の作り方を教わり、量産の態勢を整えよ！」

「ええ……っ!?」

沸き返る城内をよそに、ヴァルシュは奥歯を噛《か》みしめ、甘い香りのただよう調理場からそっと抜け出した。

＊＊＊

アークレヴィオンを排除しようと暗躍《あんやく》していたヴァルシュにとっては、この結果はおもしろくない以外の何ものでもなかった。

もはやアークレヴィオンが魔界を裏切るなどという噂話を覚えている者はいないだろうし、ガラードにいたってはルゥカが作ったパンケーキに夢中だ。

「くそっ……かくなる上は……！」

「どこへ行くのだ、ヴァルシュ卿《きょう》」

突き当たりの廊下を曲がったところで、調理場にいるはずのアークレヴィオンの低い声がヴァルシュを呼び止めた。

「ぬあっ」

ヴァルシュは急停止し、彼から距離を取る。

「こ、これはアークレヴィオン卿《きょう》……」

「今回はずいぶん世話になったようだな、ヴァルシュ卿《きょう》」

ゆらりとアークレヴィオンは歩き出し、一歩、また一歩とヴァルシュのほうに近づいていく。

「な、何をおっしゃるか。私は何も世話など……」

引きつった笑いを浮かべながら、ヴァルシュは少しずつ後退する。

ヴァルシュの手には、透明な液体が入った小さな瓶《びん》が握られていた。それを見て、アークレヴィオンは目を細める。

「今度は毒をもってルゥカを陥《おとし》いれるか。貴様がその気ならば、俺としては先手を打たねばなるまい」

アークレヴィオンは手のひらをかざすと、ためらいなく魔力を放った。

ヴァルシュはむろん自分の魔力のほうが上だと信じて疑っていなかったし、傍目《はため》から見ても両者の実力は拮抗《きっこう》していた。しかし、ルゥカを傍《そば》に置いて以降のアークレヴィオンは魔力を確実に高めていて、現在では力量の差は歴然《れきぜん》としているのだ。

アークレヴィオンの魔力に絡め取られ、完全に身動きがとれなくなったヴァルシュは、琥珀《こはく》色の瞳にはじめて恐怖を浮かべる。

「毒をもって毒を制す。貴様に似合いの最期《さいご》だな、ヴァルシュ」

「……っ！」

ヴァルシュは迫りくるアークレヴィオンに声にならない悲鳴《ひめい》を上げた。

アークレヴィオンはそんなヴァルシュのすぐ前に立ち、懐《ふところ》に忍ばせていた瓶《びん》から何かを取り出した。親指の先くらいの大きさの、白茶色っぽい謎の欠片《かけら》だ。

「これが貴様にくれてやる毒だ。いいか、吐き出すことはこの俺が許さん」

身動きのとれないヴァルシュの頬をつかみ、無理矢理口を開けさせると、アークレヴイオンはそれを一粒投げ入れた。

「――!!」

吐き出そうと暴れるヴァルシュの顎《あご》をつかみ、強引に口を閉じる。

魔王の側近同士の生々しい争いは、アークレヴィオンが指を鳴らした瞬間に終結した。彼の魔力がほどけた途端《とたん》、ヴァルシュの膝《ひざ》が折れ、地面に沈んだのだ。

だがヴァルシュは毒を食らって死んだわけではなかった。口中に広がる未体験の味にどう反応すればいいのかわからず、困惑《こんわく》していたのだ。

口の中の固形物が溶け出して、これまで一度も味わったことのない味を感じる。未知のものに顔を引きつらせていたヴァルシュだが、口の中でころころと転がしているうちに、もっとこれを味わいたいという欲が出てきた。

「蜂蜜バターキャンディというそうだ。甘いものでも食べて、その眉間の皺《しわ》を伸ばせと、ルゥカから差し入れだ。貴様にくれてやる」

アークレヴィオンは、そう言って瓶《びん》ごとキャンディを押しつけると、床の上にぺたりと座り込んだヴァルシュに目もくれず立ち去った。

「……甘い、もの?」

ヴァルシュの手の中の瓶《びん》には、キャンディとやらの粒がまだたくさん入っている。

「小娘の作ったものなど……！」

床にたたきつけようとするも、口の中でまろやかに溶けるキャンディを吐き捨てることはできなかった。

「ちくしょう——うまい……！」

こうして、毒で陥《おとしい》れるはずの相手から受け取ったキャンディは、ヴァルシュに『甘いもの中毒』をもたらす結果となったのだ。

＊＊＊

その日の夜は、パンケーキだけでなく、ルゥカが作れるだけの料理をガラードに振舞うことになり、なぜか彼女が調理場を取り仕切ることになった。

ちょっとした即席の晩餐会《ばんさんかい》だ。

「何だこれは！　人間どもは、毎日このようにうまいものを食べているのか！」

運よくガラードのお相伴《しょうばん》に与《あずか》ることができた魔族たちも、ルゥカの作り出す料理の虜《とりこ》になっていた。

「アークレヴィオンどのは、ルゥカさまを独《ひと》り占めなさって、毎日このような食事をしていらしたのか！　何ともずるいではありませんか」

もはやルゥカを危険分子とみなす者はおらず、気づけば『ルゥカさま』とあがめられるようになっていたのである。


「ふぅ……疲れた」

仕事が一段落し、城の最上階に用意された客間にやってくると、ルゥカはバルコニーに出て、赤くなりはじめた月を眺めて大きく伸びをした。

「ご苦労だったな、ルゥカ。陛下はおまえの料理がよほど気に入ったとみえる。普段、それほど食にはこだわらないあのお方が、すっかり感動なさっておられた」

訪ねてきたアークレヴィオンにそう報告されると、ルゥカはほっとしてはにかんだ。

「味覚は魔族も人間も変わらないですもんね。私も久しぶりにたくさんの料理を作れて楽しかったです。やっぱり、調理場のお仕事が向いてるみたい」

近づいてきたアークレヴィオンに笑いかけてから、ルゥカは重要なことを思い出し、唇を尖《とが》らせた。

「そういえば！　人間界に帰ると魔王さまにバレるって言ってましたけど、あれは嘘だったんですよね？」

「……」

「どうしてそんな嘘をついたんですか？」

一瞬、ばつが悪そうな顔をして、アークレヴィオンは涼しい風に舞う銀色の髪を押さえると、ルゥカの隣に立った。

「懐かしかった」

「え？」

よく意味がわからず、ルゥカは彼を見上げる。

「ガラード陛下にお仕えする以前、俺は徹底的に存在を忌避《きひ》されていた」

今でもヴァルシュからあんなに嫌《きら》われているのに、以前はもっとひどかったというのだろうか。

「混血であることを揶揄《やゆ》され、出来損《そこ》ないの魔狼族として一族からも異端視《いたんし》されてきた。そのせいで、己の内に流れる忌《い》まわしいこの血を嫌《きら》い、俺を貶《おとし》める原因となった人間を憎んでいた」

いつも淡々《たんたん》としているアークレヴィオンだが、やはりそんな差別に遭《あ》って苦悩していたのだ。ルゥカは顔をくもらせた。

「ある時、俺はとにかく人間を殺してやろうと、腹立ちまぎれに天樹をのぼり、人間界へ行った。それは雨の降る日のことだった」

その時の光景が、ルゥカにも手に取るようにわかる。なぜなら、ルゥカは彼と同じ記憶を共有しているからだ。

「そこで最初に出会ったのは――」

「私……？」

雨の降りしきる森の中、獣の唸《うな》り声に追い立てられて逃げまどったことを思い出す。

あの獣が、狼の姿をしたアークレヴィオン。

「そこで見つけた人間は、ひどくやわらかくてうまそうな娘だった。子供とはいえ人間には違いない。どうせ喰らってやるなら、まず恐怖のどん底を味わわせてやろうと、脅《おど》しにかかった」

「……」

「だが、娘は怯《おび》えるどころか、俺の姿を見て『きれい』と言った。同胞《どうほう》ですら穢《けが》れた俺に触《ふ》れようとはしなかったのに、娘は俺を撫《な》で、無防備に身を預けてきた」

ルゥカもはっきり覚えている。暗い森で出会った魔犬が凛々《りり》しくて美しくて、毛がふさふさで、やたらと撫《な》でてしまったのだ。

「嬉々《きき》として近づいてくる娘が俺には理解できなかった。だが、そうやって小さな手で触《ふ》れられていると、不可解な気分になった。人間を嫌《きら》っていたはずなのに、喰い殺してやろうという気がなくなってしまったのだ」

「私に一目ぼれしちゃった？」

「――俺に幼女趣味はないが」

ルゥカの軽口にアークレヴィオンは小さく苦笑した。

「魔界に戻った俺は、それまで以上に強い魔力を得ていた。おそらく、あの娘が俺の存在を認めてくれたから……自分の中に流れる人間の血を肯定できたからだろう。それから間もなくして俺はガラード陛下に見いだされ、現在の地位にまで取り立てていただいた。あのとき出会った人間の娘には、いくら感謝してもしきれないな」

ルゥカのひとつに縛《しば》った赤毛をほどき、指に絡めると、アークレヴィオンは蜂蜜の香りのするそれにくちづけた。

「娘に会うことは二度とないだろうと思っていたのに、おまえは現れた。美しく成長した姿で……」

月色の瞳に真っ向から見つめられ、ルゥカは頬を染めてうつむいた。

「よく、私だってわかりましたね……」

「わかるさ、匂いもあのときのままだった。だから、ふたたび見《まみ》えたルゥカを人間界に帰したくなかった。俺に力を与えてくれた、俺の存在を認めてくれた娘を手放したくなくなった」

「アークレヴィオン……」

「しかし、そんなことを言えるはずもない。おまえは俺のこの姿を知らないし、そもそも十年も昔のことを覚えているはずもないだろうと。だから、無理矢理おまえの純潔《じゅんけつ》を奪ったのだ。足止めして、人間界に帰れないように。決して逃げ出せないように」

自嘲したアークレヴィオンはルゥカに背を向け、静かに広がる暗い魔界を見渡した。

「だが、おまえは俺と出会ったことを覚えていてくれた。あの日のことを大切に思っていてくれたと知り——どうしようもなく自責《じせき》の念に駆られた」

「どうして……？」

「俺は卑劣《ひれつ》の限りを尽くして、おまえの自由を奪ったのだ。頭ではわかっていたが、おまえに深入りすればするほど、どうしても手放せなくなった。——とんだ卑怯者《ひきょうもの》だ。恨んでくれて構わない」

ルゥカは言葉を失ってアークレヴィオンの悔恨《かいこん》を聞いていたが、背を向けたままの彼の肩に触《ふ》れ、横からその顔をのぞき込んだ。

「恨んでなんていないです。最初は怖かったし、ちょこっとぐらいは恨みがましく思ってましたけどね」

正直に告げると、アークレヴィオンはすまなさそうに頭《こうべ》を垂れた。

「でも、魔王さまの命令どおりに始末――文字通り殺されてしまう運命だった私を、アークレヴィオンが助けてくれたんです。最初が無理やりだったとしても、私がここで生きていくために必要なことだったの、ちゃんとわかってます。あのとき、アークレヴィオンではなくてヴァルシュに身柄《みがら》を預けられていたら、私は間違いなく殺されていました。それに、魔界での料理は驚くことも多かったけど、とても楽しかったです。ほんとですよ？」

アークレヴィオンを見上げ、ルゥカはにこっと笑った。

「今日作ったパンケーキ、アークレヴィオンの分もちゃんと材料残してありますから、今からどうですか？　あなたにおいしいって言ってもらえるのが、いちばんうれしいです」

「そうだな、あとでいただこうか。だが俺はパンケーキよりも――」

ルゥカの腰を抱《だ》き寄せると、アークレヴィオンはその唇をそっと奪った。

ずっと、してほしいと思っていた、アークレヴィオンからのキス。

今の光景を目に焼きつけるように、ルゥカは淡青色《ペールブルー》の瞳をめいっぱい見開いたが、アークレヴィオンはすぐに離れていってしまった。

「あ、あの、今の……」

つい追いかけるように彼にすがりつくと、今度は大きな手に頭を抱《だ》き寄せられていた。彼の端整な顔が間近に迫り、ルゥカは息を呑《の》む。

「おまえのほうが甘くて――好きだ」

「それって、あのときの続きですか……？」

玉砕《ぎょくさい》覚悟で挑んだ恋の告白。返事は保留になったままだった。

「俺も、ルゥカが好きで、好きで好きでたまらない。もう一度キスをしても許してくれるか？」

くすぐるように耳元で囁《ささや》かれ、頬を染めながらアークレヴィオンを見つめると、ふたたび唇が熱に覆《おお》われた。今度は目を閉じ、味わった。

赤い月に照らされながら、何度も角度を変えて、互いの唇を感じ合う。これまで、さんざん身体を重ねてきたはずなのに、唇同士が触《ふ》れ合うのははじめてで、どこか照れくさくもあった。

「ん――っ」

アークレヴィオンの背中に腕を回し、溺《おぼ》れてしまわないようにしがみつきながら彼を感じる。するとそっと舌が忍び込んできて、ルゥカの舌を捕まえ、絡めてくる。

「ふぅ、ん……」

はじめてにしてはあまりに濃厚《のうこう》なアークレヴィオンのキスに、ルゥカは息も絶え絶えだ。唇の端からこぼれた唾液《だえき》を呑《の》み込むとくちづけがさらに深まる。

一瞬、唇が離れると、ルゥカは空気を求めて喘《あえ》いだ。彼女は大きく息をつきながら、潤《うる》んだ瞳でアークレヴィオンを見上げ、花が咲き乱れるように笑った。

「私も――大好き、やさしい魔人さん」

バルコニーで飽きるほどのくちづけをかわしたあと、ふたりは窓辺の大きなベッドにもつれこんだ。

ベッドの上に座《ざ》したまま、ルゥカは背中からアークレヴィオンの腕に閉じ込められた。彼の手が胸許を開いて、ふわっとした乳房《ちぶさ》を露出《ろしゅつ》させる。

両手でそれをつかまれ、つんと立った乳首を指でこねくり回される。さっきまでのキスの余韻《よいん》と相まって、ルゥカの唇からは早くも乱れた吐息があふれていた。

「あぁっ、好き……大好き……っ」

後ろにあるアークレヴィオンの頭に触《ふ》れ、そのさらさらとした銀髪を指に絡めながら、ルゥカの告白は止まらない。

「俺を、許してくれるか」

「許すもなにも……あ、ん」

アークレヴィオンは彼女の肩に顎《あご》を乗せ、赤く染まる頬を舌でなぞる。

「んぁあ……っ」

彼のたくましい腕に身体を抱《だ》きかかえられつつ、ふたつのふくらみを同時に握られ、敏感《びんかん》な先端を弄《いじ》られる。反射的に目を閉じると、今度は耳たぶに歯を立てられた。

「ひぁっ」

うなじを舐《な》めたり吸い上げたりと、間断《かんだん》なくルゥカの情欲《じょうよく》を煽《あお》りながら、アークレヴィオンの手がするすると彼女の服や下着を剥《は》ぎ取っていく。

ルゥカがまつ毛を震わせ荒く息をついていると、アークレヴィオンが彼女をベッドに押しつけのしかかり、その唇に深く舌を挿《さ》し込んだ。

「んん――」

ルゥカの甘い悲鳴《ひめい》を口移しで呑《の》み込み、アークレヴィオンの熱い手が身体の隅々《すみずみ》まで愛撫《あいぶ》していく。

キスをしながらきゅんとすぼまった胸の頂《いただき》や、背中から腰、尻の辺りまでを彼に愛おしそうに触《ふ》れられると、彼女の身体の中をびりびりとした快感が駆け抜けた。

唇に触《ふ》れるぬくもりが未《いま》だに信じられなくて、その熱を確かめるように感じ取った。

今まではどれだけ深く身体を重ねようと、一線を引かれていると感じていたのに。

「ルゥカ……」

彼女の名を呼びながら頬や耳許にもキスの雨を降らせ、アークレヴィオンは身体を密着《みっちゃく》させた。

「はあ……んっ、ぅ……」

唾液《だえき》の交換をするうちに、熱で溶けてしまったようにふたりの唇の境があいまいになっていく。

頬が上気して、暑くてたまらない。ルゥカはキスの合間に、身体の熱を吐き出すようにため息をついたが、アークレヴィオンの唇がすぐにそれを覆《おお》いにくる。

唇がじんじんして、頭までぼうっと痺《しび》れてきた。このままでは、本当に溶け合ってしまうのではないだろうか。

「あ、あ……」

アークレヴィオンにしがみつく手から、力が抜けていく。キスが離れると、ルゥカは大きく息をついてベッドに沈んだ。

「まだ、くちづけしかしていない」

何かを言い返そうとするのだが、彼に絡め取られた舌が痺《しび》れてうまく言葉を紡げそうにない。

「だめだ、今日は」

ふぅっと、アークレヴィオンが大きく息をついた。その口ぶりから、このまま身体を重ねてはくれないのだろうかとルゥカが不安な顔をする。

だが、彼は服を脱ぎ捨てると、ルゥカの髪をかきあげ、頬にキスを落としながらほっそりした裸身《らしん》を抱《だ》き寄せた。

「今すぐ、ルゥカと交わりたい」

間近にあるアークレヴィオンの表情は、言葉通り余裕がない。いつもの淡々《たんたん》と彼女を絶頂に追いやる彼はどこへやら、呼吸を乱しながらその柔肌に吸いつき、秘められた場所に指を伸ばしてきた。

「ひ、あ――っ」

「溶け出しそうなほど熱いな……」

触《ふ》れられた部分が熱くて、抱《だ》きしめられているだけで欲情の証《あかし》がこぼれてしまうのに、敏感《びんかん》な割れ目の縁《ふち》まで指が滑らされたら、身体の芯が溶けてしまいそうだった。

「あぁっ……」

ルゥカの快感を呼び覚ますように、花唇の奥に埋まっている蕾《つぼみ》に指を宛がい、やさしすぎる力加減でかき回す。

「やぁあっ、ああ！」

「ここが感じるのか」

「だって……」

毎日のように肌を重ねていくうちに、アークレヴィオンはルゥカの弱い場所を覚えていったのだ。彼の腕に囚《とら》われたら、もう逃げ出すことはできない。

「んぁあ……っ」

濡《ぬ》れそぼったそこからは、耳をふさぎたくなる音が聞こえる。ルゥカは彼の裸の胸に頬を当て、くぐもった声を上げながら、耐えるように熱く疼《うず》く感覚を受け入れた。

「あっ、く……んん」

声を殺して吐息をつくが、大事な場所を探られて腰を揺らしている自分に気づくと、それこそ恥ずかしさのあまり悶絶《もんぜつ》しそうになる。

ふと、アークレヴィオンの身体が離れ、彼女の膝《ひざ》をつかんで折り曲げた。ルゥカはあわてて脚を閉じようとするが、先手を打つように彼が大きく開く。

「や、だめ……」

月色の瞳の前に晒《さら》された秘部を隠そうとルゥカは手を伸ばすが、すでに遅い。朱《しゅ》色に染まった恥部は彼の唇を期待し、物欲しげに痙攣《けいれん》しているのだ。

その期待に応《こた》えるよう、蜜《みつ》をあふれさせる乙女の場所にアークレヴィオンの舌が這《は》い、中の蕾《つぼみ》を舌先で舐《ねぶ》る。まるで狼がそうするように、舌で割れ目の中の突起《とっき》を押し潰しながらペロペロと舐《な》め、音を立てて蕾《つぼみ》を吸った。

「や、やぁっ！　んあぁ……っ」

アークレヴィオンの舌が丹念《たんねん》に割れ目の中をなぞっていくと、愛液と彼の唾液《だえき》が混じりあい、シーツまでもぐっしょりと濡《ぬ》らしていった。

「おまえの蜜《みつ》のほうが、ずっと甘い……」

「ひぁあっ、んッ、だめ……っ」

ぬるりとした舌がルゥカの秘密を暴《あば》くように蠢《うごめ》き、こぼれた蜜《みつ》を舐《な》め取りながら核心に迫ってくる。

小さな突起《とっき》を刺激されてルゥカの身体がびくんと跳ね、甘いふくらみが揺れた。

アークレヴィオンは彼女の細い腰をつかむと、卑猥《ひわい》な音を立てて秘裂《ひれつ》の奥を舐《な》め、さらに舌を潜り込ませる。ルゥカは言葉を失ってしなやかな身体を反《そ》らした。

「ああっ——も、お……！」

舌での愛撫《あいぶ》を続けられるうちに、白いなめらかな肌がしっとりと汗ばみはじめ、ルゥカの表情はどんどん恍惚《こうこつ》とする。

「あ……んぁっ、舌、そんな動かしちゃ……！」

ルゥカの敏感《びんかん》な部分を舌でくまなく愛しながら、人差し指もそこを滑らせ、あふれ続ける蜜《みつ》を後ろのほうまで広げた。

びくんとルゥカが身体を硬直《こうちょく》させると、やわらかな胸が揺れてアークレヴィオンを視覚からも誘惑する。

「あっ……はあ……」

蕾《つぼみ》を強く吸われて達したルゥカは、目を閉じたまま全身で呼吸をして、体内を巡るとてつもない快感が去るのを待った。だが、物足りないと疼《うず》き続けるところから、とろりとした蜜《みつ》があふれてくる。

「んっ……」

ルゥカはそれを隠すためにそっと脚を閉じたが、アークレヴィオンの手にそれを阻止《そし》されてしまった。うっすらと目を開けると、彼は涼しい顔でルゥカをのぞき込んでいる。

「中がほぐれたか、確かめてもいいか？」

「は――い……」

彼の長い指が割れ目に沿って動きはじめ、にちゃっと粘質な音を立てると、ルゥカは鼻にかかった女の声で啼《な》いた。

二本の指が濡《ぬ》れそぼった膣《ちつ》の中にぐぷりと呑《の》み込まれる。そのまま、中で小刻みに揺らされて、彼女は首を振った。

「はぁっ、あぁっ、あ、あ、気持ちい、い……!」

膣《ちつ》の中を蹂躙《じゅうりん》されながら、同時に充血《じゅうけつ》して赤みを増した胸の頂《いただき》も弄《いじ》られ、ルゥカは背中を反《そ》らして切ない悲鳴《ひめい》を上げた。

まだどことなく幼さの残ったルゥカの顔は、アークレヴィオンの手で快楽を植えつけられるたびに、どんどん女の表情にすり替わっていく。

「あぁ、好き――あっ、あぁん……」

身体の内側からじわりと快楽が広がっていくと、意識が一瞬、途切《とぎ》れる。

アークレヴィオンは、肩で息をするルゥカの唇に自分のそれをふたたび重ねた。ルゥカも彼の舌に遠慮《えんりょ》がちに絡めていく。

「んっ……」

魔界にやってきてからというもの、ほぼ毎日のように身体を重ねてきた。次第にアークレヴィオンに惹《ひ》かれていく中で、何度、彼の唇を求めたことだろう。それでも、彼はルゥカにくちづけることは決してなかった。

でも、今は深く唇を求め合い、舌で口内をなぞり、やさしい手で抱《だ》きしめ合いながら身体を重ねている。

アークレヴィオンのキスがうれしくて、いつしか自分から積極的に彼の舌をなぞっていた。

息が続くまで唇を貪《むさぼ》り、身体の熱を重ねるように抱《だ》き合い、愛されている実感にルゥカの目にかすかな滴《しずく》が浮かんだ。

「はぁ――」

長い長いくちづけのあとで、全身から力が抜けたルゥカは、ぼんやりとアークレヴィオンが離れるのを眺めていた。

（幸せすぎて……）

文字通り骨抜きになってしまったように全身がぐにゃりとしていて、指一本満足に動かせそうになかった。

愛する人に唇で触《ふ》れ、抱《だ》き合うだけでこんなに満たされる。ここまで幸福感を得たのはこれがはじめてだった。

「キスだけで満足されては困る」

ルゥカがうっとりと微笑んでいるのを見て、アークレヴィオンは半ば本気で焦《あせ》ったようだ。彼の楔《くさび》はようやく準備が整ったとばかりに天を向いて、彼女の中を貫《つらぬ》くつもりで息まいている。

ふいに腕を引っ張られ、ルゥカはくるんとうつぶせにされた。

腰にあたたかな手がそっと触《ふ》れると、かすかな期待に胸が高鳴《たかな》ってしまう。

尻を突き出すような格好にさせられると、後ろからたくましい熱の塊がルゥカを貫《つらぬ》いた。

「ひぁっ」

吸いつくようにアークレヴィオンの熱塊が彼女の中に呑《の》み込まれ、ぐちゅぐちゅと音を立てて抜き挿《さ》しされた。後ろから幾度《いくど》も突き上げられ、胸も両手で弄《いじ》られる。

「あ、あ……やぁんっ」

ベッドにしがみついて額を押し当て、彼の体温を身体の内側に感じながらルゥカは切ない声を上げ続けた。擦《こす》られるたびに秘所が淫《みだ》らな音を奏で、開いた内腿《うちもも》にはあふれた蜜《みつ》が伝い落ちる。

最初はゆっくり、擦《こす》れる感触を覚え込ませるように動いていたアークレヴィオンも、ルゥカの甘ったるい嬌声《きょうせい》を聞いているうちに、彼女の身体を苛《さいな》む動きに熱を込めはじめた。腰を引き、押し込むように奥まで貫《つらぬ》く。

ルゥカはもう何度も絶頂に上り詰めたはずなのに、いつもと違う場所を突かれるたび、また別の快感の虜《とりこ》になってしまう。

「あっ、はっ……あ、か、身体が……バラバラになり、そうっ」

「そう言うわりに、ずいぶんきつく咥《くわ》え込んでいるぞ、俺のモノを」

「そんな、こと……！」

やがて、擦《こす》れる熱量がさらに増していくと、どんどん頭の中が真っ白になって──

「んっ──ああ、あぁ……っ！」

視界が閉ざされ、身体が浮遊《ふゆう》するような感覚に襲《おそ》われた直後、淫《みだ》らな快感が雷撃のように貫《つらぬ》いていった。激しい絶頂感に、腕は身体を支えることができずそのままベッドへ沈み込んでしまう。

「はぁ……んっ……」

だが、余韻《よいん》に浸《ひた》る暇《ひま》は与えられなかった。アークレヴィオンは楔《くさび》を引き抜くなり、ルゥカを仰向《あおむ》けにする。淫《みだ》らな蜜《みつ》で濡《ぬ》れ光る肉塊が、ルゥカの身体をなおも欲して隆々《りゅうりゅう》とそそり立っているのが目に飛び込んでくる。

「あ……」

朦朧《もうろう》としながらルゥカは身体を起こし、天を向く楔《くさび》に手を伸ばした。触《ふ》れると、ひどく硬くて熱い。

「私も、気持ちよくしてあげたい――舐《な》めても、いい……？」

「ああ」

自《みずか》らそんなことを言い出したのははじめてで、アークレヴィオンの月色の瞳が興奮したように霞《かすみ》がかって見えた。

ぬるっとした楔《くさび》を握りしめ、そっと先端に舌を伸ばす。

「は……ぁ」

力が抜けたようなアークレヴィオンのため息には、どんな意味があるのだろう。

彼が自分の割れ目の中で舌を動かしているところを想像し、その動きを真似《まね》てみると、ルゥカの背中にかかった赤毛を撫《な》でるアークレヴィオンの呼吸がますます荒くなった。

そして、それを聞いているルゥカも、また下腹部が熱く濡《ぬ》れていくのを感じる。

（こぼれちゃいそう……）

だが、アークレヴィオンは身体を動かすと、もう一度彼女を仰向《あおむ》けに寝かせた。

「気持ちよく、ない……？」

「いや」

ルゥカの髪をくしゃっと撫《な》でると、アークレヴィオンはルゥカの顔の上に跨《また》がり、硬く張りつめた楔《くさび》をその小さな口に挿れ、自分は彼女の割れ目に舌を伸ばしたのだ。

「んん――っ！」

アークレヴィオンの怒張《どちょう》を頬張《ほおば》ったまま、ルゥカは喘《あえ》いだ。

互いに口で性器を愛撫《あいぶ》しあっている。ルゥカの想像を超えすぎていて、頭は真っ白で、まともに目を開けていられそうにない。

それでもルゥカは目を閉じたまま、両手でアークレヴィオンを包んで動かし、唇で吸い、舌先を押しつけ、舐《な》める。

するとアークレヴィオンも同じように、ルゥカの割れ目に舌戯《ぜつぎ》を仕掛けてきた。彼女の腰を持ち上げ、あふれ出す蜜《みつ》を指に絡めながら、ちゅっと音を立ててキスをするのだ。

「ん、んっ――！」

アークレヴィオンにじっくりと弄《いじ》られている秘裂《ひれつ》の中が熱い。いつもの手探りとは違い、すべてを見通されているのだ。こんなの、どちらが先に果てるかなんてわかりきっている。彼の身体の下で揺さぶられながら、次第に高まってくる快感が下腹部から全身に向かって弾けるのを感じた。

「んんんっ！」

またしてもルゥカが絶頂の悲鳴《ひめい》を上げると、アークレヴィオンは彼女の口の中を蹂躙《じゅうりん》していた楔《くさび》を引き上げ、細い脚を押し開いた。

果てたばかりで濡《ぬ》れ光る割れ目に、すぐさま楔《くさび》の先端が擦《こす》りつけられる。

「あぁ……」

宛てがわれた熱がゆっくりゆっくり、ルゥカの中に感覚を記憶させるように、深く埋《まい》没《ぼっ》していく。

「おまえの中は、極上だな」

「もう、無理……」

そう言いながらも、そそり立つ熱塊を呑《の》み込むと、ルゥカの身体はそれをきつく締めつけて、貪欲《どんよく》に咥《くわ》え込んだ。もう、全身のどこに触《ふ》れられても、すぐに果ててしまいそうなほど敏感《びんかん》になっている。

アークレヴィオンはそんなぐったりとしたルゥカの頬を両手で挟《はさ》み込み、腰を押しつけた。

「んっ」

彼女の表情が、快楽に歪《ゆが》む。

アークレヴィオンは己の証《あかし》を中に刻み込むよう、時間をかけて丁寧《ていねい》に埋め込んだ。そして最奥《さいおう》で動きを止めると、ルゥカの身体を抱《だ》きしめ、また唇を重ねる。

そうして抱《だ》き合っていると、跳ね上がっていたルゥカの呼吸が少しずつ落ち着いてきた。

「アークレヴィオンも……キスしたいって、思ってました？」

「ああ。抱《だ》くたび、おまえを骨抜きにするまでくちづけたかった」

そして、ついさっきその言葉通り骨抜きにされてしまったルゥカは、こぼれる笑みをこらえきれずアークレヴィオンに抱《だ》きついた。

「……私、魔界に連れてこられて、怖かった。王さまの角《つの》はちょっとかわいかったけど、本人は威圧的《いあってき》だし、ヴァルシュは神経質そうだし、アークレヴィオンは冷たくて怖そうだし。もう絶対殺されるんだって、思ってました……」

アークレヴィオンの頬に手を当てながら、ルゥカは告白した。

「それは、そうだろうな」

「アークレヴィオンに服従する約束をして、無理やりこんなことをされて……」

魔獣《まじゅう》に連れ去られた先で、人違いだから始末すべしと処遇《しょぐう》を決められ、ルゥカがどれほど怯《おび》えたことか。朴念仁《ぼくねんじん》のアークレヴィオンにも理解はできたのか、彼は悲痛な表情を浮かべた。

「でも、口ではひどいことを言ってたけど、アークレヴィオンの手はいつだってやさし

かった。それに、料理をおいしそうに食べてくれるのを見ているうちに、私、この人のこと好きかもしれない――って、思うようになったんです」

「……」

「どうして今まで、キスしてくれなかったんですか？」

少しだけ詰《なじ》るように言うと、彼は伏し目がちにルゥカから視線を逸《そ》らした。

「――さんざんおまえを穢《けが》してきたが、そこだけは触《ふ》れてはならないと、俺には許されないのだと戒《いまし》めていた……何の贖罪《しょくざい》にもなりはしないが」

思わぬ告白を聞いたルゥカは、きょとんと目を丸くし、そして笑った。

「アークレヴィオンがそんなことを考えてたなんて、思いもしませんでした。私からキスしちゃえばよかったんですね」

下からアークレヴィオンの頭を抱《だ》き寄せると、ルゥカは唇に触《ふ》れた。

「それから、最初に出会ったとき、崖から落ちた私を助けてくれて、そして村まで帰してくれてありがとうございました。ずっと、ちゃんとお礼が言いたかったんです。あのとき、アークレヴィオンが人間界に来てくれてよかった。アークレヴィオンが人間の血を引いていて、本当によかった」

そう言ったとき、アークレヴィオンは月色の瞳を見開き、やがて深い息をついて目を細めた。

涙など浮かんでいるはずはなかったが、ルゥカの目には彼が泣いているように見えたのだ。

「ルゥカ」

アークレヴィオンは、無力なはずの人間の娘をやたらと抱《だ》きしめながら、その頬や瞼《まぶた》、耳たぶと、ありとあらゆる場所にキスを落とし、最後に唇を重ねた。

「おまえが俺の存在を肯定するたび、俺の魔力は強くなっていく。あの日、あの森でルゥカに出会えたことは、俺の人生で最大の幸運だ」

「アークレヴィオン……」

互いの存在が、互いを救い合う。こんな幸福な巡り合わせに、互いに満たされていく。

アークレヴィオンはルゥカの中を貫《つらぬ》いていた熱を引き、ふたたび奥まで押し込んだ。

ルゥカの身体をなぞり、抱《だ》きしめながら、己の存在を刻みつけていく。

「あぁっ、アークレヴィオン――っ」

アークレヴィオンに脚を絡め、中で激しい摩擦《まさつ》を繰り返す熱塊を締めつけ、彼の唇から激しい呼吸を引き出していく。

「ルゥカ、おまえが好きだ。ルゥカ……！」

「んあぁっ、大好き……大好きですっ、アークレヴィオン……」

抱《だ》き合って、名を呼び、好きだと囁《ささや》き、一緒に上り詰めていく。

やがてルゥカの唇からすすり泣きが聞こえてくると、アークレヴィオンの高まりも限《げん》界《かい》に達した。

「あ、あっ、イキ……そうっ」

敏感《びんかん》な部分を愛しい人に擦《こす》られていくうちに中がぎゅっとすぼまり、目の前が弾ける。

「んぁ、あぁあっ」

「ルゥカっ――」

一呼吸おいて、アークレヴィオンのため息と共に、愛しさがルゥカの中に注ぎ込まれた。

# 終章

その日から、世界がひっくり返った。

城で運よく蜂蜜にありついた魔族の口から『甘味』の噂があっという間に広がり、魔界に空前の蜂蜜ブームが巻き起こったのだ。

多くの魔族たちがパンケーキを食べてみたいと連日のように城に押しかけるので、ガラードはとうとう市《いち》にパンケーキの店を作ることにした。そこの料理長は、もちろんルゥカだ。

城に呼び出されたルゥカは、ふたりの魔将を従えて玉座の間で待ち構える彼から、あるものを渡された。

「ルゥカ嬢、これをそなたに授《さず》けよう」

それは小さなペンダントで、アークレヴィオンの瞳と同じ月色の宝石が嵌《は》め込まれたものだった。

「これは……？」

「アークレヴィオンの魔力を結晶石《けっしょうせき》に閉じ込めたものだ。これを身に着けておれば、そなたは魔界を自由に歩くことができる。こんなものでは、魔界に連れ去り、恐ろしい思いをさせた罪滅《つみほろ》ぼしにはならないだろうが……」

ルゥカは目をまん丸にして、手の中のペンダントを見つめた。

「いえ、ありがとうございます。とてもうれしいです！　私、魔界を自由に出歩いていいんですよね!?」

「もちろんだ。それに、人間界へ戻ることももちろん自由だ。とはいえ、もうしばらくの間は、店を見てやってほしいがな」

少女は淡青色《ペールブルー》の瞳を見開き、ガラードの後ろに立つアークレヴィオンを見た。彼はこれといった表情を浮かべていないが、ルゥカのように戸惑った様子も見せていない。

「人間界に、戻っても……？」

それはもちろん朗報《ろうほう》には違いなかったが、ルゥカが人間界に戻ってしまったら、アークレヴィオンとの生活は終わってしまう。

素直に喜べなくて、ルゥカはどんな顔をすればいいのかわからず、困ったようにうつむいた。

「それから、ルゥカ嬢に折り入って頼みたいことがある。引き受けてくれるだろうか」

かつて虜囚《りょしゅう》として引き立てられたことのある彼女にとって、ガラードからの頼みごとだなんて天地がひっくり返るような話だ。パンケーキの店を出すよう頼まれたときも仰天《ぎょうてん》したが、今度は何を持ちかけられるのか想像もつかず、きゅっと唇を結んでうなずいた。

「私にできることでしたら」

「ありがたい。実は、魔界と人間界の橋渡しをする役目を、そなたに担《にな》ってもらいたい。人間界の王に、和平のための交渉を打診《だしん》してもらいたいのだ。一筋縄ではゆかぬと思うが、どうだろうか」

「――人間界と、和平を？」

ルゥカはぽかんと口を開けて、ガラードを見やった。

「そうだ。我はあの蜂蜜とやらの味にいたく感動した。そして、人間界にはあれとは異なる甘味が存在すると聞いた。我はぜひともそれを食してみたい。それも一時的にではなく、恒久的《こうきゅうてき》にだ。魔界にも、人間界と同じく甘味をもたらしたいのだ」

そう、甘味に魅《み》せられた魔王は、平和的に砂糖を輸入するため、積年《せきねん》の恨みつらみを水に流して、人間界との間に和平を築くことにしたのだった。

＊＊＊

ガラードの驚くべき提案をルゥカは快諾《かいだく》し、人間界と魔界を奔走《ほんそう》することになった。同胞《どうほう》である人間たちから『魔界に与《くみ》する裏切り者』と後ろ指をさされながらも、粘り強く交渉を——ときには魔界の食材でおいしい料理を披露《ひろう》しつつ——続けた結果。

実りの日はやってきた。

「魔界の王たるガラード三世の名において、正式に人間界との間に国交を築くことをここに宣言する」

ここは、人間界のエヴァーロス王国。ルゥカの出身国だ。

並みいる貴族たちが大広間に集まり、魔界からやってきた王やその側近たちを歓迎《かんげい》した。

エヴァーロス国王と魔界王は互いに書状にサインをし、相手にそれを渡す。

この歴史的な出来事に、参列者《さんれつしゃ》たちはいっせいに拍手を送った。

「なお、人間界と魔界の交流を円滑《えんかつ》に進めるため、ルゥカどのを親善大使《しんぜんたいし》に任じたいと思う」

かつて遠巻きに眺めるだけだった貴族たちの中心にルゥカがいて、緊張《きんちょう》の面持ちでガラードの言葉に頭を下げた。

「ルゥカどのにおかれては、魔界と人間界の親睦《しんぼく》を深めるためにお力添えをいただきたい」

「お任せください、ガラード陛下。まずは食文化の面から親睦《しんぼく》を深めようと思います。互いのおいしいものを紹介し合って、両世界の食文化の融合《ゆうごう》を実現させてみせます」

緊張《きんちょう》しつつそう決意を口にすると、ルゥカはガラードににこっと笑ってみせた。

(必ず魔界に砂糖を流通させてみせますから!)

ガラードは満足げにうなずき、側近を振り返った。

「アークレヴィオン、実に頼もしいな、おぬしの恋人は」

「は……」

相変わらず、アークレヴィオンは無表情を崩さない。だが、ガラードには以前の彼とは違い、物静かな中に満足そうな表情を浮かべているのが手に取るようにわかった。

ガラードはエヴァーロス王と握手をかわし、参列者《さんれつしゃ》全員に届くように声を張り上げた。

「魔将アークレヴィオン、親善大使《しんぜんたいし》ルゥカ。ふたりに命じる。まずはおぬしたちが、両世界の融合《ゆうごう》の手本を示すのだ。いいか、これは魔王ガラードからの王命ぞ」

アークレヴィオンとルゥカは目を見合わせ、驚きと共にガラードを見た。

「それって……」

どぎまぎしながらルゥカが頬を染めた。

アークレヴィオンはガラードに深く頭《こうべ》を垂れてからエヴァーロス国王の前にひざまずいた。その力強い背中をルゥカは呆然《ぼうぜん》と見つめる。

「エヴァーロス国王におかれては、貴国の臣民であるルゥカ嬢が、魔将アークレヴィオンに嫁《とつ》ぐことをお許しくださるだろうか」

「――!!」

ルゥカは真っ赤に火照《ほて》った頬を隠そうと、やたらと頬に触《ふ》れたが、手も熱くなってしまい、ちっともその熱は冷めそうになかった。

「そなたらが両世界の交流の第一人者として、ぜひその手本となるがいい」

エヴァーロス国王の快諾《かいだく》を得ると、アークレヴィオンは立ち上がってルゥカに向き直り、やわらかな手を取った。

「ルゥカ、魔将アークレヴィオンの妻としてずっと俺と共にいてくれないか。想いがあれば、人と魔族という垣根《かきね》を越えることができるのだと、俺に証明させてほしい」

「……はい。私も、それを証明したいです」

ルゥカの腰を素早く抱《だ》き寄せると、アークレヴィオンは彼女の震える唇をそっとふさいだ。

「愛している、ルゥカ。永遠に俺のものだ――」

耳元に囁《ささや》き、アークレヴィオンはもういちど、愛しい娘にくちづけをする。

ルゥカもそれに応《こた》えるように、愛する魔人の広い背中に腕を回す。

大広間には、ふたりを称《たた》える大歓声《かんせい》と拍手が湧き上がり、いつまでもいつまでも、それが静まることはなかった――

書き下ろし番外編

# しっぽのお味は

「ふむ、太陽の光というのも存外悪くないな」

視界いっぱいの晴れ渡った空を見上げ、アークレヴィオンは言った。

「まぶしくないですか？　魔界の暗さに慣れちゃったから、少し目が痛いです……」

隣に立って空を見上げるも、強烈な陽光を目に食らってルゥカは手で目を覆《おお》った。

「俺の目は受ける光を調整できるからな。しかし人間が陽光に弱いというのは確実に退化しているぞ、ルゥカ。これからは、魔界と人間界で交互に暮らすか」

「あ、それはすてきです。いっそのこと、エヴァーロスの王都に家を借りませんか？　それならいつでもデザートのお店に行けるし！」

つい先日、魔界の王と人間界の王に認められ、結婚したばかりのふたりである。今日は新婚旅行を兼ねて、アークレヴィオンに人間界を案内をしているところなのだ。

エヴァーロスの王都は昼の時間帯ということもあって多くの人でにぎわっており、あちこちの屋台からおいしそうな香りが漂ってくる。

「やれやれ、おまえの頭の中は砂糖でいっぱいだな」

「甘味は焼いたお肉に並んで最強なんですよ。ガラード陛下を見れば一目瞭然でしょ？」

ルゥカのパンケーキで甘味に目覚めた魔界の王ガラードは、彼女に新しいデザートを次々と作らせ、出会った当初よりも確実にぽよんとしてきて、いつもにこにこ顔だ。

「魔界の王の威厳がなくなってきている。甘いものは中毒だな。近頃ではヴァルシュまでもが陛下と一緒になって人間界の甘味屋巡りだ。罪なことをしてくれたな」

ルゥカの頭を撫《な》で、アークレヴィオンはため息をついた。

「アークレヴィオンは大丈夫なんですか？」

「俺には砂糖より甘いものがある」

街中でも構わず、アークレヴィオンは新妻の首筋に鼻を寄せ、その甘い香りのする肌をぺろりと舐《な》めた。

「ちょっ……」

通りすがりの人々に口笛を吹かれたり意味深に笑われたりと、ルゥカは真っ赤になってうつむいたが、アークレヴィオンの澄ました顔を見ると抗議もできなかった。

「さあルゥカ、どこを案内してくれるのだ？」

人間界にいても、彼のペースに丸め込まれてしまうルゥカだ。

たくさんの屋台や店が軒を連ねている大通りは、魔界の市《いち》と似ている。以前、彼とふたりで市《いち》を歩いたときは、凄惨《せいさん》な狩りの現場を目撃したり、恐怖の花屋に目を回したものだが、こちらは勝手知ったる人間界だ。ルゥカは心の底から安心してアークレヴィオンを連れ歩いた。

「おお、これはルゥカ嬢と魔将閣下じゃありませんか」

とある屋台で声をかけられ、ふたりが振り向くと、王城に食料を卸《おろ》している業者の男だった。ルゥカが城の台所で働いていたときからの顔見知りである。

「あ、サージさん。こんにちは」

「こちらの魔界の男前さんと結婚したんだってねえ、ルゥカちゃん。おめでとう」

「ありがとうございます」

「ルゥカちゃんが持ってきてくれた魔牛のバター、あれ大好評でね！　今、商会のほうで魔王さまにかけあって、魔牛乳を輸入する算段をつけてるところなんだよ」

人間界と魔界の食材を互いに流通させることがルゥカの悲願なのだ。まだはじまったばかりだが、着実に努力が実を結びはじめているのを目の当《ま》たりにして、ルゥカの顔がほころんだ。

「よかったです。あんなに濃厚でおいしいバターは人間界ではなかなかお目にかかれないですよね。サージさんや商会の皆さんが魔界食材の流通を王国に働きかけてくださったおかげです。本当にありがとうございます」

「いいっていいって、こっちも新しい商売ができそうで万々歳だからね。そうだ、ちょうど南国からうまい果実が届いたんだ。新婚祝いに持っていきな」

そう言って彼は黄色い実をいくつかくれた。

「これは『結婚の木』って言われてる南国の木で採れたマルーラの実だ、おふたりにぴったりだよ。皮を剥《む》いて食べたら甘酸っぱくて栄養価も高い。ジュースにしてもいいし、酒も造れるし、中の種からは油もとれる。丸ごとおいしいよ」

「初めて見る果物だ。ありがとうございます！」

一瞬、魔界の食材のように、実が危険な動きをしないか確かめてしまうルゥカだ。もちろんそれはありふれた人間界の果実で、噛《か》みついてくることも爆発することもない。内心でほっと安堵のため息をついたことは、アークレヴィオンにはバレていただろう。

それからふたりは市場をぶらぶら散歩して、夜になると王国から借りた仮住まいに戻り、ルゥカの手料理で夕食をすませた。

食後のデザートは、さっきもらってきたマルーラの実だ。井戸水で冷やしておいたので皮を剥《む》き、白い果実を皿に並べた。

「ん、甘酸っぱくておいしい〜！」

居間のソファに座ってくつろぎながら、もらったばかりの珍しい果実をつまむ。

口の中に放り込むと、柑橘に似た酸味と甘さが口いっぱいに広がる。アークレヴィオンも味を確かめるようにじっくり噛《か》みしめ、「甘酸っぱい」という味覚を自分の舌に馴染ませた。

「後を引く味だな」

「うん、これおいしいですね。何個でも食べられそう」

アークレヴィオンは珍しくパクパクと速いペースで平らげていく。おかげでたくさんあった実も、いつの間にか全部なくなっていた。

「たくさん食べましたね。これはガラード陛下におみやげに買っていきましょうか？」

そう言ってアークレヴィオンを振り返ると、彼はソファにぐったりと身を預けてうとうとしている。

「眠たいんですか？　こんなところじゃなくてベッドに……」

彼の肩を揺さぶったら、ぱちっと月色の目を開けたアークレヴィオンは、ルゥカの身体をソファに押し倒した。夫婦だし、こうして身体を重ねることはもう日常になっているので、特別驚くようなことではなかったのだが、ルゥカの口許をペロペロと舐《な》めるアークレヴィオンは、どことなく獣のそれを思わせた。

「アークレヴィオン？」

彼女にのしかかったアークレヴィオンの目は、酒を飲んだわけでもないのにどこか酩《めい》酊《てい》状態だ。やたらとルゥカの首筋や頬を嗅《か》ぎ、肌を犬のように舐《な》めていく。

「や、くすぐったい！」

しっぽを振ってじゃれついてくる犬を連想したが、そう言ったら彼は怒るだろう。何しろアークレヴィオンは犬ではなく——魔狼なのだから。

「あぁんっ、アー、クレヴィオ……っ」

ルゥカの口の周りを執拗《しつよう》に舐《な》めているのは、さっき食べたマルーラの味が残っているからだろうか。

「ルゥカ——あの果実はなんだったんだ？」

「え、どういうことです？」

酔いに理性を呑まれそうになって頭を振りながら、アークレヴィオンは深いため息をついた。

「あれを食べてから、身体が熱くてたまらない。人間界の果物にも人の身体に作用するおかしなものがあるようだな」

「わ、私はなんともないですよ？　あ、それか——あれだ、猫にマタタビ」

うまい表現が見つからなかったのでとっさにそう答えたのだが、なかなか言い得て妙だと自分でも思うルゥカである。あの実は、狼である彼におかしな効果をもたらす物だったのかもしれない。

「誰が猫だ——！　鎮まりそうにないぞ。ルゥカ、覚悟しろ」

言うが早いか己の服を脱ぎ捨て、ルゥカの服の釦《ぼたん》を引きちぎって胸を開いた。かわいらしいレースの下着に隠された乳房が現れると、邪魔な布を剥《む》き、頂《いただき》にかぶりつく。甘噛《あまが》みしながら舌で舐《ねぶ》り、服をルゥカの身体から剥《は》がしていった。

アークレヴィオンの舌の感触はよく知っているが、それにしても確かに普段より舌が熱い。そして、その熱い舌に舐《な》められていると、あっという間に淫《みだ》らな快感が全身を支配し、平常心が呑まれ、皮膚《ひふ》がざわつくのがわかった。

「や、あぁん、ぅ——」

アークレヴィオンは甘い香りの残る新妻の口をふさいで声を封じ、舌で口中に残る果実の甘みを舐《な》め取りはじめる。

ぴちゃぴちゃと唾液が混じり合い、こくりと呑み下すと、そのまま彼の舌はルゥカの唇をなぞり、首筋を攻め立て、ふたたび胸のふくらみを口に咥《くわ》えた。

その間も手は彼女の細い腰を撫《な》で、とろりと甘い蜜《みつ》をこぼす秘裂をくすぐり続ける。

「ん、んん――ッ、あぁっ、指――熱い……！」

いつもより高い体温が秘裂の中に埋もれていた粒を撫《な》でると、閉じられていたそれが目を覚まし、色鮮やかに目覚めるようにたっぷりの蜜《みつ》をあふれさせた。

「もっと、甘いものをくれ」

頭の中にかかる靄《もや》を払うように首を振り、アークレヴィオンは彼女の両膝《ひざ》をつかんで、そこを大きく開いた。

「や、だめ……」

彼の月色の眼前に晒《さら》された秘部を隠そうと手を伸ばすが、すでに遅かった。魔人の舌がルゥカの花唇の中を這《は》い、中の蕾《つぼみ》を舌先で舐《ねぶ》る。

「ああああっ」

やんわりと手首をつかまれて拘束されてしまい、あとはもう彼のやりたい放題だ。

生温かくぬるりとした舌が少女の秘密を暴くように蠢《うごめ》き、あふれた蜜《みつ》を舐《な》め取りながら核心に迫ってくる。それこそ本物の狼のように舌を動かした。

小さな突起を刺激されてルゥカの身体がびくんと跳ね、甘いふくらみが揺れた。

「やあぁ、舐《な》め方、いつもと……違う――っ」

「その甘い蜜《みつ》を、もっとよこせ」

舌先がすぼまって中に侵入してくると、ルゥカは言葉を失ってしなやかな身体を反《そ》らした。下腹部を強制的に襲《おそ》う快感をこらえるため、ソファに必死につかまる。

アークレヴィオンは無防備になったルゥカの胸を両手で揉《も》みしだきながら、さらに舌を奥へと潜り込ませた。

「ああっ――ぁ、あ……！」

じわじわと身体の底のほうから何かが沸き出し、アークレヴィオンの唇が秘裂を吸い上げると、ルゥカは声もなく達した。

目を閉じたままルゥカは全身で呼吸をして、体内を巡るとてつもない快感が去るのを待った。だが、まだ物足りなさそうに、疼《うず》き続けるところからとろりとした蜜《みつ》があふれてくるのを感じてしまい、ルゥカはそれを隠すためにそっと脚を閉じた。

しかし、魔人の手がそれを阻止する。うっすらと目を開けると、アークレヴィオンの熱い目がルゥカをのぞき込んでいた。

ところが彼のその流れるような銀色の髪を見て、ルゥカは甘い疼《うず》きにとろんとさせていた目を見開き丸くする。

「アーク、レヴィオン——？」

「どうした……」

熱い呼気《こき》を吐きながら、アークレヴィオンは未《いま》だ体内に持て余す昂《たか》ぶりをこらえきれず、ふたたびルゥカに襲《おそ》いかかろうとしているのだが……

「みみ……耳が！」

人と同じ耳があるのに、彼の銀髪のてっぺんにひょこっと顔を出した——獣の耳。

己の頭頂部に触れ、そこに狼の耳の出現を確かめると、アークレヴィオンは深いため息をついた。

「あの果物のせいで、魔力が制御できない。このまま人型を保っていられるか、自信がない」

言いながらアークレヴィオンの手がルゥカの腕をひっぱり上げて、彼女を膝《ひざ》立ちにして後背位をとる。そのまま腰をつかまれて、尻を突き出すような格好にさせられると、後ろからたくましい熱の塊がルゥカの中を突き破ってきた。

「ひぁっ！」

吸いつくようにアークレヴィオンの熱塊が彼女の中に呑み込まれ、ぐちゅっと音を立てて抜き挿しされた。胸は両手に弄《いじ》られながら、後ろから幾度《いくど》も突き上げられていく。

「あ、あ……やぁん――っ」

ソファにしがみつきつつ額を押し当て、アークレヴィオンの体温を身体の内側に感じながらルゥカは切ない声を上げ続けた。擦《こす》り上げられるたびに、ルゥカの秘所が淫《みだ》らな音を奏《かな》で、開いた内股には、花弁からあふれた蜜《みつ》が伝い落ちる。

最初はゆっくり、ルゥカの中に擦《こす》れる感触を覚え込ませるように動いていたアークレヴィオンも、少女の甘ったるい嬌声を聞いているうちに、彼女の身体を苛《さいな》む手に熱を込めはじめた。

腰をゆっくり引き、押し込むように奥まで貫き通す。

「あっ、はっ……あ、か、身体が……バラバラになり、そうっ」

「そう言うわりに、ずいぶんきつく咥《くわ》え込んでいるぞ、俺のモノを」

「な、んか――背中が、ふわふわするの……」

魔人の腰に揺らされながら、ルゥカは肩越しに夫を振り返った。

なんと、銀色の長い狼の尾がルゥカの背中をさわさわと触り、中に捩《ね》じ込んだ熱塊の快感をさらに煽《あお》り立ててくるのだ。

「え、しっぽ……んやっ――ああ、あぁ……っ!」

視界が閉ざされ、身体が浮遊しているような感覚に襲《おそ》われた。ただ、身体の芯を淫《みだ》らな快感が雷撃のように貫いていく。

　果てながらも、ふさふさのしっぽが気になり、そのやわらかな感触がたまらなく快感で、ルゥカの身体は小さく震えた。

「獣の夫との交合はいやか？」

　耳朶《じだ》をくすぐる吐息と共に囁《ささや》かれ、ルゥカはじんじんと疼《うず》く場所からさらなる蜜《みつ》がこぼれるのを感じて頭を横に振った。

「いやじゃ……ない」

「そうか、俺の妻はかわいい。人の姿とどっちが気持ちいいか、その身で確かめてみるといい」

　狼の舌が首筋をなぞる。ルゥカはぞくぞく震えながら、新婚の夫の文字どおり豹変に、密かな期待を寄せてしまうのであった。

ノーチェ文庫

## 男装騎士は24時間愛され中

# 乙女な騎士の萌えある受難

悠《ゆ》月《づき》彩《あや》香《か》　イラスト：ひむか透留

価格：本体 640 円+税

敬愛する陛下に仕えるため、男として女人禁制の騎士団に入ったルディアス。真面目に任務をこなしていたある日、突然、陛下に押し倒されてしまった！　陛下は、ルディアスが女だと気づいており、「求めに応じるなら、内緒にする」と交換条件を持ち出す―― 彼女は淫らなお誘いに乗るけれど……!?

詳しくは公式サイトにてご確認ください

http://www.noche-books.com/

携帯サイトはこちらから！

本書は、2017年10月当社より単行本「魔将閣下ととらわれの料理番」として刊行されたものに書き下ろしを加えて文庫化したものです。


この作品に対する皆様のご意見・ご感想をお待ちしております。

おハガキ・お手紙は以下の宛先にお送りください。

【宛先】

〒150-6005 東京都渋谷区恵比寿4-20-3 恵比寿ｶﾞｰﾃﾞﾝﾌﾟﾚｲｽﾀﾜｰ 5F
（株）アルファポリス　書籍感想係

メールフォームでのご意見・ご感想は右のＱＲコードから、
あるいは以下のワードで検索をかけてください。

アルファポリス　書籍の感想　検索

ご感想はこちらから

ノーチェ文庫

# 魔《ま》将《しょう》閣《かっ》下《か》にとらわれまして

悠《ゆ》月《づき》彩《あや》香《か》

2019年8月31日初版発行

文庫編集－斧木悠子・宮田可南子
編集長－太田鉄平
発行者－梶本雄介
発行所－株式会社アルファポリス
〒150-6005 東京都渋谷区恵比寿4-20-3 恵比寿ｶﾞｰﾃﾞﾝﾌﾟﾚｲｽﾀﾜｰ5F
TEL 03-6277-1601（営業）　03-6277-1602（編集）
URL http://www.alphapolis.co.jp/
発売元－株式会社星雲社
〒112-0005 東京都文京区水道1-3-30
TEL 03-3868-3275
装丁・本文イラスト－八美☆わん
装丁デザイン－ansyyqdesign
印刷－株式会社暁印刷

価格はカバーに表示されてあります。

落丁乱丁の場合はアルファポリスまでご連絡ください。

送料は小社負担でお取り替えします。


ISBN978-4-434-26272-2 C0193